村上春樹のタイムカプセル
高野山ライブ 1992

加藤典洋、小浜逸郎、竹田青嗣、橋爪大三郎ほか

Time Capsule On Haruki Murakami:
Symposium at Koyasan in 1992

by Norihiro Kato,Itsuo Kohama,Seiji Takeda,Daisaburo Hashizume

Published by Jiritsushobo in 2022

而立書房

アートディレクション　前田晃伸
デザイン　黒木　晃
写　真　升田光信

まえがき

橋爪大三郎

村上春樹をめぐる、伝説の「ライブ討論会」があった。

一九九二年二月二二日、場所は厳冬の高野山宿坊。三〇年以上も前のことだ。

パネリストは、加藤典洋、小浜逸郎、竹田青嗣、橋爪大三郎。一九四八年生まれの村上春樹と同世代の四名だ。当時四〇代の若手である。本書の世話人である瀬尾育生や森ひろしをはじめ、一〇〇名近くが徹夜で参加した。

主催したのは、島元健作と岩脇正人。島元は大阪の古書店「書砦《しょさい》 梁山泊《りょうざんぱく》」の店主である。当日の記録は活字になる予定だったところ、事情で滞り、今回初めて出版される。

＊

本書は、三〇年前から届いたタイムカプセルだ。

三〇年前に当たり前だったことが、当たり前でなくなった。三〇年前に当たり前でなかったことが、当たり前になった。そのことが、見て取れるはずだ。

一九九二年がどんな特別な年だったか、いまふり返るとわかる。高度成長とバブルが頂点に達したあと、右肩下がりの「失われた三〇年」が始まった。冷戦が終結し、先進国の産業が空洞化し、代わりに中国が台頭していく。思考のフレームが溶解していくなか、人びとは手探りで、生き方、考え方を模索していた。その苦渋が、このイベントから、体温を通して伝わってくる。当時を知らない世代の人びとには、新鮮な証言となろう。

そして村上春樹。彼の小説は、この時代の特別な出来事だ。戦後の日本の意識と無意識に根を伸ばしながら、アメリカや欧州や中国や、世界のどこに置き換えても意味をもつ、無国籍で普遍的な文学の実を結んだ。その土壌は、普及した高等教育かもしれない。爛熟した消費文化かもしれない。政治思想の残骸かもしれない。軽薄ぶったポップカルチャーかもしれない。ともかく村上の作品群は、戦後の日本人が、世界の人びとと、同時代を同じ歩幅で歩んだことを証明するものだった。

＊

高野山の「ライブ討論会」は、試合前のスケートリンクのようだ。

つぎつぎ選手が登場する。三回転ジャンプを跳ぶもの。ダンスのステップを踏むもの。くるくるスピンを回るもの。思い思いに見せ場をつくり印象を残しては、次と交替する。観客もスケート靴を履いて参加してよい。選手より迫力があったりする。リンクの名前は村上春樹。人びとは彼の作品を借りて、めいめい自分の生き方、考え方を語る。その軌跡は共鳴し、交差し、衝突し、反撥し、これまでのルーティンを変化させる。この場がなければありえなかった一回限りの、筋書きのない、集合的なパフォーマンスだ。

本書は何を記録しているのか。個々の発言の背後からにじみ出る、濃厚なその時代の空気感だ。

それは、いったん失われてしまうと、復元するのがむずかしい。その時代を体験しなかった世代の読者にとっては、新鮮な体験かもしれない。村上春樹の文学を理解するうえでも、彼が何と戦い、何と一線を画すようにして作品世界を築いたのかが、明確に浮き彫りにされていく。

＊

パネリストもこのあとそれぞれ独自の軌跡を描いた。加藤典洋は、『敗戦後論』や『戦後的思考』『9条入門』などで戦後日本という社会の閉塞を解明するいっぽう、村上春樹についても批評的作品を多く著している。小浜逸郎は、エロスをキーワードとして、家族や個の実存の現場から、近代社会を生きる意味を普遍的な言葉で語る仕事を多く紡ぎ出している。竹田青嗣は、欲望をキーワードとして、資本制とともにある市民社会の普遍的な原則を明らかにし、ポストモダン哲学を批判的に乗り越える展望を示している。橋爪大三郎は、ルールと言語を根拠に社会の考察を進め、日本社会の成り立ちについても検討を深めている。彼らのこうしたこれ以後の仕事につながる起点を、この討論に見つけることができる。

＊

村上春樹はこの時期、新刊が出るたび百万部単位の売上げを記録し、時代の先端を走る象徴的な「事件」であった。その後、この波は海外に拡がり、世界各国語に翻訳され、東洋趣味やエキゾティズムとは無関係に、まさに世界の若い世代の人びとの現在を描いた作品として、読者に受け入れられていく。なぜそれが可能だったのか。本書でも、さまざまな角度から、議論が深められている。

いま、「高野山ライブ」から三〇年が経ち、村上春樹は「事件」から「歴史」に変わりつつある。当時四〇代だった人びとも、そろそろ高齢世代にさしかかった。この「タイムカプセル」を届ける意味は何か。

それは、まだチャンスがある、と伝えるためだ。

いまの時点から当時をみると、こう考えるべきだった、こう行動すべきだった、と思いつく点が多くある。三〇年の時を経るから、誰でも気がつく。しかし当時、時代の渦中にいた人びとが、それを気づくのは容易でない。この三〇年、無為でいたわれわれが、どれだけの機会を失ったのか、思い至るだろう。

ひるがえって、現在もまた、現在の意味を気づくのが容易でない時代だ。いや、むしろ困難は深まった。「新しいことが、価値がある」と、ますます思われる時代。新しいことは、すぐ古くなる。省みられなくなる。誰もがスマホを手に、情報に溺れている。情報は新しいことの洪水だ。そこには、歴史の方向を指し示すベクトルがない。省みられなくなった過去に軸足を置かなければ、歴史のこの先はみえて来ない。

このタイムカプセルは、「新しい」情報とは真逆である。「過去」からの証言である。だから価値がある。読者の皆さんが、そのことに気づいていただけるなら、この企画に関わった関係者のひとりとして、本望である。

（二〇二二年二月）

目次

中盤［第一日目・夜］

真夜中篇［第二日目］

凡　例

・〔……〕は、音源が聞き取り不能で、文字起こしできなかった箇所をしめす。

・「参加者」とあるのは、発言者の名前がわからない場合を示す。そのうち、複数回の発言があったことが確認できる方については、「参加者A」「参加者B」……などと記して、それらが同一の発言者であることがわかるようにした。

・この記録は、現在残されている文字起こし原稿によっており、それをさらに音源と照合することによって正確を期した。それ以外にはどの発言者も、文章上の乱れも含めて、今回手を加えていない。

序盤　〔第一日目・午後４時から〕

◉主催者口上（島元健作／岩脇正人）

島元　じゃあ、ただ今から始めたいと思います。私がこの会を呼びかけました梁山泊の島元健作と申します。どうぞよろしくお願いします。本日は厳寒の高野山に関西一円は言うに及ばず、遠くは北海道、あるいは東京からもたくさんの熱心なご参加を得まして、主催者一同大変喜んでおります。またご都合が悪くて来られませんでしたが、あるいは山形県であるとか大分県であるとか、そういう遠隔の方からも励ましのお手紙などを頂いております。さらに、こちらの独断というか思いつきで、実は村上春樹ご本人にもお手紙を出しましたところ、奥様からご返事を頂きまして、「当人が海外滞在のため、残念ながら参加できません。お許しください」というお返事を頂いております。

それから今から始めるんですが、簡単にこれからのスケジュールというか時間配分をご説明したいと思います。ちょっと遅れていますが、ここの場所で六時まで最初の部を行ないます。六時から七時まで、この間が夕食の時間となっています。ちょっと時間が短いかもしれませんが、もし入浴をご希望される方はその間に済ませていただきたいと思います。私はまだ入ったことはありませんが、入った人の話によると非常に広々とした立派なお風呂だそうです。ただちょっとあと湯冷めの心配がありますから、自信のない方は見送ってください。そして七時から同じくこの場所で約十時半頃まで討議を続けます。一応夕食の時にお酒なども出ますので、夕食後の討議ではお酒なども飲みながらやっていきたいと思います。そして十時半頃で一応打ち切りまして、今、会場で宿泊分と深夜のトークの部分の部屋を手配しておりますので、そこに移って、もし体力が続き興味が続けば朝まででもやろうと。もちろん体力も続かないし、たいしておもしろくもないという方は、その段階で寝ていただくのは自由です。十二分に部屋も布団も用意しておりますので。で、明日は先ほど太田さん〔宿坊の人〕の話にもありましたが、一応六時半に勤行というのがあります。本来ここは高野山の宿坊で、あくまで「本来は」ですが、勤行をやるために今日から泊り掛けで来ているということですので、殊勝な方は出ていただければありがたいです。七時半に朝食になります。これについては時間を厳守しますので、必ずその時間に起きる、起きない方は朝食はなくなるというふうに考えてください。進行のスケジュールはそういうことなんですが、お配りしている名札があると思うんですが、これの名札の名前の部分を赤字で書いているのは今日のスタッフです。何かお困りの事がありましたら、その者にお申し付けください。それからこの企画は後に出版、本にするということを考えていますので、録音をきちっととりたいと思います。これについてはご了解していただきたいと思うんですが、あと、写真・ビデオ、これもやりますが、これについては自分は嫌いであるとか不都合があるとかいう方は言っていただければ、そちらの方にはカメラを向けない、あるいは写っていても後からカットするというふうにはしますのでよろしくお願いします。それではこれから後の部分を、スタッフの一人であります岩脇さんに司会をやっていただいて、進行していきたいと思いますのでよろしくお願いします。

岩脇　岩脇正人といいます。島元さんたちとだいぶ前から勉強会をしていまして、そこでこの『村上春樹をめぐる冒険〈対話篇〉』（一九九一年、河出書房新社　※以下発言中では『対話篇』とも表記）というのを、勉強会のテキストとして読んだんです。私が言い出しっぺで、こういうのをやったらおもしろいんじゃないかと言い出したんで、その責任をとって司会をやることになりました。よろしくお願いします。まず本日のパネラーの方、よくご存知だと思うんですが、一応紹介させていただきます。

私のお隣が竹田青嗣さん。竹田さんは一九四七年、大阪生まれです。お仕事は各方面にわたっておられますが、思想論が主です。特に現象学、文芸批評。それから「陽水論」なんかもやられていまして、ニューミュージック論。そういうのをやられています。思想の言葉の根拠というか、言葉が語られる地点、ないしその原理みたいなことを一貫して追求されていると思います。

それからそのお隣が加藤典洋さん。一九四八年、山形生まれです。加藤さんの仕事は文芸批評ですけれども、一口で言うのはとても難しくて、どう言ったらいいかわからないんですけれども、最近のお仕事を見ていると、旧来の批評の枠を打ち破りたいというすごいエネルギーが感じられて、いつもスリリングな批評を僕は非常に面白く読んでいます。

それから小浜逸郎さん。小浜さんは一九四七年、横浜生まれです。小浜さんは思想論、特に家族論、学校論、子供論、エロス論。それからフェミニズム批判という形で、人間がエロスとして関わるあり方を起点にしてずっとものを考えてこられたと思っています。

それから橋爪大三郎さん。一九四八年、鎌倉生まれです。橋爪さんは構造主義を踏まえた言語派社会学というのを提唱されていまして、性、言語、権力、これが三つの基本問題だと思います。僕の理解からすると、一番早く僕らの世代ではマルクス主義のドグマやドクサから自由になった人だなというふうに僕は感じられます。以上で紹介を終ります。

ついでに言いますと、僕は一九四八年、大阪生まれです。

レジュメをちょっと見てほしいんですけれども、レジュメが三枚ありまして、一つは吉本さんの「七〇年代の光と影」、これの骨子をまとめてあります。これはべつに読んでいただいたらわかると思います。一番問題だったのは、今回の集まりでどういうふうにやっていくのかということが僕にとっても難問というか、いろいろ思い悩んだんですが、このことについて、〈この集まりの大まかな方向性について〉ということで提案させてもらいます（三四八頁参照）。ちょっと読みながら、一応皆で読もうと思うんですが、ちょっと見てください。「今回の集まりの大枠をどのように設定するか、いろいろ考えた。幾人かに助言を求めた。結局、僕に任せるということになった。世代論なんかにしたくないし、村上春樹研究会などにもしたくない。当然『対話篇』の単純リピートにもしたくない。元々、今回出席されたパネラーのお話を聞きたい。それもありきたりの講演会ではなく、こぢんまり50〜60人で一泊して、時間をかけて」という、かなりゼイタクな発想なんですけれども、その時から、僕らが直面している現在のいろいろな問題に届いていくようにに設定したいというふうに思ったわけです。この『対話篇』をベースにして、吉本さんの「七〇年代の光と影」へ架橋していこうと。吉本さんというのは、僕らもずっと読んできたんですけれども、いろいろやっぱり僕らの世代のことを彼なりに考えておられて、僕は升田《ますだ》さんという今日のスタッフに入っている人に教えられて、『マリ・クレール』の文章を、講演の記録なんですけれども、これを読んだんですけれども、かなり僕らの年代が突き当たっている起点をくっきり明らかにされていると思います。この問題意識に繋げたいと、そういうふうに考えたわけです。

ここにちょっとあげてあるような時期を過ごして、僕の言葉で言うと、「リハビリ期」があったと。四人の方が書かれている文章にもチラチラと出てくるんですけれども、やっぱり七〇年代というのは、なかなか書くことができなかった。僕も膝を抱えて十年間暮らした。何にもしないで暮らしたんですけれども、そういうリハビリ期がそれぞれにあったと思います。そういうリハビリ期を経て、表現活動を開始ないしは再開された。次は僕の考えですけれども、七〇年以後八〇年にかけて、何人もの書き手が同時代で出現したんですけれども、評価基準は、その人たちがどう自前でリハビリをしてきて書き出したか。そこに僕の評価基準はあったわけで、それ以外はあまり信用できないという感じがありました。この四人のパネラーの方は、そのお仕事の中身はそれぞれ異なっていますけれども、現に今、吉本隆明氏の言う「反物語」を展開されつつあると、またそういう中でも最強のメンバーだというふうに思っています。もちろん村上春樹の作品自体にもそういうところはあるわけで、同じ共感を持っていたと思います。だからそこをやっていきたいと思っています。

せっかくこういうメンバーが集まられたわけですから、『対話篇』で語られていることをもっと増幅させたい。増幅させる方向性というのが、去年から立て続けに起こった世界のいろんな激変というか、そういう動きを視界に入れながら「反物語」の中身を語ると。一番本当は難しい問題なんですけれども、あえて一番難しい問題を設定したい。話がそういうふうに進んでいくことを期待します。個別のテーマというのは、本当にいくらでも僕らも突き当たっている問題があるわけで、いくらでも設定できるんですが、五時間というのは非常に長いようで短いので、そこに書いてあるような問題群を中心的にやりたい。それと、問題群というのは語られるのはいくらでも語られるんですけれども、それを語るときの語り方の原理というのを、やっぱり考えたいというふうに思っています。そのあとに村上春樹の作品を、だから通り過ぎてしまう危険性があるわけですけれども、そういうことを集中的にやるとね。だけどそういうことではないということを次に書いてあります。だから『対話篇』と「七〇年代の光と影」というのが直接的にはテキストですけれども、そのウルテキストとして村上春樹の作品があるんだと、そういうことです。

一番最後になっている、車内でみなさんに書いてもらいましたけれども、〈各パネラーに語ってほしいことがらのメニュー〉（三五〇頁参照）。これは僕がちょっと苦労しながら作ったんですが、これはあくまでサンプルで、どんどんみなさんの、車内でもだいぶ書いてもらいましたが、もっと途中でも提案してもらったらできるだけそういうことを繰り込みながらやっていきたいと思っています。

島元 すみません。まだ、このアンケート出されていない方がありましたら、よろしくお願いいたします。

岩脇 設問するというのは非常に難しくて、僕もいろいろ考えたんですけれども、一応僕はこういうことを聞きたいということがリストとして並んでいるわけです。パネラーの方には、頭のどこかにこれを置いていただいて、話していただけたらありがたいと思っています。それでは一番最初に、こういうところから始めたいと思うんですけれども、『対話篇』に……。あっ、一つ言うことを忘れていました。笠井潔さんが本当は今日出席される予定だったんですけれども、ご病気で、歯に何かでき物ができたらしく、その腫瘍の手術をされまして昨日退院されたそうです。残念ながらご病気のため欠席ということになりました。それで、この『対話篇』に出られていない小浜さんと橋爪さんに、まず僕らと同じ立場で、この『村上春樹をめぐる冒険』というのを読んでどういうふうに感じられたか、この会の設定の吉本さんの文章についてどのように感じられたかというところから、そろそろ始めさせてもらいたいと思います。まあ長丁場ですからリラックスしてやりたいと思っています。それじゃ、よろしくお願いします。

●小説を書けない時代性（小浜逸郎）

小浜　小浜です。冷えますすね。もともと寒さに弱いものですから、思考も縮こまりがちなんですけれども、なんとか頑張ってやります。笠井さん、加藤さん、竹田さんの『対話篇』を僕は二回ほど読みまして、あの本全体に対する違和感というのはほとんどなくて、まあ細かいところで言いますと、村上春樹の一つ一つの作品に対する捉え方の違いというのはあるんですけれども、全体としてたいした違和感もなく読んでしまって、これはまさに同世代の非常に共感できる本だという印象を持っています。大ざっぱに言って、あの本は笠井さんがどちらかというと政治思想的な捉え方をしていて、加藤さんが個々の作品の、特に『ノルウェイの森』と『世界の終りとハードボイルド・ワンダーランド』ですけれども、その作品のわりあいに襞々《ひだひだ》みたいなところを分け入って、文学的な読み込みをされている。そしてそこから出てきた落差を、竹田さんがなんとなく総括的に捉えているというような印象を持ったんです。特に後半の、僕らの新しい時代の中で、思想というのはどういうふうに生き延びていったらいいのかということを討論しているところでは、かなりの部分が、ポストモダンだとか、たとえば柄谷行人さんなんかを中心とする外部に自分を置いて共同体を批判の対象にするという、そういうあり方に対してかなり繰り返し繰り返し根底的な批判をしているということで、その部分に対しては僕自身は、自分もたとえば湾岸戦争の文学者アピールに対する、自分なりの批判のようなことを通じて似たような角度から書いてきましたので、これは全く異論がないということで、おそらくあの部分のスタンスというのは、もうこれは終っているのではないかと。あの本自身にも「終った、終った」という表現がしきりに出てくるので、終っているのではないかと。もうこれはここらでいいよという感じがしたんですけれども。

今日、話はまとまらないと思うんですけれども、吉本さんの「七〇年代の光と影」という講演と、村上春樹が突き付けてるものとをリンケージさせて何とかということですので、吉本さんがその講演で言っていることを、何とか村上春樹の作品世界に繋げてみたいと思うんですけれども、団塊の世代というのが、吉本さんは、政治的社会的物語を作れないと感じてきたのではないかということをしきりに強調されているわけですね。この言葉というのを、僕らが団塊の世代の一員として、僕なら僕が受け止めた場合にどういうことかといいますと、小説を書けない時代性といいますか、小説という、それまでの伝統的な小説が成り立たない小説の不可能性というような世代感覚を、僕らはどこかで共有してきたのではないかという気がします。恥ずかしながら、僕も小説みたいなものをできたら書きたいと思っていた時期がありまして、今でも多少はそういう見果てぬ夢みたいなものは持っているんですけれども、まあそれに類するようなことも二、三やってはみたのですけれども、やはり書けない。というのは、もちろん半分は自分に才能がないんだけれども、あと半分くらいはもう少し世代に共通した、非常に小説を書くということが困難だという時代性があるんじゃないかと思っていたわけですね。

それは言ってみれば、全共闘体験の中で何か小説みたいなことをあそこでやっちゃったというような感じで、これはもう少し戦後文学の流れみたいな所から掘り下げていくと、小説を書けない時代性というのはどういうことかというと、つまり、たとえば戦後文学者というのを一番初めから見ていくと、たとえば第一次戦後派の野間宏とか椎名麟三とかそういう人たちというのは、戦争中自我というものを思いっきり抑えつけられていた。それが戦争が終った時にポンとはね除けられて、ガスが内部に、自我が充満していたものがどっと吹き出したというような感じがあった。それはそれで、小説を書くということの根底の根拠というかモチーフになっていたと思うんですね。あるいはその後で出てきた第三の新人にしても、一つの第一次戦後派的な自我の噴出みたいなものに対する、あるいは政治や社会と切り結ぶ課題みたいなものから、一つのアンチテーゼとして日常の些細なところにすごく凝縮していく、そういう必然性というか根拠というものも、第三の新人なりにあったというふうに思います。それから石原、大江の世代にしても、たとえば石原慎太郎だったら行動ということを表現していくというような、それぞれの文学、根拠とすべき、つまり小説というものを書いていくときのあるキーワードみたいなものが非常にそこではっきりしていた。僕たちというのは村上春樹に代表されるように、そういうものが全部スカスカになっちゃってなくなっちゃったところから、村上春樹の文学というのは始まっているんじゃないかというような気がするわけです。

それは、村上春樹の文学の特徴の中で、いろいろな面が現われていると思うんです。非常に乱暴な一言で言ってしまうと、それは「虚構性の中のリアリティ」というようなことだと思います。

つまり村上作品の特徴というのは幾つかあげられると思うんですけれども、一つは、本筋に入るまでに非常に周到な雰囲気作り、主な筋と関係のない雰囲気作りみたいなことが手を替え品を替え現われてくるわけですね。それからあるいは主人公の、ある「僕」なら「僕」という主人公のキャラクターにとても特徴があって、非常に一人の個人として自足した生活を送ってしっかりしている。たとえば女性に対する感覚、たとえばエロスの対象としての女性を自分のものにしようと思う時に、いろいろな、僕なんかだったらば、自分が女性に気に入られないということは自明の前提ですから(笑)、相手の女の人がどう考えているだろうとか、今相手の女の人がこういう態度をみせたのはこういうことを考えているのではないだろうかとか、そういうことを自我の内部でいろいろ自問自答して眺めていたようなことだったわけです。ところがそういうことがなく、すっと女との間に渡りをつけていく。ちょっと見ていて悔しくて仕方がないわけですけれども。女性に対して開かれたというか、あるいは受容性といいますか、そういうようなものがとても特徴として出ていました。

それからトリビアルな日常行動、そういうものをしつこく書くわけですよね。たとえばロックミュージックの音楽の曲名だとか、あるいは品物を羅列したり、あるいはお料理を自分でやって献立を次から次から書いていく。あるいは数字をたくさん並べる。ビールを何本飲んだとか、煙草を何回目に吸っただとか、あるいは時間が何時何分だとかいう表現が非常に頻出するということですね。そういうふうにして一日の行動、外面に現われた行動のようなもので何か空虚を埋めていくといいますか、そこは同じようにエロス的な主題を扱っていても、その実際の具体的な相手の関係との葛藤とかしがらみだとか、あるいは相手の自我の執着とか疑問とか自問自答というようなものを、初めから諦めているようなところがあるのがとても特徴的だと思います。そういうような日常の行動に自分を密着させる、トリビアルな日常行動というものに密着させていくという形で行間を埋めていく。そこに、何か主人公なら主人公の自足性というものが成り立っているところがあると思うんです。

そういう自足性というものは、言ってみれば、関係喪失というものを代償にした自足性である、しっかり性であるといいますか、そこには破綻とか暴力性とかそういったようなものが全く感じられない。で、それが村上文学というものが、従来から考えられている古典的な小説の概念というところからはみ出した特徴であって、それが小説を書けない時代性というものを象徴していると、僕は考えてきたんです。もう少し言ってしまうと、これはもう『世界の終りとハードボイルド・ワンダーランド』の中身と絡むんですけれども、そこには既に「死」というものが、意識の中で先取り的に体験されていて、身体の方は非常にまだ元気はつらつとしていて、気分もそんなにたるんでなくて、ビールもたくさん飲むしおいしいものもいっぱい食べる、みたいなこともあるんだけれども、「死」というものが意識の中で先取りされて、脳みそとか心とかあるいは魂とか、そんな中で先取り的に体験されているという印象がすごく強いわけです。まあそういうところに、小説が僕らの時代の感性の中ではなかなか一つの起承転結としては成り立たない、そのことが、吉本さんの言われている「政治的社会的物語は成り立たないんじゃないか」ということと何か一脈通じるような気がするわけです。そういうことを、やはり僕らの立っている地点というふうに村上春樹が提示しているわけで、それをまあ僕らなりに引き受けることによって、これを思想的にどういうふうに展開していったらよいかというふうに考えざるを得ないと思いますね。

それはたとえば吉本さんの世代であったらば、戦争体験とか、あるいはスターリニズムに対する反スターリニズム、あるいは反ソですね。そういうところに思想の原理というものをぐっと凝縮させていって、そこで思想的な営みの根拠というものを見出していくということがあったわけですけれども、僕らは、ソ連の崩壊や東欧のいろいろなことを持ち出すまでもなく、そういうものが、つまりその自立の根拠みたいなものがすっかりさらわれてしまっているところに立っているということが言えると思います。であるからといって、では自立の根拠というものがもうなくなったから、柄谷さんが言うように、たとえば文学批判というものは文学者だけができるんだから文学批判による一種の政治的行動、そういうものが必然化されるだろうかといったら、そうではない。やっぱり僕らはそういう無力感・空虚感というものにあくまで依拠する形で、それをどう表現化していったらいいのかというところにしか、基本的な課題はないというふうに思うわけです。それから先を言っておかなければ、まあ今日これからの中でいろいろと皆さんが言われると思うんで。

そこで、たとえば僕らの、べつにマニフェストを出すわけではないんですけれども、お三方の

小浜逸郎

本の中でも非常に、「終った」という表現が印象的に最後のほうに出てくるんですね。「終ったのは何か」というのを僕なりに言うと、それは終ったのは「思想」だというふうに、一度はっきりと口に出して言ってしまった方がいいだろうと。それは比喩的に言いますと、大型書店なんかに行きますと〈思想コーナー〉というのが、一応片隅の方にごそごそとありまして、さまざまな学者の人たちの本だとか、ポストモダンだとかあるいはフーコー、構造主義だとか、さまざまな本が並んでいるわけですけれども、なんとなくイライラするんですね。そういうものをいっぺんドバーッと全部どけてしまって、からっぽにしてしまってそこからやり直そうじゃないかというようなことを、いっぺんは僕ら自身口にした方がいいというようなことです。

そうしますと、じゃあ思想というものが終っちゃった、というふうに開き直った覚悟をした時に、僕らが何をするのかということなんですけれども、僕自身はこんなふうに考えています。つまり要するに、これから僕らがやることというのは、世界の忠実な証人になることだ、世界を証言し続けることだというような、あるいはこれは現象を受容するということでもいいんですけれども、そういうふうな構えをとる。そのための、世界を証言し続けるための最良の方法というのはどういうことなのか、それを作り直すにはどうしたらいいのかというような、そういうはなはだ抽象的な宣言めいているんですけれども、そういうような構えで、僕らはこれから考えていかなくちゃいけないんじゃないかというようなことを考えてきたわけです。ちょっとあまり長くなってしまいますので、この後は、たとえば細かい、あの本の中に出てきた『ノルウェイの森』とか『世界の終りとハードボイルド・ワンダーランド』についてのお三方の捉え方なんかに対する、ちょっと僕なんかは違う捉え方をしているというようなことがあるんですけれども、それはおいおい話に出ると思いますので、それでは橋爪さんのほうにお渡ししたいと思います。

岩脇　各発言の途中でわからないということがやっぱり出てくると思います。発言が終ってその発言の中にどうしてもわからないことがあれば、聞いておかなければならないと思ったことがあれば聞いてもらって結構です。そういうふうにしたいと思います。今のご発言で、ここがひっかかったとかいうことはないですか。じゃあ、続いて……。あっ、はい。

杉前　梁山泊の杉前です。気になったのは言葉です。「虚構」であるとか「自足性」であるとかいった言葉が、ある自明性をもって次から次へと流れていくんですね。疑問なんですけれども、一つ一つその言葉が、僕は昭和二八年生まれですけれど、聞いていて持つ違和感は何かというと、それは何ですか、というふうにたぶんなるんですよ。たとえば虚構とかいうのを村上春樹の作品のところで村上春樹がどのようであるのかと言ったときに、こういうところに違和感があります。言葉としてどうかわからないんですけれども最初に出発点で、違和感というのがたとえばこのレジュメで岩脇さんが書かれた文で、〈世代論なんかにしたくないし〉というふうに語られているのに、始まりますと、たとえば小浜さんなんかこの本に対して違和感がないと。その時に確か「世代」という言葉を使われています。僕が、言葉としてそう言ったときに、ものすごく違和感を感じます。僕自身『村上春樹をめぐる冒険』に関しては、非常に違和感がありました。つまり、そちらのほうで語られていることが、何らかの世代、僕らにはわからない世代、そういうものとしてこちらに届いています。僕の実感としてです。

小浜　世代を強調するつもりはなかったんですけれども、世代で悪ければ八〇年代という時代でもいいんですよね。それは、特に村上春樹が今日のテーマですから、たまたまそこに焦点が集まっているんですけれども、たとえばもっと若い世代で吉本ばななさんでもいいと思うんですが、つまり「虚構の中のリアリティ」というふうな言い方をしたのは、現実のどろどろした人間と人間の葛藤とか、そういうようなものからふっと身をそらしたところに表現世界というのを開いている、それは起こり得ない設定なんですよね、実際の中では。それは、こういうことは起こり得ないんだから、現実生活の中で起こり得ないんだからリアリティがないじゃないかと、だから文学としてだめなんだというような評価が、はたして言えるかどうかということを僕は考えるわけです。おそらくそれはそうじゃなくて、八〇年代になってですね、吉本さんなんか「サブカルチャーがカルチャーを脅かした」という言い方をされているわけだけれども、僕たちの生活意識というのはかなり多重化してですね、比喩的に言えば、ある水面よりももっと高いところに、一方では足元は現実生活で足をすくわれながら生活していながら、高いところに表現意識なりあるいは表現を受け止める鑑賞者の意識ですね、そういうものがかなりはっきりとした形で設定されてきた。で、これはたとえば松本孝幸という若い書き手がいますけれども、この人は確か「作為された自己体験」という言葉を使われていたと思うんだけれども、そういうある水準を完全に越えたところに、一種の鑑賞意識の、鑑賞者としての意識のリアリティみたいなものがどうも成立したのではないか。そういうものを成立させるのに、サブカルチャーの圧倒的なエネルギーみたいなものが、非常に与《あず》かるところが大きかった。それは漫画なんかでもいいんですけれども、漫画は実際に起こり得ない世界を描いている。しかし何かそこにはリアリティとしか言いようのないものがあるんだと。僕らが現実の生活をしていて、「うーん、これだ!」と思わざるを得ないようなものが流れているということなんですね。そこのところをちょっと言ってみたかったということなんですけれども。必ずしもね、世代間の違和感ということでは……。

杉前　そう言われたときに違和感がね、たとえば漫画を虚構性というところにもっていって、抽象化していると思うんですよ。たとえば村上春樹の作品を、ある種の虚構の形なりなんなりでやっていって、それを普遍性へと繋いでいる。この虚構という言葉で、同じように抽象化している。「漫画は虚構だから」という言い方をしてますよね。ちょっと言いたいのは、そこで違和感が起こるということなんです。僕が言っているのは、こちらはそちらに世代的な壁を見るわけです。一応文面上は、世代論にしたくないとされている。そこでこちらは世代的な壁を見るわけです。

小浜　それは世代を意識しすぎなんですか。ですからあなたのね、世代に対する……。

杉前　〔……〕若い人で何か発言してもらえないかと、あまりそういう形になっていないようですから。

参加者　言っている意味があまり僕にはわからへんねんけど。そっちの言っていることがね。

杉前　ああそうなんですか。

小浜　ですからあなたの言われるその世代間の違和感というのを、もう少し具体的に言っていただけると、こちらとしても話が繋げる。

杉前　言葉を正確にとってほしいのは、そちらが言われた時に、世代間の違和ということが生じてくる。

竹田　後でまとめてやったらどうですか。

小浜　それはあれですか、僕なんかがたとえば使う、まだこれからみなさんいろいろ言われると思うんですが、僕はまだ第一番目しか発言していないんだけど、たとえば用語に対して引っ掛かるとかそういうことですか。具体的に言ってしまうと。たとえば虚構なら虚構と言った時にぐっとつまづくというような……。

杉前　〔……〕ある世代の体験みたいなところでしか解けないのです。そういうのは僕らの知らない世界なわけです。

小浜　あなたは何を、知らないというふうに外部に追いやってみているわけですか。

杉前　〔……〕よく知らないのです。

参加者　ある程度全共闘世代〔……〕そこで言うということ〔……〕。

竹田　なんかつまり、この世代とかこの本全体に対して違和感があるわけだから、そこを言い合わなければだめだと思うから、後でまとめてやったらどうかな。

参加者　進めてくださってよろしいんじゃないですか。

（拍手）

小浜　それじゃまた後で。

山内　山内といいます。小浜さんの話の中で、自立の根拠がさらわれているという状況であると。その時にね、吉本隆明ならば戦争体験というものがあって、という言い方をなさったでしょう。「僕ら」にはという言い方をした。その「僕ら」というのは、吉本隆明を含んでいると考えないとおかしいんじゃないかと思うんですけれど。つまり現在の状況としてそうなっている。つまりどんな戦争体験があったって、僕らだって、僕も小浜さんと同世代だけれど、ある体験はあるわけですよね。それをバネに何かをやろうと思ったってできない、それは吉本隆明だって同じじゃないかと思うんですけれども。どういう趣旨でおっしゃったのか、ちょっとお伺いしたい。

小浜　たとえば僕は二二年生まれで、さっきの方は二八年生まれなんだけれども、その六年ぐらいの世代の差でね、何かこちらが特権的に経験があってということを言いたいわけじゃないんです。同時代っていう、たとえば八〇年代の十年間をくぐり抜けてきた者として、という感じでいいと思うんですけれどね。つまりそこで何が起こっているのかということで、それが普遍的に言えるかどうかわからないですけれども。普遍的に二二年生まれにも起こっているのか、現象しているのかそれはわからないですが、たぶん何か共通に襲っているものというのはあるのじゃないかと思うんです。それを読み解こうという感じで言っていたんですけれども。

岩脇　あのね、世代論にはしたくないという僕のレジュメなんですけど……。
小浜　だって村上春樹の読者だって二十代の人が圧倒的に多いわけでしょう。
岩脇　世代の問題はどこかで、この流れの中でまとめてやりましょう、それじゃ。僕の段階では世代論にはしない保証というのは、具体的な問題についてどう考えるかというところに繋げていかないと、それは解決できないと僕は思います。じゃあ一応これで置いておいて、橋爪さんに発言してほしいと思います。

◉切実でないという逆転（橋爪大三郎）

橋爪　橋爪です。六時で切らなきゃいけないんで、早く回す関係上、要領よくしゃべりたいと思いますけれども。私は社会学というのをやっていることになっていますので、文学のことはよくわかりません。文学は全然守備範囲ではないんです。ですからどうしてこういう機会に呼ばれたのかあまりよくわかってないんですけれども。
岩脇　あの補足します。
橋爪　いえ、まあなぜ呼ばれたかということは僕、全然関心がないんで、それはいいんですけれども（笑）。で、主催者側に、村上春樹なんて人は読んだことがないんで何を読めばいいのかと聞いたところ、主要四つ作品があるからそれを読んできてくださいということで、一応それを読もうと思って頑張って、『ダンス・ダンス・ダンス』は読みかけなんですが、あとは読みました。小説というのを読むのは非常に久し振りな気がしました。それで読んでみた体験ということを言いますと、感覚ですけれども、頭の中でやっぱり小説というのは別の場所が動いていくという、非常に刺激があってよかった。僕らがやっている学問というのは、現実に関わるという前提で動いているわけです。だからみんなが同じ現実を共有していて、それをどういうふうに理解するかという、そういうところで勝負しているんですよね。だから基本的に別々の現実を持っているということはないんです。ですからいつも固定したパターンで頭を使っているわけですけれども、小説というのはフィクションなんです。「虚構」と言ってもいいんです。こういう基本的な言葉がわからないというのは、世代の問題じゃないから、はっきりしてほしいんだけれども、フィクションなんです。フィクションというのは、自分が考えて設定した前提からどこまで進んでもいいということなんですね。それはクリアされちゃうんですね、ある段階にいくと。現実じゃないから。そういう作品行為というのがあって、学問に関係ないから僕は読まないんだけれど、たまに読んでみると非常に体験としておもしろかった。普段小説というのを読んでいる人はそういうふうに頭を動かしているんだな、というふうに再確認したわけですが。まあそれはどうでもいいことで、だんだん言いたいことになってきますが。で、村上春樹以外のどんな現代の作家がいるかなんてことも僕はほとんど知らなくて、ゆえに僕が村上春樹から読み込んだことが、作品に内在してどういうことだとか、この作家が優れているかどうかなんてことは、僕は全然わからない。

ただこの作品が三〇〇万部売れたということが、社会学者にとっては重要で（笑）、それはそれだけのアッピールをもった何かがあるという、それだけで一応読むだけの値打がある。だから依頼があった時に僕は読んでみようと思ったんです。

読んだ順番から言いますと、たまたま手に入った順番で読んだんですけれども、『ハードボイルド・ワンダーランド』というのを読んだ。で、これはまあまあなかなかのものであるというふうに初めはよかった。特に文体がよかった。次に『羊をめぐる冒険』を読んだ。なんてひどいと思った。次に『ノルウェイの森』を読んで、ますますひどいというふうに思った。非常に不快だった。次に『ダンス・ダンス・ダンス』を読んで、まあ少しましかなあという感じがしました。細かい感想を言ってもしょうがないから、僕がどう理解したかというふうに考えると、まず非常に通俗的であると。通俗的というのは悪い意味で言っているのではなくて、読まれるということを十分に意識した通俗性というものに集中しているという感じがした。それから村上春樹の作品世界の本質というのは、村上春樹の本質と言ってもいいけれども、「臆面のないナルシスト」だと。ふだんナルシストというのは、そんなに人に見せられるものじゃないから、特に臆面がない場合どうしようもないんですけれども、それを作品世界にして人に見せるという、これだけ徹底していて、しかもそれが売れているというのはどういうことなのかなと僕は思いました。まあそんなふうに感じたわけです。臆面のないナルシストはたくさんいるんですけれども、それが小説になるというのはまた別のことでね。それがそのまま小説として作品化されて、広く受け入れられているという現象が、これは何なのかということが僕が次に感じた疑問だったんです。

ナルシズムということを若干説明すると、小説の中でやっぱり印象的なのは食べ物のことで、特にビールとかそういうものです。彼が食べる食べ物とかですね、そういうものは作品世界の中でということでいいのですけれども、僕なんかは、一番値段の安い三一〇円の学食ランチとかコストベネフィットで一番いいと思っているわけです。でも彼はそうじゃなくて、小説の中でもそうですが、早稲田だとかの学食に行かないで近くのレストランに行く。こういうふうにこだわる。そういうこだわり方を僕はナルシズムだと思うわけです。食べ物を食べるということが、飢えとか栄養とかそういう現実的な動機から切り離されているんだということを言いたいわけで、それ以外の服とか日常生活なんかも、すべていわゆる切実さというものから切り離されている。切実でないという話なんですね。六〇年代というのは、切実なものこそ現実だという考え方で、切実でなかったりするとすごく後ろめたくて、切実でない人は一生懸命、切実な第三世界とかプロレタリアートとかそういうものを探してきていたわけですよ。だけど彼は切実でないということから出発するという、いわば逆転の発想をとっているわけです。ということは非常に危険でもあるわけで、切実でないということは、切実イコール現実という等式をもし認めるならば、現実がないということなんです。現実性がないということは、おそらく自分のアイデンティティも、社会的に承認される形で第三者に示すことができないということになると思うんですけれども、そういうところがある。作品の中に色濃く出ているけれども、おそらくまずその前に、彼自身が個人的な事情から友達もいなくてね、女の子ともごちゃごちゃしたりとか、そういう消耗な時期を一〇年ないし一五年ぐらいずうっとやっていたんだろうと想像はつくんですが。だから作品自体が、彼のそういう個人的な事情というのと非常に近い場所から出ていると。だから作品自体、おそらく彼は日記とか個人的な文章をたくさん書いていた人じゃないかと想像するんですけれども、そういういわば精神治療的な癒しの儀式になっていると、そういうふうな気がしました。だから作品そのものは非常に個人的なものなんですね。それが広く読まれてしまうということが重要で、ゆえにそういう「癒しの儀式」というものを非常に受容している、大勢の読者がいるということなのかなあとこういうふうに思ったわけです。非常に社会学的で、文学的でなくて申し訳ありません。まあそういうふうに思いました。

僕は、村上春樹が若い人にたくさん読まれているというから、もっと非常に新しくてはっとするような小説かと思ったら、そういうことは全然なくて非常に古くさい。私から見ると、よく知っている世界でね。なぜこんなのが受けるのかと思ったんです。つまり六〇年代のことが主にこだわって書かれていて、まあちょっと新しいのもありますけれども、八〇年代から九〇年代の今、受けていると。そこには年代のずれがあって読者は若いわけですね。どうやって読まれているのか若干想像がつかないんですが、一つはトレンディドラマみたいに読まれている可能性があって、なんか傷ついたり、なんかいろいろしていると。最近の若い人はもうちょっとさばけているというか、なんというかそこまで深く傷つくということをしないように、傷つくということを怖れて

橋爪大三郎

いるレベルもあるので、そういう代償として、まあ若い人にありがちなことだけれども、読まれるのかなあと。

もう一つは、なんというか感性が作品になるのにそれぐらい時間がかかるのかなという気もします。六〇年代のことでもですね、感性として非常に傷ついて体に刻まれても、それが作品的に文体になって第三者にわかる形で、たとえばビールの飲み方とか町をどうやって歩いたとかですね、そういうことをナルシスティックに臆面もなく表現するのに修練というものがいってね、それにまあ二十年とかそれぐらいかかったのかなあとか、そんなふうなことを思いました。そうすると若い人というのは同時代の感性の作品を直接読むことはできなくて、やっぱり若干上の世代の人の中から、そのある水準に達した作品みたいなものを読んで、そこに代償的に何かを見ていくみたいなね、そういうことをするのかなあと思ったんですけれども。それはまあ私の勝手な感想です。村上春樹についてわかっているのはそこまでで、あとはよくわかりません。

で、あと『村上春樹をめぐる冒険』という本のことですね。今日新幹線の中で読みまして、まあそうだろうなあと思いましたけれども、ただ村上春樹がある作品を書いているという事実を一〇〇%、三六〇度の角度から照らし出しているかというと、若干どうかなという気がしました。書いてある事柄はおおむね賛成できるようなことが多いのですけれども、ただ書かれていない部分もたぶんたくさんあるなというふうな気が、生意気ですがちょっとしました。お三方の議論の中では、僕が割合近いのは竹田さんの意見というか感覚なんで、まあなるほどと思って読みました。

それから今日の司会者の方のレジュメの中に提起があるんですけれども、なんか今日のテーマの一つとして、社会的な問題群、国家、民族とかそういうようなことを議論するというような趣旨で提案されていますけれども、村上春樹という人の作品行為というのは、こういう社会的な問題群というのと、非常に無関係でほとんど接点がないというところで出てきているのでね、それをどういうふうにするのか私はよくわからないんですね。村上春樹をだしにして、たとえば全共闘のことがちらっと書いてあったからとか、そういうことで言ってもしょうがないわけなんですね。村上春樹という人は、まあナルシズムの一つの表現ですが、社会問題ということをおそらく徹底的にわからない人だと思うんです、この人は。僕は文学ということは徹底的にわからない人なので、村上春樹とは接点がないなあと思いましたけれども、それなりになんか接点を付けてくださる「羊男」みたいな人がいるかもしれないので(笑)、それは後で楽しみにしたいと思います。

吉本さんのものも南海電車の特急の中で読みまして、まあなるほどと思いました。

岩脇 はい、ありがとうございました。どなたか……。それじゃ進めます。次は竹田さんにお願いいたします。

◉なぜおもしろいと思うか（竹田青嗣）

竹田　竹田です。一応話の流れとして、お二人が言ったことに関してなんか僕が言うということなんで、一言いいたいんですが。あの、みなさんはどうかわからないんですが、僕はもう村上春樹のことについてしゃべろうというふうに思ってはあまり来ていないんですよね。村上春樹の小説についても、この頃健忘症でだいぶ忘れてしまって、さっき『ダンス・ダンス・ダンス』の筋はどうなるんだって、橋爪さんに聞かれて思い出せないんです。もう一つは僕らの『対話篇』ですが、あれも何をしゃべったかあんまりよく覚えていないんです。ただ僕がこのシンポジウムをやるというのに受け取ったことは、なぜ村上春樹の小説が僕にとって問題になったかというと、僕は読んでおもしろかったんですね。ところが僕が非常に信頼している、文学的に信頼している人が何人かいて、「こんなものは全然だめだ」というふうに言うわけですよ。それで僕はなんかいろいろ気になったんですね。何度も読み直してみて、なぜ僕が村上春樹をおもしろいと思うかということの理由を、自分の中ではっきりさせたいというようなことだったんです。それで『村上春樹をめぐる冒険』という本をやって、それで自分の中にはあるふんぎりがついて、ふんぎりがついたところから後を、ここでしゃべるというようなことではないかなと思って来たんです。まあなんか村上春樹についてしゃべれと言われれば、何か思い出してしゃべりますが（笑）。

僕が今日お話を一緒に来られたパネラーの方としてみたいのは、自分勝手なことを言いますと、その後のことです。つまり村上春樹の小説が僕にとってどういう意味を持っていたのかというと、これはみなさんお読みになったと思いますが、吉本隆明氏が言っているような、つまり六〇年代から七〇年代にかけて「思想」というものが問題にしていたこと、それは何かといいますと、ひと言でいうと「社会をどういうふうによくするか」というところから始めるということです。僕らもそこから始めた。で、僕が村上春樹の小説を読んで思ったのは、そこから始める、「社会をどういうふうによくするか」というふうなところから始めるという考え方は、今ではもうこれは死んでしまったと。それはなぜ死んだかというのは後でゆっくりお話しますが、そこから始めることができる条件を、今生きている人間は、さっき橋爪さんが「同じ現実を持っている」というふうに言いましたが、僕の理解では基本的には、一般的に言うと、ほとんどの人が持っていないということです。したがってそこから始めるということは、僕はやめようというわけですね。

ところがそこから考え始めるのはやめようと思った時に、そうすると、いったい人間がものを考えるということはどういうことなんだろうかと。簡単に言いますと、ものを考えるというのは、まず世の中が少しよくなるというふうなことをどうやったら考えられるか、もう一つは自分がなるべくよく生きるためにどういうふうに考えるか、この二つのことが大きいわけですね。僕はさっきリハビリという言葉が出ましたが、岩脇さんが言ったんですが、自分なりにリハビリを、リハビリというのは何が何だかわけがわからなくなってちょっと考え直してみたということですが、考えていたんですけれども、自分がどういうふうに頑張って生きていくのかということは多少考えました。しかしそこから考えると、世の中のことはどうでもいいんじゃないか、あるいは世の中のことは全く考えられないんじゃないか、それではやっぱりなんだか不安だということがあったわけですね。そのことをなんかうまく繋げないと、自分が一生懸命自分のことについて考えているということの意味が、結局はないんじゃないかというふうに考えてきたんです。さっき橋爪さんが「癒しの技術」というふうに言いましたが、僕は村上春樹の小説の中に読んだのは、まさしく非常に困っていた状態から、「あっ、こういうふうに考えれば、だんだん癒すことができる」と。そういう「癒しの技術」は、橋爪さんは否定的な意味で言われたのかもしれませんが、僕は非常にその「癒し」ということを、つまり世の中いっぺんわけが全くわからなくなった、自分のことについても社会のことについてもどういうふうに考えたらいいのかということが、わけがわからなくなったことから少しずつ自分を癒していく。その一つのポイントとしてナルシズムというのは、非常に大きなポイントで、これも橋爪さんは否定的に使われたのかもしれないんですが、僕は非常に肯定的に思うんですね。そういうことで僕は村上春樹の小説というのはおもしろかった。

作品論をやりますと、僕は井上陽水論（『陽水の快楽』一九八六年）というのをやりましたから、もうよくわかっているのですけれども、僕がいくら井上陽水をおもしろいというふうに言っても、井上陽水が響かない人は、「なんだこれは、竹田の言っていることは全然わからない」と。でも

竹田青嗣

それはいくらでもあることなんですね。だけど村上春樹ほどそういう問題が現われたというのはなかなかないことで、それを僕はたいへんおもしろいことだと思います。そのことをここで、橋爪さんのようにあまりおもしろくないという人もいるし、もちろんこの中にもおられると思うんですが、その先のことを考えられたらいいなあというふうに思っています。そんなところで、では加藤さんに。

◉マクシムとモラルA／モラルB（加藤典洋）

加藤　加藤です。僕は特別お話するようなことを準備してきているわけではないのですけれども、お二人のお話と質問があって、竹田さんのお話があったのを聞いたうえで、ちょっと考えていることをお話したいと思います。

レジュメとか吉本さんの講演記録などを読んだうえで、いろんな、特に橋爪さんが言及されたような問題設定というのができるんですけれども、僕、今なんていうかあまりお話するということがないというか、あまりわからない所にいるような気がするんですけれどもね。そのわからないところにいるということが、先ほどの人のほうで質問された、昭和二八年生まれの方の違和感ということで言うと、僕は、「世代論のようなものにしたくない」という発想で言いますと、世代論的なものにしたくないという発想が、やはり世代論的なものかもしれないなという気はあります。つまり僕が思うには、今ちょっと問題をどんなふうに考えていったらいいのかわからないというか、問題というのがよくわからないというところなんですね。で、そのわからないということを通じて、先ほどのなんか違和感を提示された方に、なんか繋がるかなあという感じもしています。

村上春樹についていうと、僕は個々の作品についていては、この『村上春樹をめぐる冒険』というところでしゃべっているわけで、僕も読み返してはきていませんので詳しいことについては思い出す必要があるのですけれども、ここで司会者が用意してくれた質問ということについて触れて言いますと、この二番目のところに載っている「マクシムの受容」という言葉で言われているとが、僕には切実に響いた時期があって、それは今も別の形で残っている。ただ橋爪さんのお話を聞いていてだいぶ受け取り方が違うなあと、それは受け取り方が違うほうがいいのでね、そこをどんなふうに言ったらいいのかなあと思うんですけれども。

僕は橋爪さんのお話でいえば、かなり素朴に文学的に村上春樹の小説を読んだような気がするんですね。それで最初反発みたいなものがあったんですけれども、自分に素直になってみますとね、やはり響いてくるものがある。そこにはいろんなことがあるのですけれども、この「マクシム」という言葉で言われているようなこと、要するに「自分はビールを左手で飲むことにする」みたいなね、お話ですよね。つまり「きみはこういうことをすべきだ」という言い方に対して、「自分はこういうことにする」という言い方、言い方というか考え方、ルールの手に仕方、それがここで言われている「マクシム」ということだと思うんですけれども。それは「きみはこういうふうなことをすべきだ」というようなことに対してこの人が持ったもの、それに対して村上春樹が持ったものだというふうに僕は受け取ったのです。この片方、正確な言い方じゃないと思いますが、一応「マクシム」の同じレベルで対比的に、「モラル」という言葉を出しますと、そのモラルというものの力、これはかなり外在的なものとしてある力ですが、そういうようなものがなくなってきて、それに応じてマクシムというものの力もなくなってきた。

その時どうするかという問題を、かなり早い時期に、村上春樹は実はそういう問題にぶつかっていたという気がします。そこが僕には、今の時点で考えても、やはりなかなか優れた問題の場面を取り出していたなあという気がします。

つまり村上春樹が受け取られて、なかなかいいというふうに受け取られた時には、このマクシムがなかなかすてきだというふうに受け取られたのですけれども、その時には村上春樹自身はそれがもう「どうにもならない」というところにいて、じゃあそれが「どうにもならない」ならどうすることができるだろうか、ということを問題にしてきたような気がしているわけです。じゃあその後でモラルがどのように変わるのかという質問があるのですけれども、これがなかなか難しい。ですけれども、マクシムではどうにもならないというふうなことにぶつかった時に、モラルというのは、そのマクシムに力を与えた、対抗勢力として力を与えていたモラルとは違う形で、最初のモラルを「モラルA」としますとね、「モラルA」がなくなってマクシムもそれに応じて

加藤典洋

力がなくなったと自分の中に感じられた時に、自分の中でマクシムが力を持たなくなった、どうにもならないと感じさせたものは、おそらく来たるべき「モラルB」だと思うんです。
だからそのへんが僕としては、吉本さんの講演記録、昨日初めて読んだんですけれども、読んでいておもしろかったのは「反物語」というところがおもしろかったことの一つなんですが、ただ僕には吉本さんの言っている「反物語」ということが、吉本さんに則して読むとわからないでもないけれども、それがおもしろいというふうに僕に受け止められた文脈から言うと、もう一つ自分の中でははっきりしない。ただそういうものが必要だというのは、僕なりの理解で言うと僕は非常に切実に感じていますね。それと「モラルB」というのが何らかの形で繋がるかなあというようなことを思っています。まあこれくらいで、機会があったら発言したいと思います。

岩脇　一通り終ったんですが、ここで質問を受けつけます。何か質問ありますか。どんどん発言してほしいんですが。

◉つかみたいという欲望と挫折（竹田）

水流　大阪の水流《つる》と申します。先ほど竹田先生が言われた、好き嫌いがはっきりしていることが象徴されているというふうに自分は受け取ったのですが、それでよろしいですか。橋爪先生はあまりよい印象を受けられなくて、竹田先生の場合には非常にいいというふうに感じるわけで、それが村上春樹の場合にすごくはっきり現われていると。で、『対話篇』の中で、マクシムの問題も絡んでだと思うんですけれども、そういう社会的な問題を含めて描く人がいないというふうにおっしゃられていたと思うんです。どなたの発言かよく覚えていないのですが、好き嫌いということは選択の余地があるというふうに自分では考えているのですけれど、描く人がいないというのは必然的に村上春樹自身に絞られるというか、そういう形になってくるんですけど、たとえば、受け取り方としてどういうような違いがあるのかとか、関連してだとか、そういうところがもう一つよくわからないのです。

竹田　ちょっと質問の意味がわかりきらないところもあるのですけれども。つまり村上春樹が、主人公が細かいことにこだわるということがありますよね。で、細かいことにこだわるというのは、さっき橋爪さんが言われたとおり、まず外側の大事なものがなくなって、なくなっているから細かいことにこだわるということだと思うんです。その外側の大事なことがなくなってしまって、つまりどんな人間でもこれが大事だというように思えるようなことが昔はかなりあったんですが、今はなくなっているというようなことを、非常にああいう形で、僕なんかには初めて「ああ、うまいことを言ったなあ」という、そういう感じがあったということが一つです。

それからもう一つは何でしたかね。あのね、僕の村上春樹の感じをちょっとまとめて言いますとね、僕は全共闘の世代に属するわけですよ。全共闘の世代というのが、まあ自分がそこから受け取った問題というのが、社会をよくするためにどうすればいいのかというふうな問題から始まって、その時にはそれは僕にとって大事な問題だと思えたんですね。だんだんそれがよくわからなくなってきて、最終的に、全共闘の世代というのはあれはいったい自分にとって何だったんだろうとよくわからなくなったんですが、そのあと僕は個人的に暮らしていたんです（笑）。あまり難しいことを考えないように暮らしていたんです。わからなくなって暮らしてたんですが、ある時ふと思い当ることがあって、それは、ちょっと恥しいんですが、誰でもすると思いますが、恋愛があるでしょう。恋愛というのもよくわからなくなることがあるんですよね（笑）。それと似てるんですよ。その時、「あっ、ひょっとしてこういうことかな」というふうに思ったのがあって、それをあえて面倒くさい言葉で言いますと、恋愛も全共闘体験も、絶対これをつかみたいという欲望があるんですよ。ところがそれはなかなか生き延びることはできない。それは誰でもわかると思いますが、絶対この人でなければ私は死んでしまうと思っても、だんだん先へ進むと冷めてしまうわけですよね（笑）。それとなんか不思議さが残るんですよ。なんだ俺があんなふうに思ったのはあれは幻想だったんだな、というようなのが残りますよね。だけどもあの時あんなに一生懸命になったあの気持は何だったんだろう、あれも全部嘘だったのか、というとそうとも思えない、というのが残るわけです。そこで僕は、全共闘体験というのは自分にとってこういうことだったんだな、というふうになんかわかった気がしたんです。

つまり人間というのは、全共闘世代、全共闘の体験とかいうことではなくて、大なり小なり、まあ自分の中に不足があるのかもしれませんが、そこから出て絶対的なもの、あるいはすごくいいものを求めようとしてどこかで挫折するんだと。で、挫折する時に挫折し過ぎると、自分の力がなくなるんですね。つまりみんな自分の幻想なんだと思うと、なんか生きる希望がなくなるわけですよ。そこで、そうでもないんじゃないか、つまり、絶対的にこれじゃないとだめだというふうな望みをいつまでたっても持っていると、これも生きていけない。だけどそんなのは全く何もなかったんだと考えると、これも生きていけない。で、だけど、体験している時はなんかよくわからんというふうに残るんですが、もうちょっと考えていくと、人間というのはこんなふうに生きてるんだなあと。つまり絶対的なものに対するあこがれと、だけど現実の中で生きていかなくちゃいけないということの間で、どういうふうに自分の生きるということを考えるか、そういうところにどんな時代でも重要なポイントがあるんじゃないかと。僕は簡単に言うと、そんなふうに自分の全共闘の時代というのを考えたんですね。

そんなこととどんな小説でも書いてあるじゃないかというふうに言われると、確かにどんな小説にも書いてあるんですけれども、しかし村上春樹の小説の中には、一応僕は村上春樹と同世代ですけれども、自分が生きてきたある時代感覚として、それを非常に今まであまり予想もしていなかったような形で、村上春樹がそれを非常にちゃんと書いている。他の同世代の作家はそこのところにうまくピタッと焦点が届いていない。なんか書こうとしているんだけれど、あまりうまく矢が的に刺さっていない。村上春樹だけがそういう問題をうまくクリアに出して、僕なんかに教えたんじゃないか、そんな感じなんです。

水流　それから先なんですけれど、たとえば橋爪先生と竹田先生の発言で、「通じるところがある」とお互いにおっしゃって、でも感じ方が好き嫌いに分かれてしまうというところが、結局あの対談ではお二人の評論家の方を攻撃されていますけれど、でもあの方の立場とは橋爪先生のおっしゃっているのはまた違うような気がするのですが、それはいったいどこからくるのかということを知りたいなあと思ったんですけれど。

竹田　それはわからない。性格の違いじゃないですか（笑）。僕が橋爪さんのものを読んで、僕は現象学を考えて橋爪さんはいわば構造主義ですから、全然前提としては違うんですよね。だけど、あっ、こいつはなんか似てるんじゃないかと（笑）。僕の確信は、橋爪さんと自分とは考え方の一番底のところではあんまり違っていないんじゃないかというふうに思っていて、それは結構思想的に確信があるんですよね。橋爪さんは、竹田なんかと一緒にされちゃ困るというふうに思っているかもわかりませんが。ただ、作品、音楽なんか特にそうですけれども、人間には感受性というものがありますから、全然ピンとこないとかね。そこをちょっと橋爪さんに聞いてみたいんですが、つまりこの作品は絶対よくないんだと思う場合があるんです。そういう場合と、俺にはピンとこないという場合とは違うんですね。橋爪さんが、自分は村上春樹の作品というのはこれはよくない、あるなんか理由があってよくないと思われているのか、俺にはこれはピンとこないんじゃないかと思われているのか、後者だったら別に、やっぱりそれほど僕と橋爪さんはそんな大きな違いはないんじゃない？

水流　それでしたら、たとえば好き嫌いということだけじゃなくて三つあるわけですね。絶対的によくないというのと、ピンとこないというのと、これはいいというのと。

竹田　ちょっと違うんじゃないですかね。

岩脇　加藤さんがどこかで「好き嫌いに関係ある、関係ない」と言ったでしょう。そういうことじゃないかな。

加藤　いや、ちょっと違いますね。

◉健康な人間は読む必要がない（橋爪）

橋爪　あのう、やっぱり作品として失敗しちゃってだめ、どうしようもないというのは結構あると思いますよ。そっちが先に目にいっちゃうから、好きとか嫌いとかいうレベルにおそらくならないんですよね。作品として一応何とかなっている場合に、そういう作品が数ある中でどれを評価するかというのは、やっぱり資質の違いとかね、そういうことがあるから。軸が幾つあるか知りませんが、たぶんそういうことだと思うんですね。で、僕はさっき村上春樹について若干マイナスにいろいろ言ったので、第一印象としてはそういうふうに言いますけれども、プラスのこともたくさんちょっと。フォローという意味で言えば、『世界の終りとハードボイルド・ワンダーランド』を読んだ時には、僕はこの人の文体というのは嫌いじゃないと思いました。つまり割合ぴったりくるものがあった。まず、ディテールにこだわる記述というのが非常に正確でね、厳密な精神を持っている人だなあと思いました。特にね、非常に英語の印象が強かった。翻訳なんかもいろいろやっているそうですけれども、あの小説に限って言うと、日本語であるという気がしなかった。おそらく英語で発想しているんじゃないかと思います。それは個々の文章によるんじゃなくて、プロットの構成とかシチュエーションとか、いろいろなものを非常に意図して原籍不明にしようとしているところがあって、なんかそれが彼の作品世界の必然にあるんだなあと。そういうことができるのか、ということがあっておもしろかった。ベタベタした、なんというのかな、叙情性とはちょっと違った、情念のぐしゃぐしゃしたという日本の小説ってあるでしょう。僕昔読んだんですけれども。ああいうの困るなと思ったんですけれども、そういうところがなくて、それは僕はたいへん評価できたんです。そのあと『ノルウェイの森』とか『羊をめぐる冒険』とかを読んで、まず「癒し」という言葉を言いましたが、逆に言うと、この人は病気だと、あるいは病気だったことに非常にこだわっていて、健康な人間はこの小説は読む必要がないと思ったんです。そういう意味で、つまり登場人物とかプロットの中に、ある共感がないとページを繰るのが楽しくないでしょう。あんまり楽しくないんですよ、滅入っちゃって。もちろんおもしろいところもあるから、そういうところは楽しんで読みましたけれども、まあそういうことだったと。

もう一つは村上春樹という人が、僕はだいぶ年下の人だと思ったんですね、なんとなく。同年だと知ってびっくりしたんですが。つまり少年の精神の構造というのを非常に大きく残していて、ただテクニックだけは非常にあってね、小説家ですから。そういう点では確たるものがあるんだけれども、精神の構えとしてはこの人は少年なんだなあと思いました。作品自体が昔書かれているということもあるのかもしれませんが、そういう点で、若干ちょっと違うというふうに思ったんですね。で、『世界の終りとハードボイルド・ワンダーランド』とか『ダンス・ダンス・ダンス』とか、ああいうものは作品の箱自体がね、自分の精神の独白とか、やむにやまれぬ場所というのとちょっと距離をとるために、枠ができているんですね。小説としての枠が。ですからよくも悪くも、ある変化だと思うんです。それがいいことか悪いことか僕はよくわからないんですけれども。そういう枠がある方が僕は安心して読めて、ということにすぎないんですね。

竹田　橋爪さん、文芸評論家みたい……(笑)。いや、なかなか非常に納得できる話でしたよ。それからもう一つ思ったのは、僕はすごく病気だったと思うんですよね(笑)。でも橋爪さんはあの頃から病気にかからないでちゃんとしっかり……。そこの違いじゃないかなという気も……。

岩脇　小浜さん。僕がリストに入れたんですけれども、僕らの今の生活の実感がありますよね、それと村上春樹の生活とちょっと引っ掛かるところがあると思うんです。

小浜　僕は村上春樹に対してアンビバレントな印象を持つんですよ。それはやっぱり、自分が結婚をして一人の女性と付き合って子供を作ってという、そういうしがらみの中で悶えつつ生きてきたという、そういう場所から見ると、単独者として生きて、結構さっきも言いましたけれど、女の子が欲しいなと思えば思ったものが手に入るというような世界を書いているということは、僕なりのルサンチマンというのもありますけれども、それ以上に「調子こいてやっとるわいな」というようなね。こういうことで我々の生きている現実を捉えきれないいんじゃないかというようなマイナスの意味の感覚というのももちろんあるんですけれども、しかしそれはこうじゃないかと思うんです。そういう、さっきも言ったんですが、現実べったりというような直接的なものを描くということが、なにも文学のリアリティじゃないんですね。そして、僕ら現実に足を取られながら、なおかつ時代のどこかの水準みたいなところでは、ああいうところにすっと吸い寄せられていくような意識というものを、なんかその非常に水面から上のようなところでは必ず共有している。そういう共有しているものというのをやはり的確に表現できているという、そういうところで評価しないといけないと思っているんです。だから翻って言えばどういうことかというと、僕らの生活意識そのものが単層ではなくて複層したところを、「僕ら」といえば反発があるかもしれませんが、これはみんなという意味で普遍性に繋げていいと思うんですよ、みんなが持っているんだということだと思うんですね。それは橋爪さんがさっき言われたナルシズムに対して、好悪の感情を選ぶのは自由なんだけれど、誰もがナルシストっていうようなことが、割合にもう成立している時代じゃないかなという気がするわけです。そういうところに村上文学の意義というのがあるんだと思うんですよ。

◉『世界の終り…』の終らせ方（小浜／加藤）

小浜　さっき作品評価の問題というのが出てきたので、ちょっと繋るかどうか……。いいですか、続けてしゃべっちゃって……。ちょっとね具体的に、村上春樹研究会にしないというのがさっきありましたけれど、ちょっと研究会になっちゃうんだけれども。

『世界の終りとハードボイルド・ワンダーランド』という作品で、あの『対話篇』の中で笠井さんと加藤さんがちょっと対立しているような点があって、それは最後の方に「影」というのが出てきて、「影」が「僕」に対して「この壁の中の世界は嘘の世界だから出ていかなくちゃいけないんだ」というような提案をするわけですね。それに対して「僕」は一応もっともだというふうに賛成をしながら、最後には「影」だけを壁の外に逃して自分はここに残るということを言う。ただ残るというのは、ただその中の住民として残る場合には「影」を殺さなければ残れないのですけれども、「影」を生かした人間というのは、その中の住民として生きるんじゃなくて、「森」という壁の中のもう一つの異界みたいなところへ追放される形を取るわけです。それをまあ、「影」を逃して生かすわけですから、自分は「森」の中へ追放されるということを意識的に選ぶという形になっています。これは笠井さんはかなり、「影」の「僕」に対するそそのかしを一種の代理糾弾であるというような言い方で、ちょっと政治思想的に捉えて図式的だなあと僕は思ったんです。それに対して加藤さんは結末をよく問題にして、この結末はちょっと違うんじゃないかということをよく言われるんですけれど、「僕」というのが「森」という第三の道みたいなのを選ぶというのは僕自身もおかしいと思った、ということを加藤さんはあそこで言われたと思うんです。

だけれど、僕はそれはかなり具体的な話になりますが、あの作品の実際に描かれているシチュエーションというのをちょっと捨象している、とっぱずしている評価なんじゃないかなと思ったんですね。というのは、あそこで彼に一緒に逃げることをそそのかされてからその後で、自分の夢読みの仕事を確か手伝ってくれている少女の心を読むことができるという、そういう確信を手にするわけですね。それからもう一つは、少女の母というのが、「森」の中で生きる道が宿命なんだということが一つの暗示として出てくる。それからもう一つは「手風琴」、楽器を見つけて忘れていた歌というのがあそこからかろうじて、『ダニー・ボーイ』という歌ですけれども、思い出しかけてきたという幾つかの契機がありまして、それは「影」を殺して完全に死んだも同然になって壁の中で生きるということではない、その壁の中で生きることの、ある積極的な意味というものが与えられているわけです。一方で「影」を殺すわけにはいかないし、かといって一緒に「影」と出ていくわけにもいかない。そういうふうに二者択一を選べなくなった人間の、第三の道というのを作っているというのは、作品としては、今言ったような少女の心を読む可能性が生まれてきたという前提によって、「森」という第三の道を選ぶことの必然が、ちゃんと描かれているんだというふうに僕は思ったんですよね。たぶんそういう象徴的というか、メタフォリカルというか、言い方ですね、「森」へ向かっていくことの必然というのは、つまりそういうところにしか何か生きる現実というのを見出せないんだというのは、割合リアリティがあって、当然そこへいくということは作品として優れたものだし、いい設定だと僕は評価したんですけどね。

それは、もちろん代理糾弾というような図式的な捉え方はできないし、もっと言いますと、ある僕らが生きている中で、さまざまな自分を引っ張っていくけれどもなかなか踏み切れないというような契機というようなものがあった時に、やっぱり僕はこういうふうな一見あいまいなところだけれども中間項を選んでいくという、そういう生き方の選択というようなことが、必ずしも政治思想うんぬんというものでなくっても、さまざまな生活の中で訪れてくることがある。で、そういうことをうまく寓話化しているというのかな、表現しているという、そういう意味では全然全共闘体験とかなんとか関係なくっても、若い人たちの生きていく中での、ある選択のセンスというようなものを提供しているというふうに僕は思ったんです。その点についてどうかというのを、たとえば加藤さんなんかからちょっと意見を聞きたいなあと思ったんです。

加藤　簡単にお答えしますけど。今の言い方だと僕は「森に行く」というようなことを、「手風琴」とか「心を読む」とか「歌が浮び上ってくる」とかいろんなことを含めて、やはりそれを第三の道みたいなふうに理解して、そこでは笠井さんと同じだと思いますけれど、否定しているわけです。なぜかというと最後のね、「僕」という登場人物と「影」という登場人物の対立が、少なくとも僕にとって非常にリアリティを持ったまま、残るか、一緒に出るか、自分が残るかというような時に、自分が残る、つまり「森」なんかがなくてですね、全く自分に何らかの意味で正当化するような根拠がなくて、だけれども「世界の終り」という町に残るということが、どんなふうに描かれるかということが、対立が持っていた大きな僕にとっての意味なんですね。その関心で読んでいっているわけで、小説の読み込みとしてはかなり歪んだ読み方なんです。これについては竹田さんの評価と僕の評価も全く違っていまして、竹田さんの評価のほうがまっとうだと思うんです。

というのは、あの小説は別に「世界の終り」という部分だけで出来上がっている小説じゃなくて、あれが一方で「ハードボイルド・ワンダーランド」というもう一つの世界に当たるわけですから、僕はそういうふうな意味では、決して作品評価としてあれが正しいとは思っていません。ただ僕があの小説をずっと読んでいって、二つの世界が交互に出てくるというような構造にも僕に響くものがありましたけれども、一番僕がそこから、そこに引きつけられてそこにある問題を取り出したい、自分の中にある問題があれを手掛かりにして何か語れると思ったし、あと村上春樹自身があそこでやはり一つ大きな問いに自分でぶつかっているという、これは確信ですが、確証、つまり検証はできませんから、まあ思い込みにすぎませんね。ただ僕は思い込みですけれども、それであの作品が非常に響いてきたわけです。

ですから今の小浜さんの受け取り方は、それはそれでわかるんですけれども、僕はそういう読み方をしてないですね、しなかった。だから全くかなり自分に引き付けた読み方だろうし、ある意味ではそれこそ世代論的な見方じゃないかと言われれば、それを否定する気は全然ないんです。ただ世代論なんて人が言うことでね、僕は、これは世代論的な見方だと人に言われるようなものかもしれないからと、やめるわけにはいかないんですね。もしそれがそういうものにすぎないんなら、僕がだめだということですね。それはそういう単純な問題だと思うんです。少なくとも僕にとっての最後の対立の意味は、何の理由もなく何の根拠もなくあそこに「僕」が残るというふうな、全く今までになかった問いつめられ方を僕がする。その時、「僕」がどんなふうな形でそれに、どんなふうな言葉、どんなふうな体の置き方で「影」に応えるかという、僕の勝手な関心から言うと、「森」というのは困るじゃないかということだったわけです。ですから客観的な見方としては、必ずしも小浜さんの受け取り方を否定しませんけれども、僕に言わせれば、あの小説の核心はそこにはないんじゃないかと思います。それが僕のお答えになるかと思います。

●三角関係のモラルを避ける（橋爪）

橋爪　関連して今のお話を続けるということで。関連してというか、僕の観点からちょっと今のお話で述べます。今小浜さんが提示されたのは、特に『世界の終りとハードボイルド・ワンダーランド』の「森」の部分をプロットとして読む、筋書きとして読む、それを内実に則して読むという方法だったと思うんですけれども、僕は村上春樹の作品世界というのは、そういうふうに出来てないんじゃないかと思います。

ええっと構造主義だそうですから、構造主義ふうにちょっと、ずっとどこまでナルシズムという原理で読めるかということをやってみますと、ナルシズムの小説とプロット小説というのはだいぶ違うだろうと。ナルシズムの場合は、自分の精神世界だけでできているわけだから、登場人物というのは自分の自意識の分散した形でね、究極的な他者性というものを持たない。そんなふうになっているんじゃないかと。だからそこでは人間関係があるように見えて、実は自分に引き寄せられた形で組み立てられているんですね。『村上春樹をめぐる冒険』という本の中でも出てきてましたけれども、たとえば『ノルウェイの森』に「緑」という人と「直子」という人がいて、それが三角関係なのかどうか。これは三角関係じゃないんですよね。それがいろいろ巧妙に、「あなたなによ」「あなたこそなによ」という場面が避けられている。病院とおぼしき所に入っちゃったり、時期がずれてたり、場所がずれてたり、その接触というのが非常に避けられているわけです。「ワタナベ君」という「僕」だけがその両方の人間を知ってるんだから、本来、相手に相手のことを言えば三角関係になるのだけれど言わない。これはそのとおり正しい指摘ですね。それはなぜかというと、人物は何人も出てきているけれども、それは実は一つの人物を二枚に剝がしたものかどうかわからないけれども、とにかく自意識の加工というのを全部経てるものなんですよ。だからその間に、もし現実の三角関係だったらどちらを選ぶかという選択の問題になるんですよ。選択の問題になれば、これは現実の問題だから必ずモラルとか、そういうことになってくる。だけど三角関係を避けるという、こういうスタイルでいけばモラルが迫られるというところまでいかないんですね。だからそこでは、モラルとかプロットとかいう筋書きは追えないという構造になるんじゃないかなあ。他の小説も僕が見てるとだいたいそういうようになっていると思うんです。

で、ストーリーの展開の仕方というのはどういうようになるかというと、おおむね事件というのは必ず外側から起こる。たとえば『ハードボイルド・ワンダーランド』だったら「組織《システム》」とか「工場《ファクトリー》」とかいろいろあってですね、そういう人たちが全部考えていくんですよ。で、他のものもなんか大きな陰謀、組織とか、あるいは偶然とか、そういうものによって起こってくる。基本的にこれ全部「被作為体験」なんです。「被作為体験」というのはなぜかというと、それは自分がナルシズムというスタンスをとるから、それで全部被作為体験になるんですね。客観的世界の存在に関心を持たないわけだから、出来事というのは必ず外側から来るわけです。自分は選択をしないんです。その被作為体験ということでストーリーは進んでいくんですね。で、結局作品全体を通じて明らかになるのは、自分の無意識を含めた精神的世界の構造というのが明らかになっていく。

「鼠」とか「羊男」とか、そういうものの形を借りて語られるようになっているのだと思うんだけど。だから作品全体は、被作為と自分を発見するというそういうテーマでずっとできている。だから自分がある程度発見されたというところまでいくと、作品は終るという、そういう構造になっているんじゃないかと思います。

そのことに、だんだん彼は自覚的になってきたんじゃないかと思うんですね。そうすると、このナルシズムはこういう構造を持っている、ということ自体を作品にするというしたたかなところを見せまして、それがたとえば「世界の終り」という概念だったんじゃないかと。ナルシズムの恐ろしさというのは、その原理を突き詰めていくと、他者というものがなくなって世界を喪失して、モラルもないし、一種極点にいっちゃうんですね。それは端的に言うと、「死」であると。小説の中だから「死」というのは、必ず一つの可能性としていろんなところにちりばめてある。小説の中に「死」というものはたくさん出てくるけれども、村上春樹の場合は、そういう意味を持っているんじゃないかと。もう一つは「死」ではなくて、これは同じことかもしれないけれど、「世界の終り」ということであると。そこでは「影」つまり立体性、あるいは他者の具体性みたいなものがなんか喪失されちゃって、完全なる閉域の中に閉じ込められちゃう。そこでは人間ではあるけれども、人間に根本的な何かが欠けちゃう可能性として、自分のナルシズムを押し進めた危機感みたいなものだと思うんだけど、そういうものの可能的世界としてこの「ハードボイルド・ワンダーランド」、つまりこの世界ともう一つ違った可能性、でもそれは連係してるんだけどね。そういうふうに繋がっている。サンドイッチになった構造になっている小説なんじゃないかと。

あの小説は相当したたかにできていて、あの人はおそらくSF小説とかね、僕はエンデの『はてしない物語』によく似ているなと思いましたが、そういうさまざまなプロットというか、自分の世界を表現するのにふさわしいいろいろなのをずいぶん研究してね、そのあと取捨選択して作っていると思うから、なかなかしたたかでちょっと僕は読み解く自信なんか全然ないんですけれど。僕がまず第一に、題のつけ方から思ったのはそういうことで、ですからあそこで「森」とかいろんなことが出てくるけれども、まず構造の方から押えていかないといけないないんじゃないかなという、構造主義の橋爪でした(笑)。

小笠原　小笠原といいます。村上春樹のナルシズムが臆面もないものであって、というところの出発についてはよくわかるんです。しかしその臆面のないナルシストがこの小説を書くほどの、「癒しの儀式」と言われたと思うんですが、「癒し」を必要とするというふうなタイプの人ではないと僕には思えるんです。「癒し」に至るまでに、たとえば「やれやれ」という言葉が何回も出てきますが、本質的な「癒し」を必要としないための防御策で、非常にたくさんの言葉とか数字がめぐらされて、「癒し」のために、村上春樹が小説を書いたというふうには到底思えないんです。先ほどの小浜さんのお話にもありましたが、関係を喪失しているのが非常に大きな村上春樹の作品だとおっしゃったけれども、僕は結論を言うと、新しい関係を作ろうと思っているところが、むしろ大きな特徴だと思うんです。具体的に言うと、『ノルウェイの森』の「緑」と「直子」というふうな関係で読んでしまうのではなくて、これは僕の勝手な読み方かもしれませんが、「レイコさん」というのが非常に重要なファクターだと読んだんです。僕はこの小説を三度読んだけれども、三度とも非常に感動したのは一番最後の場面で、「レイコさん」が旭川へ行く。非常に年上の女性で旭川に新天地を求めて行く。流行歌でいえば『北帰行《ほっきこう》』（作詞作曲 宇田博）みたいなもので、それを女が北に行くのを年がずいぶん下の男が送っている形。それまでに「レイコさん」と、「直子」のことを偲んで非常に激しいセックスをしていて、僕が一番感動したのは、「レイコさん」が「私もう一生これやんなくていいわよね？」と「ワタナベ君」に言うでしょう。しかし、「そうではないでしょう」と突き放す。非常に冷たい優しさだと思いますが、突き放す。ああいう「レイコさん」みたいなのを創造し得たのは、作者はひょっとして意識しなかったかもしれませんが、付録としてね、非常にうまく「レイコさん」という人物が創造できて、この年上の女性と非常に年若い男の子との一つの関係が日本人の中でも作れるんだという、新しい関係に向けての小説だと僕は読んだんです。かなり自分流の読み方ですが、そういうふうに読まれて、村上春樹の小説を「関係の喪失」と読んでしまうのは、非常になんか違っているというふうにしか思えないんです。これは竹田さんもおっしゃったけれど、自分と社会をどう関係づけるかというところで、読者にいろんなヒントを与えているんだと思うんです。

●関係を作る小説ではない（竹田）

竹田　僕、ちょっと言わせてもらうと、今橋爪さんのお話を聞いていて、構造主義と現象学とはそっくりだなあと思ったんですよね（笑）。いや、本気なんですよ。ただ一点違うところがあるとすると、今おっしゃった方のことを付け加えると、これは僕は新しい関係を作る小説ではないと思っているんです。

どういうことかというと、『世界の終りとハードボイルド・ワンダーランド』というのは二重構造になっていますよね。つまり、あれは一言で言ってしまうと、外側のモラル、「超越的な」という言葉はちょっと面倒ですが、まあ外側に、人間というのはこういうふうにすべきだというふうな、何らかのいろんな時代の中でそういう規準があるんですが、そういうものを取ってしまった時に、人間は自分のマクシムの中に必ず追い込まれる。そのマクシムというのが「世界の終り」の世界なわけですね。で、そこらへんもさっき橋爪さんが言われたとおりであって、その時にナルシズムだけになる。つまりマクシムというのは、初めは主人公にとっては外側のなんか超越的なモラルがなくなったために、人間が生きるうえで、じゃあ内部的なモラルを少なくとも持たなくては人間は生きていけない、そういうことの象徴だと思うんです。あの小説は、ご存知だと思いますが、自分の意識の「核」に閉じ込められるわけですね。その自分の意識の核というのは、あの主人公がなんとなく憧れている、ある自分自身に対する憧れの世界であって、全く橋爪さんがおっしゃられたとおり、『世界の終りとハードボイルド・ワンダーランド』と『ノルウェイの森』もそういう自意識の世界を描いた小説なんですよ。そこがまた僕には非常に新しく見えるわけです。

つまり、「世界の終り」の世界というのは、外側のモラルを失った人間がどうなるだろうか。

それは初めに出ましたが、日常の自分の好みみたいなものにこだわらないと、人間というのは生きる、なんと言いますか、ある中心、「核」というのを失いますから、自分で自分だけのモラルを作る、それがマクシムです。ところが、本当に人間が自分だけのマクシムに閉じ込められてしまったらどうなるだろうか、ということを実験した小説だと思うんです。僕はその実験が、これはひょっとしたら今のもっと若い世代にとっては、別に何でもない、どうでもないことかもしれませんが、僕らの世代の感覚からいうと、どうしても必要だった。橋爪さんは、なんらかの強靭なものがあって、あまり病気にかからなかったと思うんですが(笑)、まあ僕のことを言えば、非常に病気になってしまった。まさしくさっきちょっと言いましたが、わけがわからなくなって自分のことをずっと考えたんですが、自分のことだけ考えていると、どこかで自分のことを考えるということの意味すらもなくなってしまう、という感じを僕はずっと持っていたんです。

で、本当に人間が自分のマクシムだけに閉じ込められたら、最終的にはナルシズムになるしかない。ナルシズムというのは、これはまた尽き詰まっていくと、つまり他者との関係のない世界に入っていくわけですから、これは倫理的な問題であろうと、エロス的な問題であろうと、人間が生きるということのよりどころを全部失っていくという必然を持っている。そういう必然を持っているぞ、ということを描いた小説だと思うんです。ですから僕は、村上春樹の『世界の終りとハードボイルド・ワンダーランド』と『ノルウェイの森』は、基本的には全く同形の小説だと思います。そういうテーマといいますか、核が。

もう一つ言いたいのは、村上春樹は半分無意識で書いているからあの小説はおもしろい。それほど意識していない。『ダンス・ダンス・ダンス』は、ちょっと意識し出したことでだめになっているんじゃないか、というのが僕の感じです。よくある言い方は、あれは全然ナルシズムじゃないか、ナルシズムの全く対他関係を描いてないからだめじゃないかというふうに。橋爪さんが直接そう言っていると思えませんが、そういう批判があるんですが、僕から言わせると、全くそれが逆なんですね。

つまりそういうナルシズムに陥るような条件を、今の人間は、これは僕の考えでは、今の若い人たちもおそらく、つまり僕らと全く同じように共有しているのではないかと考えるんです。そこを描いた。もし人間が本当に外側のマクシムを失ってしまって、自分のマクシム、内面のマクシムだけに頼ろうとすると、それは結局どこかで何もないというニヒル、「死の世界」という形でいろんな、『ダンス・ダンス・ダンス』やほかのところでも象徴されていますが、すなわち「死」というのはモラルの死であり、かつ自分の生きる意味の中心の死ということだと思うんですが、そういうところに陥ってしまう。そういうふうに僕らの時代を描いた小説というのが他にあっただろうかというふうに考えると、やっぱり「ない」というふうに思わざるを得ないですね。だからその一番最後の一点、それがナルシズムの小説であるからいいんだというところが、ちょっと橋爪さんと違うのかなあと。だけど、読み方というとちょっと変ですが、そこから受け取っているものは、現象学と構造主義はなんて似てるんだろうと思ってちょっとびっくりしてたんです。

◉リハビリという表現のニュアンス（小浜）

前東　大阪から来ました前東です。先ほどから「癒していく」という言葉がすごく出ているんですけれども、レジュメの一枚目の真ん中ぐらいにも「リハビリ」という言葉が何回も出ていると思うんですけれども、リハビリテーションの現場にいて仕事をしているもので、その表現が不適切ではないかとすごく気になるんです。「リハビリテーション」「リハビリ」というのは、あくまで肉体的に廃失された機能を訓練していくというか、ここで言われているより、もっと厳しい内容があるように私には思えるんです。それが今のこの話の中で使われている「癒していく」というのは、精神的な意味なのか肉体的な意味なのか、そのへんがちょっと理解できなくて……。

岩脇　僕に対する質問なんですかね。あのう僕は文字通り、リハビリという言葉は医療の専門用語だと思うんです。だけど、それをどのように使おうと僕の勝手なんですけれども。だから、厳密に医療専門用語として使ってくださいということだったら、僕はそんなことは関係ないとしか。

前東　不適切な表現なんじゃないかなあと。もっと違う適切な言葉があるんじゃないかなあと思うんですけれども。これだったらかなり、誤解というとおかしいですけれども、私はそのような印象を与えられたんです。心理的に癒していくというか、「癒しの儀式」的な意味では、このリハビリというのは……。私はなにも専門的に言っているのではないのです。

竹田　僕、ちょっとここでは全部言い切れないかもしれないんですが、そのリハビリという言葉は、そうやって体の非常に具合の悪い人がいわば必死になってという意味で使われている言葉だから、ほかの意味で、つまり心のリハビリということですよね、そういう言葉に転化してはいけないという、そういう言葉に転用してはいけないという意味ですか。

前東　もっと適切な言葉があるんじゃないかなと。

竹田　適切な言葉はもっとあるかもしれませんが、それは、僕ら今それなりにうまく、僕らが非常にわけがわからなくなったということで、うまく言われている言葉じゃないかなと思ったんですが。それは、もっと適切な言葉があるんじゃないかというのは、そういう転用はよくないんだということから出ているんじゃないですか。そこを話をしないと、この問題というのは納まらないと思うんですよ。

前東　納まらないというのは……。

竹田　両方ともね、納得がいかないと思うんですよ、たぶん。でも、この話をするとまた一つのテーマになるんで、僕困っているんですが。

前東　この問題は、なかなか根が深いんですね。

竹田　後で機会があったらぜひ。

小浜　いいですか、あのね、今のお話を聞いていてね、村上文学に絡めて言いますとね、リハビリという言い方は、僕は適切だと思うんですよ、かなり。あることを言い当てているなという、村上文学の性格ということで言うならばね。それは文学の機能というのかな、なぜ文学というものが存在するのかという大問題に繫っているような気がするんだけれども、文学は文学の作品によって心にさまざまな機能、作用をもたらすと思うんです。元気づけとか、希望を与えてくれるとか、あるいは自分の今の生きている気分に非常にしっくりくるだとか、さまざまなものを持っていると思うんですが、先ほどの方が言われた、村上春樹が新しい関係を作ろうとしているんじゃないかというような捉え方は、僕はちょっとその考え方には違和感を持ちます。それは、リハビリということのいわく言い難いニュアンスというのは、リハビリという言葉の中には、やっぱり自分の受けた傷というものがまだ癒えていない、自分は本当に癒えるところまで到達できるのか、その先の部分もまだ見えていないという、ある一種の留置されたというかモラトリアム的なところに置かれた人間の心の状態というようなものを、うまくなぞった言い方だと思います。

そういう意味で、村上文学というのは、新しい関係についての一つのヴィジョンだとかヒントとかを与えているというふうには思えないし、関係の喪失ということを自分の中で問題にしていって、しかしそれがさっき竹田さんが言われたように、外側のものを全部なくしてしまった時にマクシムに閉じこもるけれども、最終的には意識の死みたいなところにたどりつかざるを得ない。そこのところに至近距離でものすごく寄り添って、われわれの心の状態というのはこうなっているんじゃないかという、一つのモデルみたいなものを提出していくという、そこのところがやっぱりリハビリだとしか言いようがないという気がするんですよ。つまり明日退院だというふうな希望も与えられていないし、新しい関係がここにありますよという希望が提示されているというふうにも読めない、という意味ではね。僕自身は、リハビリという表現でかなりフォローできているんじゃないかなあと思います。

●「森」の場面の通俗性（竹田／加藤）

山内　話を元に戻すみたいですが、「世界の終り」の「森」の意味についてちょっと聞きたいんです。細かいことを言うと長くなりますので結論だけを言いますとね、あの『世界の終りとハードボイルド・ワンダーランド』の「森」というのは何なのかなあと。加藤さんが言うようなつまずきじゃなくて。つまり「影」を切り離すわけですよね。それでしかも「世界の終り」という町じゃない、つまり第三の生き方みたいなものが、村上春樹もわかってなくて書いているんだろうと思うんだけれども、僕には全然イメージが浮かばないんですね。二つの世界が同時並行で進んでいくというのは実によくわかるんです。それはさっき小浜さんが言ったようなことで。僕らはその中央で現実に生きている、あっち行ったりこっち行ったりしながらね。ただあの「森」というのは何なのかわからなくて。
　それに関連して一つだけ言わせてもらうと、四人のパネラーの方がおっしゃった全部に共通するのですけれど、切実なものとね、竹田さんでいえば絶対的なものに捉われる心情、それが切実さなのでしょうけど。どっちが先なのか。切実なものがなくなったから、具体的に言えば、細かいものにこだわるのか。切実なものがあまりに重すぎて、たとえば意味とか観念とか何でもいいのですけれど、笠井さんが言っていることの関連で言うのですけれど、それを否定するためにか。つまり、ないからものにこだわるのか、それとも竹田さんの言葉でいえば、外側の超越的なモラルの怖さを知って、それを否定するためにあえて閉じこもるのか、どっちなのかということを答えてほしいんです。そしてそれとの関連で、じゃあ、あの「森」というのはどういう世界なのかということを。

竹田　僕、簡単に答えだけ言って、加藤さんに継いでもらおうと思うんですが。終りの方のことから言うと、僕は切実なものが、僕の言葉で言うと外側のモラル、超越的なモラルというものがなくなったということが、自分の中にうんとはっきりしちゃったんでマクシムというのを作らざるを得ない。少なくとも僕の中ではそうです。

やっぱり村上春樹の作品が、そうですね、今言われてみると切実なものを否定したいという感じもあったのかもしれません。だけど僕の中ではそれだけではああいうふうに物語はうまく、あいう形ではおそらく書けないだろうと。ただ否定するためだけでは。やっぱり自分の中で命が尽きちゃって終っちゃったということが出発点になって、そして細かいものにこだわるということが出てくる、その逆ではないというこというふうに思います。

もう一つの答えは、「森」というのは、これはなんか変なんですが。これは加藤さんの感じとちょっと似通っているところがあって、あれは村上春樹が小説をまとめあげるために、変に作っちゃったんじゃないかというのが僕の感じです。というのは、小説というのは全部意味があるんではなくて（笑）、作者がよくわからなくて変にしちゃうこともあるわけですよ。僕もあの「森」というのはすごく変なんですよ。たぶん加藤さんが言うのと重なっていると思うんです。あの「森」は、あの小説の中でずっと読んでいて、なんだかリアリティがないですよね。だけど小説を書いている人の中で、なんか物語にまとまりをつけようという感じもいつも動いていますから、あの小説の中でもしあの「森」がないとね、なんだか中心も何もないような感じなんですよ。そこであの「森」を出しちゃったんじゃないかなあと、僕がひそかに思っているところで、これは誰にもわからないところじゃないかと思いますが、あの「森」はやっぱりいらない。あの「森」はちょっと失敗。あの「森」を置くことによって、変な解釈も見出してしまうし、つまりそれが加藤さんの言った根拠がないというか、なんかここに最後のいいところがあるぞというような形で読めちゃう。つまりあの二人は愛し合っているわけですから。なんか一言になりませんでしたからもうやめますが、そんな感じです。

加藤　ええっと「森」のことについてはね、竹田さんが言ってくれたことに尽きます。要するに僕は、出来上げて逃げた、「森」という形で浮かんできたところに通俗性がありますね。類型性があります。残念だったというのは、あれが非常に困るんですね。山内さんに対する答えとしては、あの意味が何かというのはわかるわけがないんで、あれはやはりあるべきじゃなかった、あの世界にあるべきじゃなかったものだと。それが無意識のうちに入ってきたというほど、そのことについては竹田さんの言い方ほど寛容じゃないですね。やはり僕はたいへん残念な気がするということです。

あと、先ほどの話の中でちょっと言おうかなと思っていて、機会がなかったことを言います。橋爪さんのお話を聞いていて、ちょっと言いたいなあと思ったことを、竹田さんが言ってくれたんですが、そのとき思ったことを一言でいうと、橋爪さんがナルシズムの世界だからモラルというのが出てこないんだという、それは事実としてはそうなんです。その評価が、ちょうど逆なんですよね。つまり、ナルシズムの中からどんなふうにナルシズムが涸渇していって、モラルみたいなところにもし行けるとしたら、行けるか行けないかで行かざるを得ないようなある必要を出してきているというところで、僕なんかは評価しているんです。そこはちょうど記述は同じ、見方は同じだけれど、むしろ竹田さんの言い方よりもっと強く、そこが僕を引きつけるところだった、非常に僕にとっては大事なところだったという感じがします。

あと、リハビリという言葉について言いますと、僕が村上春樹に非常にいやだなあと思うところは、そのリハビリというところが、小説の中に感じられるところが僕は嫌なところなんですね。ですから僕、さっきマクシムとかなんかで言ったことは、そういうふうなことはあったのかもしれないんですが、でもそういうことはやっぱり関係がない。その先で、実はいろんな要素を村上春樹の小説は持っていて、そのリハビリのようなものが続いているところで、ちょうど一番線に列車が入ってくるところで、三番線の電車が発車しようとして動いていくという、そういう三番線の方の問題というのは、先ほど僕が言った、実はマクシムなんかが浮び上がってきた時には、村上春樹自身の中ではマクシムが崩れて、一体どうしようというところに実は関心のありかというか、重点があって、そういうふうに書かれていたということがいよいよ明らかになってきたという過程で、僕なんかは引きつけられたということです。

僕自身はなんかリハビリとか……。いや、ずっとお話を聞いていると、いまだに僕も、僕もじゃなくて僕は、茫洋とした病気の中にいるのかなあという気がするんですけどもね。ほんと橋爪さんなんか見てると、すごい病人を見る目で見られているんじゃないかという気がします（笑）。ただ僕のその病気は、そういう意味ではあまりリハビリとか、そういうふうなことは関係ないですね。少なくとも僕は、六〇年代うんぬんというようなことは必要ないです。今は。というか、まあ相変わらず病気なんでしょうけれども。

岩脇　議論が非常にかみあっておもしろいんですけれども、これ以上やると食事が冷え切ってしまうので、温かいうちに食べたいので休憩します。

［夕食休憩］

中盤　〔第一日目・夜〕

岩脇 序盤が終りまして、そろそろ食事も終りまして、中盤に入りたいと思います。お手元にお湯とか飲み物とか揃えていただいて、リラックスして始めたいと思います。ようやく議論もかみ合っておもしろくなってきたのですが、序盤を振り返って何か意見のある方の発言を求めたいと思います。

森重 森重です。奈良から来ました。昭和二二年生まれの純正の団塊の世代です。私、立場を述べますと、今日司会していますす岩脇君なんかと、ずっと月に一度読書会をしています。その中で、文責は岩脇君なんですすけれども、四人のパネラーの方とも横でがちゃがちゃ話をしてたんですけれども、相当〈この集まりの方向性について〉というレジュメは、なかなか一回読んだだけではそのモチーフがわかりにくいと思うので、それについてしゃべりたいとさっき思っていたんです。ただ最初、昭和二八年生まれの若干年下の方の発言に萎縮しまして、言葉がなかなか出なくなったんですが、飯食って酒飲んで風呂入ってきたんで、これならこっちの勝ちなんで、若干しゃべりたいと思います。

で、ここで村上春樹を語っていくというのと、後のほうで湾岸戦争とか国家、民族、権力とかの問題で、二つの非常に異質なものが出ているんです。それはさっき橋爪さんが、村上春樹の文章からは、いわば国家、民族というのに触れられないんじゃないかと言われていたんですが、僕らがここでこの集会をやろうと思った時に、この『村上春樹をめぐる冒険』の中で、村上春樹という一人の作家を通してしか、しかというのは今日検証したいのですけれども、この村上春樹の感受性を通して、もう一度国家だとか民族だとか権力、戦争という言葉を語り得る方法とは何かとか、どういう形で語ったらいいのかというのをいっぺんやってみようと。それは先ほど書いていますように、「反物語」の中身だと思うんです。

「反物語」とはテキストを読まれた方はおわかりと思うんですけれども、『村上春樹をめぐる冒険』のレベルでも、「反物語」ということはポジティブには一切語られていないと思うんです。むしろ「反物語」を出すための前提である、「終った」という言葉でずっと語られている、まさぐられている中身だと思うんだけれど、それを今回のレベルでは少しポジティブに出せるかなと。それを「反物語」を出せるかと、先ほど橋爪さんのご意見を借りれば、村上春樹というある一つの感性の終り方を通して、もう一度僕たちが国家、民族、戦争ということを語り出すことができるかどうかということが、むしろ「反物語」のイメージだと思っているのですけれど。そのレベルで、相当これから率直に思っていることを、意見を出してもらったらいいんじゃないかと思います。ちょっと序盤戦のジャブの出しあいとしては非常におもしろかったんですけれども、このままいったら酒の方にどうもいきそうなので、もう少し好きなことをしゃべりたいなあと思うんですけれども。自分の意見とこの集まりの大まかな方向性について、司会者のそばにいる人間として意見を述べさせていただきました。

それからもうちょっと言いますと、先ほど「森」をめぐって村上春樹の作品に内在した形でいろいろ意見があったんですけれども、私が加藤さんの文章を読んでいる限りにおいて、加藤さんがあそこで最終的に「森」に行かないんだということは最終的にはちょっと言葉を濁されて、「病気」のほうに逃げられたと思うんですけれど、本当は加藤さんの本質的な思考の問題だと思っているんです。それは村上春樹の小説の作り方の問題ではなしに、僕は、こんなのは合っているかどうかわからないけれども、外部の問題だと思うんです。つまりこの本の中でずっと言われている、柄谷さんなんか常にもち出す外部に対する批判で、内在することがそのまま外部に出会うことなんだ、と言われている中身をもう少し語ってほしいなと。それはさっき小浜さんの第三領域の問題にも関わって、「森」を蒸し返してもいいのですが、もう少し村上春樹の小説世界から離れて、もう少し自由にこのあと語ってほしいなという感じがしますので、どこからでもいいですからちょっと語り口を変えてやっていきたいなと思います。

●「反物語」とは何か（小浜／加藤）

参加者　勉強してないので、「反物語」というのがどういうものなのかわからないんですが。前提条件になる「反物語」ということがわからなければ、理解できないと思いますので、まず「反物語」から、どのように規定されて、どのような考え方なのかということをお教え願いたいんです。

島元　〔……〕

水流　すみません、もう一つ提案したいんですが。何回もすみません。先ほどのお話の中で、自分の立場というものをはっきりおっしゃったのは、竹田先生と橋爪先生だけのような気がするんです。作品をどう捉えるかという時に、自分はどういう立場であって、どういうふうに理解するかということ、それが加藤先生と小浜先生にはなかったような気がするので、これから始める時に自分はどういう立場であるかということを説明していただきたいんです。

島元　その「先生」というのは、やめてもらいたいんですが。お願いします。

加藤　あのう、立場ということですけれども、どういうふうな意味で言われているのかよくわからないんで、うまく答えられるか困るんですけれど。村上春樹の作品に関してでしょうか。

水流　たとえば、村上春樹だったらこう感じるという感じではおっしゃっているんですけれども、じゃあ、どういうところから始めたのかというあたりがよくわからないんです。

加藤　どういうところから村上春樹に関心を寄せたかということですか。

水流　はい。

加藤　ええっとですね、ちょっとそういう言い方だとうまく言えませんけれど、僕は今、村上春樹に対しては肯定的な立場でいます。そういうことでいいんですか。そういうことではしょうがないですよね。

岩脇　必ずしも答えなくってもいいんですよ。

加藤　いや、できるだけ答えたいと思ったんですよ。ええっとですね。〔しばらく考えあぐねて〕どういう答え方をしたらいいのかちょっとわからないんですが、どういうふうに関心を持ったかというと、『村上春樹をめぐる冒険』でしゃべっているようなこと以上のことはないというふうに思っているんで、また改めてというふうには思わなかったんです。いいですか、すみませんね。

杉前　「反物語」ということを言った時に、その前提として「物語」ということがあると思うんです。「反物語」と言っている人たちは、いわゆる「物語」に対して「反物語」と言ってることになっていると。今ちょっと質問がくだらなく聞こえたりなんかするんですけれども、なぜそうなるかといえば、その「物語」に対して「反物語」と言っていることの、じゃあ「物語」とは何ですかと、こういう質問には答えられるんじゃないでしょうか。本当はそういう質問なんだというふうに捉えたら、答えられないでしょうか。

小浜　この「反物語」ということは、吉本さんしか言ってないんですよね、一つはね。「言っている人たち」と言われたけれど、そうじゃないんで。吉本さんが、団塊の世代の人たちが今社会の中核をつくっていて、その人たちは連合赤軍事件や三島割腹事件というのを青春時代に同時代として味わった、それ以降もう右左のラジカリズムみたいなことからすっと身をそらして、それを切り捨てることによって、もう政治的な理想、たとえば理想社会を作るんだといったようなね、そういう物語を作れないんだとどこかで思ってきたのではないかと。しかるにそれは、物語を作らないということだけで終ってしまうのではなくて、本当は「反物語」を作る課題があったはずだというふうに吉本さんは言われているわけです。僕なんかはそれを団塊の世代に対する、ある種の叱咤激励といった感じで受けとめるわけですが。じゃあ、僕は僕なりに「反物語」というのを作ってきたのかなと考えるんですよね。

「反物語」というのは、物語を作らないこと、「物語」の否定ではないわけです。つまり「反物語」という物語なんですよね。いずれにせよ人間は世界とか社会をどう考えて、どういうふうに切り込んでいったらいいのかという時に、ある種の物語を作らざるを得ないわけで、その物語がいかに時代の必然に根ざした、つまり一般のこの現代の中で生活している人たちの意識、身体、行動そういうものに寄り添う形でのうまい物語を創り上げるか、ということに基本的には帰着するだろうと思うんですよ。

私事になっちゃうんですが、僕自身が吉本さんの叱咤激励、あるいは問題提起というものにいささかなりとも応えてきたとすれば、僕は、非常に単純な「反物語」という物語なのであって、それは人間というものの成り立ちを考える時に、社会を二義的なものに考えるということです。じゃあ、第一義的なものは何かというと、人間と人間の、個体と個体が向き合う直接的な関係、これを僕はエロス性と言っていますけれども、エロス的なものこそ、人間にとって第一義的なものなんだと。社会というものは、これは不可避的に作らざるを得ないんだけれども、できればそんなものはなしですませるほうがいい。そういう原理というものを置いて、そこから自分なりのささやかな論を組み立ててきたと思うんです。で、そういうことがうまくいけば、これがたぶん吉本さんの思想を一番いいところで、かなり手前みそな言い方ですが、継承するものではないかなと僕なりに考えてきたのです。ですから「反物語」というのは、私にとって「反物語」とは何かということをイメージで語れば、そういうことになります。

それから、もうちょっと言っちゃっていいですか。先ほど一番最初の方の、「森」というのを村上作品の解析の中に留まることなく、もう少し国家、民族、社会あるいは戦争、そういうテーマに繋げていく突破口なり方法なりを見つけてくれという話で、まことにごもっともなんですが、先ほどの話で「森」のほうが決着がついていないので、僕としてはもう少し「森」にこだわりたいなあという感じなんですが、いいでしょうか。

要するに一つの作品をめぐって堂々巡りするようなことになるのですが、『世界の終りとハードボイルド・ワンダーランド』というあの作品というのは、「世界の終り」だけが話としてまとまっているのではなくて、先ほど橋爪さんが見事に分析されたように、いわば二重構造というか入子型《いれこ》になっていて、作品の進み具合というのは、「ハードボイルド・ワンダーランド」のほうは現代の社会の中で動く主人公が、最終的にどんどんどんどん「死」、自分の「意識の死」という状態へ向かっていくという方向をとっているわけですね。で、一方でその死の世界というものが、あらかじめその主人公の脳みそだか意識の深層だかにしつらえられていて、その中に囲われてある「死の世界」として「世界の終り」の壁の中の世界はあるという形になっている。

そして僕が読んでいて感じることは、二つを読み比べながら感じているのは、「ハードボイルド・ワンダーランド」のほうを読んでいる時には、まあちょっと冗漫な不必要なところもあるのだけれども、全体として割合に明るい気分でそこへ向かっていくみたいな運動感覚というのが持てるんだけれども、「世界の終り」というのは、初めから非常に暗い憂鬱な気分になるんですね。あそこのところを読むと。そういうふうに、自分の気分が読みながら後退していくという感覚を味わったんだけれども。

そういうあらかじめ必ず「死の世界」のほうへ行ってしまうということが決められている、その死の世界の中で、「影」とのやり取りがあった場合に、それは単なる「影」と一緒に向こうへ行くか、それとも壁の中に留まるかという二者択一の問題ということではなくて、そういうふうに「死」として囲われてしまった世界ということは自明であって、その中で生きるしかないんだとすれば、どういう可能性があるのかというふうなものとして僕は読んだわけです。だからそういう意味では、あそこで「森」というのが出てくるというのは、そんなにとってつけたような、先ほど竹田さんがこれは小説家のテクニックとしてというふうな意味のことを言われたけれど、僕は必ずしもそう思わないんです。それは実際に作っていく技術的な過程では、そういう作者の意識というものがあったのかもしれないけれど、出来上がり作品そのものでは、先ほど言ったように、やっぱり少女の心が読める可能性が開けてきたということがあるし、それから手風琴を手にしたということがある。そういうところから考えていった場合に、やっぱり一つのあり得べき結末だというふうに、割合に意味を認めたいところがあるんです。それから「森」というのはいったい何なんだ、何だかわけがわからんという疑問というのはあるのだけれども、それはわりと意識的に、なんだかわけがわからなくなっているというところは、一つの村上春樹の作品構成上の、わざとわからなくしているみたいなところがあって、何かの意味に還元しちゃったらたぶん作品は壊れるみたいなところがあるから、僕としては竹田さんが言われるようにピンとこないというふうには思わなかったんです。

それがどういうふうに湾岸戦争に繋がるか問題なんですけれども、先ほど言ったように、外部の現実というものが迫ってきた時に、たやすくそちらの外部というところに乗り換えていけない僕らのこだわりというか、そういうことのこだわりの質みたいなものを、ある程度「森」みたいな形でもって代弁してくれているのじゃないかなあと。たぶんに我田引水的な言い方ですけれども。そういう言い方でいえば、湾岸戦争というような外部が来た時に、日本が国際的に責任を果たさなければいけないんだというような言説とか、あるいは一方で平和主義というイデオロギーとかですね、そういうものにも乗り切れない、つまりそれはいずれにせよ、「影」の言い分に従って一緒に出ていくみたいなことになるのだけれど、そういうところに乗り切れないという意識のあり方というものが、「森」という言葉で象徴されている。それは単に、壁の中でただ思い出に耽って夢読みだけを続けて、そこに自閉してしまうというものでない何かがあるということを、あるところで象徴している。そういう意味では、多少力づけられるみたいな感じを僕は持ったわけです。そういうことです。

加藤　今のと僕は考えが違っていますから、それは先ほど申し上げたとおりなんです。僕は、湾岸戦争とかなんかの話と結びつけて言えば、湾岸戦争が「森」になるというふうに僕には見えたということがありますね。署名運動なんか。非常に乱暴に言えばですね。ですから僕にとって一番大事なのは、先ほど言ったことと湾岸戦争の話にも僕の中では繋るんですけれども、「森」のない自閉的な世界は、僕にとっては全然否定的な世界ではないということです。一つは。そこから要するに始めるしかないというふうな形で、一瞬小説を離れますけどもね。離れて言いますと、問題を設定してると。そういうふうに見た時にそこに「森」をもってこられると、そういう設定が崩れちゃう。全く「森」がないところでどういうふうにして、先ほどの言葉で言うと、マクシムが崩壊することが、さっきの僕の言葉で言えば「モラルB」ですけどね、それを求める理由になるのかという、そういう問いがあるということを、あの小説の最後は提示しようとしていたはずなんじゃないか、というところから僕の不満というものが出ていたと言えます。

ですから「反物語」ということで言うと、あそこの講演記録に出ていますけれど、吉本さんの言い方では、「反物語」というのは、「物語」というのがあって、「物語」というのは今までの大きな思想のようなものですね。それに対して「緩い物語」がある。

で、緩い物語はだめで、「反物語」だというレベルが一つ。もう一つは、カルチャーがある。非常に高次のカルチャーがある。それに対して、サブあるいはカウンターのカルチャーがある。

それではなくて、「アンチ文化」という言葉を使っていますけれども、アンチカルチャー。ちょうどカルチャーとアンチカルチャーの間に入っているのが、サブカルチャー、あるいはカウンターカルチャーです。サブカルチャーあるいはカウンターカルチャーじゃないところのアンチカルチャーを、あるいは政治経済的な物語でない、しかし緩い物語でもない「反物語」という形で、吉本さんは使っているんですね。

僕がおもしろかったのは、僕にとっては先ほどの話でいえば、そこから「モラルB」というのをどのように必要とする理由を、マクシムの崩壊の中から、そういう道筋をつけられるかというふうにお話した、その場合の「モラルB」というのが「反物語」に当たるというふうに考えてくださって結構です。

◉欲望論の場所から（竹田）

竹田　「物語」「反物語」という言葉が出ているんですけれど、僕はあまりこの言葉にこだわりたくないんです。僕は、吉本さんの「反物語」というのは、さっき言いましたように、社会をなんとかよくしなければいけないというところから出発するような考え方をもうやめたほうがいいのじゃないか、だけれども、やめちゃうとひょっとしてナルシズムの中に全部落ち込んで、モラルも何もなくなるんではないだろうか、それでも困る、僕のさっきの実感で言うと、そんなことかなあというように思っているんです。

あんまり「森」のことにこだわりたくないんですが、小浜さんと加藤さんはそれほど違っていないんじゃないかというふうに僕には思えるんです。つまり外のモラル、こうすべきだとか、こういうふうにしたほうがいいんだという、外側から律するような、人間の行為を律するような視点を、もう僕らは持てないというところから出発して、そうすると全く人間の生きる核みたいなものが死んでしまうというふうなことが、おそらく村上春樹の体験の中にあったのだろうと。で、一番最後に「森」というのが残るか残らないか、つまり「森」を残したいというのは、たぶん村上春樹の中では、そこでもう死んじゃうんだということではなくて、だけれどもなんかあるんだというふうな、そんな感じで村上春樹は「森」を書きたかった。だけれども僕は、小説の中ではそういうものとして気持はわかるけれども、小説のリアリティとしてはあまり生きてないんじゃないかと、このわずかな一点だけが小浜さんと違っているだけで、言っていることはみんな同じじゃないかなあというふうに思います。

ちょっと自分の話になって申し訳ないんですけれども、僕はずっと欲望論というのをやっているんですよね。なんで欲望論なんてやってるのかというのは、あんまり今まではっきりよくわからなくて、欲望というのはおもしろいもんだと思ってやってたんですが、最近少しずつはっきりしてきたんです。さっき加藤さんが一番最後に、外側のモラルを全部とっていくとマクシムだけになる、だけどマクシムの中だけに自分を閉じ込めるとこれは完全なナルシズムになって何もかもなくなってしまう、というようなことをおっしゃって、さらに、しかしそれにもかかわらず、ナルシズムの中からモラルを引き出すという道をとらなければ、もうこれは誰も、今の世の中では誰も社会の問題にきちんと達する道筋はないんではないか、というふうなことをおっしゃったと思うんですが、言われてみれば、僕が欲望論をやろうというモチーフというのは、その通りだなあというふうに思って。つまり僕は欲望の本性を研究してるんですね。で、どうやって欲望の本性を研究しているのかというのは一言では言えないんですが、何のために欲望の本性を研究しているのかというのは、ちょっと言えるところがあるんです。それは人間の欲望というのは簡単に言っちゃうと、普通はどんどん快楽に向かいますよね。人間の欲望というのは、ナルシスティックであるからどんどん快楽に向かうわけです。だけど、どんどんどんどん快楽に向かうと、これはナルシズムの窮みで、生きる核というものがなくなっちゃうんですね。なぜかというと、ナルシスティックなんだけれども、そのナルシスティックな欲望を満たすためには、人間関係が必要なんです。ですからナルシズムを極端に押し進めていくと、快楽を押し進めていくと、何もなくなってしまう。だからこれまで人類の歴史において、人間がナルシスティックになると困るんで、みんなで寄ってたかって外から何かモラルを付け加えてきたんです。

で、僕の考えでは、突然抽象的な話になるかもわかりませんが、資本制というのは、外側からモラルをくっつけるということをできなくするように、どんどんどんどん働いてきて、今はエロスだけが通用するエロスゲームの世界になったんだというふうに考えています。この流れを全然引き戻すことはできなくて、したがってそれにもかかわらず、つまり人間というのは実は外側からモラルを加工する、外側からモラルを付け加えるというのは、本当はみんなフィクションであって、それはフィクションであるというふうに自覚された時から、もう外側にモラルを付け加えることはできない。つまり人間というのはこうすべきだとか、社会に対してこうすべきだというふうに、外側から個々の人間に対して命令することは全然できない。そうすると、個々の人間が自分が持っている欲望の中から、何か関係上のモラルを導き出していくことができるかどうか。そういう本性を欲望というのは持ってるのかどうかということを、欲望それ自体の中で考えなくてはいけないというふうに、僕なんかは思っているわけです。そのことが、僕が村上春樹を読んだあと、自分に残った一番大きな問題ではないだろうかと。僕の考えでは、ここにおられる方は、僕の目から見ると、みんなそういう問題をやっておられるんじゃないかなと思うんです。

だからさっき橋爪さんが、村上春樹と、権力だとか湾岸戦争だとか、そういう問題と何の接点もないんではないだろうかとおっしゃったんですが、僕はむしろそうではなくて、橋爪さんだってそういうことをやっているんではないですかというふうに思うんですよね。僕は橋爪さんの〈構造主義を用いる社会学〉というのを読んで、これは今までの構造主義とは違うなと、社会学とはおもしろいなというふうに初めて思ったんです。橋爪さんは今までとは違う、つまり外側にモラルを置く、人間とは社会について考えなくてはいけないんだというふうに外側にモラルを置く仕方ではなくて、しかし人間は社会に対して何らかの形で関与しているし、関わる理由を内側に持っている、そういうことをやられているんではないかなあと僕なんかは理解してるわけです。

簡単に言いますと、村上春樹がずっと押し進めていったその場所から始めて、まず社会をよくするという地点からではなくて、僕らは誰でもナルシスティックで自分の欲望を追求するんだという場所から、しかし社会だとか権力だとかそういう問題をちゃんときちんと捉えて、みんなで考えていけるような言葉に書き直していくというような課題が、初めて見えてきたんではないかなあと考えています。そこらへんをちょっとね、橋爪さんに、「いやお前の、僕の見方はとんちんかんだ」と言われるかもわからないんで、一言聞いてみたいというのがあるんです。

◉方法としてのナルシズム（橋爪）

橋爪　一言ですむかどうかわからないんだけれども、水を向けられたのでちょっとそのへんについて述べてみたいと思いますが、竹田さんが今おっしゃったこととか、その前みなさんがおっしゃったことは、だいたい非常によくわかるので、それについて述べるのはちょっとやめて、僕の言葉で、今述べられたことの全体を整理してみようと思うんです。

やはり、世代論ということでした方がいいと僕は思うので、世代論の言い方で言いますと、団塊の世代というのは、切実な飢えとかいうのをもう経験しなかった世代であると思うわけです。ところが「思想」とかいうのは、切実な飢えがあるのだということを前提にしてできているのですね。そうすると思想を受け取った場合、切実な飢えがないのは何かの間違いであるというふうに考えなくちゃいけないわけです。そうすると、個人的な私生活という点で見れば、アルバイトで買ったステレオとか、結構おいしい御飯とか、そういうのがあったりするわけですが、そういう個体的なエロスというものを、思想はコミットすることによって、どんどん収奪されていってしまうという関係に入るわけです。極端に言えば、連合赤軍みたいに、ちょっとでもおいしいものを食べたりなんかすると、それはおまえブルジョワ的だ、とかなんとか言って〈総括〉されちゃったりですね。そういう本性を、その時の思想というのは持っていたと。まあ吉本さんの言い方でいえば、「物語」ですけれども、そんな世界であったと思うわけです。

で、これに巻き込まれた人もいるし、それからこれに反発を覚えた人もいると。当然のことですよ。その反発というのは、どういう形をとったかというと、とりあえずナルシズムという形をとるだろうと思うんです。そのナルシズムというのは簡単に言うと、自己肯定という構造をとっています。俺は俺でいいんだという要素がなければ、思想が個人生活を収奪しようとやって来るわけですから、それに対して対抗できないでしょう。そういうふうになんかこだわって、個人的なことにこだわって、悪く言えば居直ると。よく言えば、それでいいと思ってやっていくという構造を持つんだと思います。全共闘のほうでは、「自己否定」ということが言われていたわけですが、スローガンこそ掲げられなかったけれども、その時村上春樹さんみたいな、あるタイプの団塊の世代の人たちがつぶやいていたのは、「自己肯定」ということだと思うんです。とりあえず自己肯定ということでやっていく。ですからこれは二つあるわけなんです。

ところが大きな物語といいますか、思想のほうが、どんどんどんどん自壊していくわけです。なぜならば、もともとあるはずのない切実さというものを前提にしているわけだから、現実世界との距離というのはどんどんどんどん崩れていく。吉本さんは、そこで「反物語」ということを言ってますが、つまり人民の幸せを実現するはずだった社会主義じゃなくて、資本主義のほうが人民の幸せを実現してしまったと。これはたいへん皮肉で、逆説ですが、そういうものを「反物語」と言っているようですね。それをさっさとよく考えればわかったことなのに、それを何故言わなかったのかというふうに責めているんですよ。まあ「反物語」というのは、そういうことだと思うんです。が、そういうのを語るというのはなかなか難しいから、われわれの場合は、思想を抱えたまま傷つくか、ナルシズムを抱えたままそこで社会やモラルを喪失して悩むかという、そういう二類型でもって、「反物語」を語れないままウジャウジャするというのが、七〇年代とか八〇年代の生き方だと思うんです。

じゃあ、ナルシズムというのは、とりあえず勝ち残ったわけです。生き残ったわけです。大状況に関する当為とか思想とか大きい物語がなくなっちゃった時には、人間は生きていかなきゃいけない。そうすると、何らかの意味でナルシストにならない限り、生きていけないわけです。ナルシストというのは自己肯定だから、何かの手掛かりを探そうとする。フィクションの中にそれを探そうとすれば、一番立派な自己肯定をやっているのは村上春樹だから、ナルシズムのチャンピオンでね、彼には一応かなわないわけですよ。そういう意味で、やっぱり大きな顔をしているのは当然かなあと思うわけです(笑)。

だけど、このナルシズムというのは、非常に微妙な位置にあってね、自己肯定だからそれを失ってはいけない、それに依拠しなければいけない。しかし、それだけで世界を手に入れることができるかというと、それに純化していけばいくほど、世界の終りに向かって押し詰まってしまうと。で、そういうのがあると思います。このナルシズムの果てというのは二つの道があって、一方は「死」とかあるいは「自閉」とかですね、アンチモラルとか何かそういうものがあると。もう一つは「公共性」とか「反物語」か何か知りませんけども、なんか新しい世界像に向かってたどれるような非常に細い道というのがあると。そのどっちなんだろうと、みなさんは問うておられると思うんですね。僕の理解でいうと、このナルシズムというのは、とりあえずそれに依るしかないけれども、その中には次の公共的世界といいますか、理想といいますか、そういうものに繋っていく材料が発見できないような、そういう逆説的なところにあるんだなあと思うわけです。

小説のプロットに則して言います。つまり、公共性と反モラルということを具体的に考えたいんですが、それはたとえて言えば、男女関係の中で言えば、もし公共性とかモラルということが確認できれば、それは結婚だと思います。それは二つの男女関係がエロス的に充実しつつ、しかも一種の公共的な空間を手に入れる。反対で言うと、恋人が死んだり、離婚したり、別れたりというのは、それが失敗したということを意味する。村上春樹の男女関係のパターンを見ていくと、結婚というのはすべてないんです。登場する男女というのは、全部単身者だったり、娼婦だったり、少女だったり、それから死別したり、別れたり、そういう人ばかりです。つまりここではね、村上的な作品世界の中では、このモラルというのはまだ確立されていない。「緑」と「ワタナベ」とか「レイコさん」とか、いろいろと出てきていますけれども、そういう質のモラリティにまで高まる、あるいは仮にそういうことを、作者が気まぐれで結婚したと設定しても、作品空間がその後もたないんです。だから、無理だから書かない。そういう構造になっていると思います。だから、作者自身そこにおそらく充分気がつく位置に来ている、というふうに僕は思っているんですね。

最後にちょっとだけ、じゃあ、モラリズム、いや失礼、ナルシズムとか欲望とかそういうものと、湾岸戦争の問題を考えるための公共的世界との関係が、どんなふうになっているかを、僕の観点から言ってみます。大きな問題、つまりこれは一種の嘘を含んでいるから壊れちゃったけれども、そういうものが崩れていったあと、僕がとりあえず模索しているのは、ミニマリズムというふうな、そう言っていいと思うんですけれども。要するに、物語というのは、余計な要素をたくさん抱え込んで膨らんでしまったので、矛盾をきたしてつぶれてしまったと。ゆえに不必要な前提というのを取り払って、たとえば社会主義なら社会主義、マルクス主義ならマルクス主義、さまざまな不必要な前提、僕から見て不必要な前提というのがあると思うんだけど、そういうのを極力剝ぎ落としていこうというのが、僕のとりあえずの思考です。つまりマルクス主義なんかなくたって、社会は営めると。マルクス主義というのは不必要に社会をいじくり回していると。で、最低限の条件で社会を作ればいいんじゃないかという考え方ですね。

その意味で言うと、どんなにミニマムになっていっても、社会であるための最低限の条件というのは、出発点として置かなきゃならないだろうと。だから僕の立場から言うと、ナルシズムにはならないんです。ナルシズムまでいっちゃえば、自己他者関係に関する原点というのはなくなっちゃう。だからそういう形で降りていってしまったら、そこからは出られない。非常に近い場所なんだけれども、ナルシズムのちょっと隣りね。ナルシスな人が二人閉じ込められた部屋だったら、そこにどういう秩序ができるだろうとか考えてみると、まあおもしろいと思うんです。僕はとりあえず、それをルールとか呼んでいるんですけども。そういう二人以上の人間が、共通に属する最低限の秩序みたいなものがあってね、そういうところにまで降りて、そこから出発するというふうなやり方をとるのがいいんじゃないかと思っているんです。ですから、団塊の世代がとっていった一つの思考の筋道のパターンとして、村上春樹さんというのは、非常に頑張って作品的にも成功したし、とてもいいんだけれど、ナルシズムという固有の方法論に関して、僕は保留を置いているという、こういうことなんです。

◉中間項なき二元論は有効か（小浜）

小浜　ええっと、今の話におそらく深いところで繋ると思うんですけれども。やっぱり、ナルシズムか公共性かというような立て方、あるいは外側か内側かというような立て方、あるいはモラルかマクシムかという立て方、このような二元的な立て方をすると、僕らの現実に生きている具体性で、どうしてもとりこぼされてくることがあると思うんですね。それは何かというと、僕流に勝手に言ってしまうと、やっぱりモラルならモラルといっても、大きいモラルと小さいモラル、たぶんにイメージ的な言い方をしますが、大きいモラルと小さいモラルがあって、両者というのは互いに背反することもあるわけですね。具体的に言うならば、それは天下国家、社会というところに軸を置いて考えられた場合のモラルというものと、たとえば僕らが家族生活を営んで、その身近な人間関係の中で保っていかなければならない、今橋爪さんが言った二人の秩序ですよね、そういうところでのモラルというものは、そのまま連続して繋がるわけにはいかない。つまり、家族の中の家族関係というものを、仮に自分の女とか、あるいは家族というものを大切にするというような立場をとると、そのことが必然的に、たとえば天下国家を牛耳っているモラルみたいなものと背馳《はいち》してくるということはあり得る。そういう中間項みたいなものを考えていかなければ、単にナルシズムと公共性というような対立関係で論じていてもしょうがないんじゃないかなあと思って。さっきから「外側」ということがずっと流通していたことに対して、僕はちょっと実は不満を持っていたんですけれども。

それで、橋爪さんの言い方にだいたい賛成なんですが、少し異を唱えることになるかなと思いますが。つまり社会というような大きな枠組の中でのモラルというものは、なかなか対の関係、あるいは家族の関係の中で考えられるモラルというものに、単純に比喩として類推できないところというのがどうしてもあると思うんですね。そこらへんというのが僕ら、僕なんかは自分なりに押さえてきたつもりなんだけれども、そういう押えというものをきちんとやることによって、ナルシズムの出口のなさ、かといって公共的なもののほうから、いわゆる外側というところから語るということを、議論として少し流動化していけるんじゃないかと思ったんです。

つまり、この世界にはナルシズム的生き方か、世界、社会に自分のアイデンティティを置いて生きるしか、二つの生き方しかないみたいなイメージというのが流れてしまっているんだけれども、そうじゃなくて、ナルシズムというのは、エロスではあるかもしれないけれど、エロスの一変種なんですね。だから確かにそこには、村上春樹なんかが指し示している場所に対する、僕なんかの不満といえば不満であって、先ほど橋爪さんがいみじくも言われたように、関係が時間的に展開していくというのかな、そこで一つのある種の公共性というものを引き寄せながら、たとえば結婚生活なり、その中でのすったもんだみたいなことが展開していくということが、初めから排除されているというのは、一つの極限の「反物語」の提示としては、ある時代的な意味を持ったんだけれども、それだけでは僕らの現実を掌握しきれないだろうなという感じを持っているわけです。

つまり、フロイトなんかによれば、ナルシズムはエロスのリビドーが自己還帰して、自分に対して向かった形だという位置付けになるんだけれども、そういう言い方をそのままふまえるとすれば、やっぱりエロスというのは関係性であると。そして関係性であることによって、そこにある種の小さなモラルみたいなものを引き寄せる、あるいはそういうようなものを創出していく力学のようなものを必ず持っているものだと。つまりエロスの中にモラル、モラルという言葉はあまり好きじゃないですけれども、まあ秩序でもいいんですが、そういうものが孕まれる可能性というのは、本来的、つまり人間が長い時間の中を耐えて生きていく限りは、その中にそういうモラルのようなものが胚胎してくる理由というものが、ちゃんとエロスということの中に内在的にあるんじゃないかと思って、それで少し家族の問題なんかに話をもっていったらいいんじゃないかと思ったんですけれど。

今村　今までの話の流れを聞いていて、今小浜さんが言われたことは非常に正論なんですけれども、エロスの関係性の中にこれからの小さなモラルを築いていこうというのは。ただこの『村上春樹をめぐる冒険』に戻してしまいますと、ここでも笠井さん、竹田さん、加藤さんの三人の結論というか、結局ここでよく言われている言葉でいえば、「99％の外部が1％の内部を覆い尽くしてしまった」と。これは、内部がなくなったということと同じことですけれども。今小浜さんが言われた正論は正論として、そういう具体的な男女のすったもんだがもう展開できなくなったという、つまり先に言われたように小説を書けなくなった時代、というものを村上春樹の小説ないしは、この三人の方のこの小説に対する読みの結論は言っていると。だからそこで、今の小浜さんみたいに本質的な正当論だけを述べていては話が先へ展開しないと思うんですよ。もしもこの本を土台としてしゃべる会であったとしたらですよ。今のは小浜さんの論理としては、いいと思うんですけれどもね。

そこで私が聞きたいのは、この中で読んでいてものすごく思ったのは、そういう外部の99％が内部の1％を覆ってしまって、もうマクシムの根拠もなくなってしまったと。もちろん外部のモラルもないと。もう外部がなくなってしまったわけですからね。そこで、わりとこの中で笠井さんの立場というのははっきりしていて、もうどうなったかわからんと、もう山の中へ引っ込むと、もう頭もふっとんでしまった、というようなことを言っておられるわけですよね。竹田さんの場合は、竹田さんの欲望論とも関わってくると思うんですけれども、普通の人間の考え方の根拠に基づいて、私はもういっぺん論理を組み立てていくんだと。ちょっと今酔っているもので、すっきりとは言えないんですが、竹田さんの本もたくさん読んでいるんですけれども、まあそんなふうなことで立場がはっきりしていると思うんです。

そこで読んでいて思ったのは、加藤さんに一番聞きたいんですが、加藤さんは竹田さんと同じようでいて、どう言っていいのかな、今の話でいえば、個体的なすったもんだがないと、ナルシズムであるという中では、加藤さんの意見は、むしろすったもんだの三角関係をわざとなくしてナルシズム世界にわざともっていっているのが、村上春樹の小説が現在の社会というのをよく反映している小説だ、という言い方で評価してはると思うんですが。そこで加藤さんの立場から、竹田さんの普通の人間論というか、そのへんのところ、どういうような考え方をしておられるのか、そのへんがはっきり語られていないという気がして、そこを聞きたいなあと思います。

岩脇 それ、大衆論ですか。

今村 大衆論ですね。竹田さんの大衆論みたいなものに対する、加藤さんのコメントを聞きたいという、そんなふうに言い換えてもいいと思います。

岩脇 ちょっとずれるなあ。それ後でやりましょう。今の小浜さんの発言について、ちょっと竹田さんにふります。

◉暗黙のルールが持てない病気（竹田）

竹田 なんかどんどん忘れちゃうなあ。ええっと、小浜さんの言ったことに関して、僕は前々から、ひょっとしてこの人、同じことをやってるんじゃないかなあという感じを持って、あまり異議はないのですが。ここで特に言いたいのは、さっきの橋爪さんのと、違いがだんだんはっきりしてきたというのが僕の感じです。

つまりね、橋爪さんのさっきの話を聞いていて、僕がすごく思ったのは、何回も言いますが、「あっ、僕は病気だったんだな」と。橋爪さんは、あまり病気ではなかったのかなという感じを持ったんです。ナルシズムの極限まで自分は落ち込んだんだなあという感じを持ったんですね。で、僕はそこは大事なとこだと思っているんだなあ、というふうにやっぱり思いますね。僕、ちょっと誤解しているかもしれないけれども、橋爪さんの言い方で今感じたのは、そんなみんな簡単に真面目に世の中のことを考えられるのかなあという感じを持ってね。

特に今の時代は、まあ比喩的な言い方ですが、ほとんど大部分の人はかなり困った病気に陥らざるを得ない、この病気というのは何かと言いますと、どんな文明社会にも必ず、ある安定的な外側のモラルというものがあって、それを守ることはやっぱりいいことだという暗黙の了解があって、今までやってきたような気がするんですね。それは、暗黙のルールを守っているから悪いんだ、というふうには全然言えなくて、それはそれでいいことなんです。しかし今の時代は、そういう外側の、みんなでこの社会をきちんと守っていこうという暗黙のルールが持てないような、まあそれをあえて病気だと言うと、そういう時代ではないだろうかと僕は考えています。そこが、橋爪さんの感受性とちょっと違うとこではないかなあと思ったんですね。

それをもうちょっと具体的に言いますと、僕らがモラルということを考える時には、僕の場合を考えれば、昔はまず自分と社会というのは、これは必ず重要な関係を持っているというある自明の感覚があり、それから自分はやっぱり結婚をして子供を産んで、ちゃんとした社会人になってやっていくんだとやっぱり思っていて、そのことを別に昔は疑っていなかった。これを疑わずにずっと生きて死んだら、これは非常に幸せなことだっただろうと思うんです。だけれども、僕がたどってきた過程で言えば、もうちっともそういう気持が持てない、どっかで病気になってしまって、いわばナルシズムの極限まで落ち込んでしまった。

もしも、それが僕だけではなくて、ある大きな状況として今の人間が、自分がこれから作っていく家庭、あるいは社会というふうなものに対して、自然にそういうものに対してあるモラリティを持つことが非常に難しいとするならば、ぎりぎりのところで、つまりナルシズムの極限のところまで落ち込んで、そこから、それにもかかわらずモラリティを持つ必要があるんだということが、自分にとってうんと了解ができた時に初めて、モラルというものが持てるんですね。それがはっきりもし了解できなければ、必ず外側から付け加えなければいけない。だけれども今、それを外側から付け加えるということには、おそらくもう有効性もないし、誰もそれをすることはできないと。そうであるならば、もう村上春樹は全然語らなくても、もうどうでもいいと思うんですが、橋爪さんとの、感受性として一枚違いがあるとすれば、そこが違うんじゃないかなあと感じました。

ただその後、モラル、ルール、それから社会だとか国家ということについて、どういうふうに考えていくかという点では、僕と橋爪さんとはけっこう重なる点があるんじゃないかなあと思ったんです。

◉国家を悪と思わない（加藤）

加藤　えぇっと、さっきの話なんですけれど。大衆論というふうなことで言われると、ちょっと僕も戸惑うんですが。大衆論という言葉は岩脇さんのほうから出た言葉で、今質問された方がおっしゃったわけじゃないんで、僕が本の中で竹田さんの考え方についてどんなふうな判断を持っているか、というようなことで申し上げます。

僕は、竹田さんと示し合わせているわけじゃないんですが、なんていうか、これは理由のあることなんですけれども、僕が言おうとしているようなことを竹田さんの言葉で出てきた場合には、それについては僕は、考え方としてはあまり違和感がないんですね。ただたとえば現象学というものがあって、『現象学入門』（一九八九年、ＮＨＫブックス）というのを読ませていただいたんですが、僕は現象学とか哲学とかをそんなに自分でやってきたほうじゃ全くないんですけれども、僕が竹田さんの書かれたものを読んで、一つ合点がいったところがあるんです。というのは、こういうことを言うと悪い冗談だと思われるでしょうけれど、僕の考えてきた考え方というのは、少なくとも竹田さんが理解して言っているような現象学という方法というのは、僕がやろうとしてきた、うんぬんというよりも、僕がそういうふうにしか考えられないという形でやってきたことを、そう考えてもいいんだなというふうに僕は思ったんですね。ですからそれは僕が勝手に思っているだけで、「お前、よせよ」と言われればよしますけれども(笑)、まあ、そう思っているわけです。

ただ僕、たとえば今日も、普通こういう場所ではこういう話がなかなか苦手というか、だけれどもけっこうしゃべるんですけれどもね。今日はあまりしゃべりませんけれども。というのは、いつもしゃべる時に、差し当たって今はこういうことを言っておくしかないという、水がザァーッと流れている所に差し当たって杭を打つ、というふうな言い方になっているんですね。僕の場合。ですから僕は正直いって、僕がもし一読者だとすると、こういう所に来たかもしれないんですね。来たかもしれないけれども、黙って聞いているだろうと思うんですね。つまりなんていうか、差し当たり、僕自身が国家、民族、宗教、宗教は出ていませんが、そういうふうなものにあまりどうしても、今俺はこういうことを考えたいという欲求がないんですね。だけれども、たとえばお前の立場はどうだと聞かれると、僕はそういうことに関心ありませんと言えばよかったんですけれども、まあついなんとか答えなけりゃいけないなというふうに思うわけです。で、非常に醜態をさらすわけですが。

ただやはり、今思っているのは、そういうふうな時に、そういうふうに関心がないなら、そうじゃないふうにやっぱりやっていくしかないんじゃないかというふうなことを、かなり強く今感じているわけです。ですから、つまり竹田さんが非常に的確な言い方で言われて、また全く僕も同じように見ることによって、自分の病気を再確認せざるを得なくなった、その橋爪さんは、また明快な言葉で言われる、そのことには、今僕は、一つ一つのことについて了解できるところは違和感ないんですね。だけれども、僕がなんか言うとしたら、そういう言い方じゃない、差し当たってそういうふうに言うしかないという言い方しか僕はできないわけだから、僕はそういう言い方はあまりしたくないんです。そしたらどういう言葉だったら、そういうことが言えるのか、というふうなことなんですね。今うまく言えませんけども、僕はかなり前向きな姿勢で今いるわけです。どうも元気がないですねとか（笑）、さかんに言われているんですけれども、本人のつもりとしたら、今非常に前向きなんですね。これをどういう言葉で、というところでね……。

僕としてはさっきの「反物語」というのを、吉本さんが九〇年の三月で言われたような、どういうふうなつもりで言われたかということを、さっきちょっと申し上げたんです。つまり吉本さんは、村上一郎とか三島由紀夫に対して、要するに命を張って死んでもなんとかというふうなあり方に対して、自分は卑怯者の思想というものをなんとか作らないといけないと思った、それはその時点での吉本さんの「反物語」であったわけですね。で、そういうことはわかるけれども、そういう意味合いではね、吉本さんの言っている「反物語」というふうなことでは、僕もやはりちょっとそういうふうなことで、アンチ物語を作れとか、自分にとってはアンチ物語は何だろうというふうには考えないんですね。

ただ、つまりどんな形で言えば、差し当たってこういうふうに言っておくというんじゃない言い方、あるいは言葉でそういうことを言えるかと。今までですとね、そういうことは差し当たって今言っているけれども、差し当たってじゃなかったら、そういう言い方をする理由が自分の中になかったと思うんですね。だけれども今はそういう理由があると感じているわけです。ですからそういう理由がある限り、そういう言葉を僕としては必要としていると。ただそれは、ここで違った言葉にならざるを得ないというふうなことを感じているということです。先ほど、立場は何かと質問してくださった方がうなずいておられますから、少しは気が楽になりますけれども。こんなふうに思っています。

森重　差し当たって、で結構なんですけれども。この『村上春樹をめぐる冒険』のあと、竹田さんとの往復書簡の中で、とてつもないことを加藤さんが書いておられるので、僕びっくりしたんです。つまり、「国家は悪である」という今までの否定的なものに対して、ひょとしたら「差し当たって」という文体、ニュアンスを感じたんですけれども、「国家は悪ではないかもしれない」と。ちょっと不正確かもしれませんが。本当にそう考えてみよう、と書いてあってびっくりしたんです。

その時にたとえばさっきの「反物語」のイメージに対して言いますと、つまり今初めて、ずっと語る言葉がなくなってきて、とりあえず村上春樹的な、さっきから議論になっているナルシズムの世界を通して、もう一度格率からもういっぺんモラルのほうに出ていくという加藤さんの歩みの中で、「国家は悪ではない」というのは、加藤さんの読者として、悪でないとひょっとしたら思っているかもしれないというのはびっくりしたわけです。その道行が、僕にとっては一つの

「反物語」というか、初めてもう一度内部のナルシズムという場所から動き出そうとしている、もういっぺん外側を語っていくという一つの端緒ではないかと。これが、加藤さんにとっての「反物語」の端緒ではないかと、往復書簡の中で読んだんですけれども。差し当たって、で結構ですから、そのあたりについてもう少し展開していただきたいと思うんです。

加藤　簡単に言いますと、つまり不必要な、それは「反物語」というよりは、今橋爪さんがおっしゃったようなことなんですよ。僕にとっていいだろうというふうに言えることで、あともう一つ別の理由を言いますと、「物語」の要因は全部とってはいいだろうというふうに言えることで、あともう一つ別の理由を言いますと、「国家は悪だ」というのは、僕にとっては非常に不必要なことになっているし、ルサンチマンになっていますね。僕は本当に非常にルサンチマンの強い人間だと思いますが、そういうふうなことをやはり自分で恥じますね。で、つまり「国家は悪だ」というのは、もちろんそこに書いたように、「国家は善だ」ということではない。ただ「国家は悪だ」というようなことを言っている限り、始まりのスタートラインにつけない。ちょうどつこうと思っているのに、後ろで引っ張っている足を結びつけている紐を外そうと。「国家は悪だ」という支え棒を取った時に、どういう問題にぶつかるかということだと思うんですよ。僕はそういうふうな意味で書いたわけです。

小浜　少し興奮してきたんですけどね。今の方の、「国家は悪ではないかもしれない」というのは、加藤さんの言っている言葉の中で短所だと言われたんだけど、僕は全く反対で、加藤さんののらりくらりとしたわかりにくい文体の中で、ほとんど唯一の長所と言ってもいいくらい（笑）、明快な言い方だと思います。

今日テーマになっている吉本さんの「反物語」という言い方に繋げていきますと、吉本さんの「反物語」という言葉が指し示している理念の方向に、一般大衆が主人公となるという命題があるわけですね。それともう一つは、吉本さんの思想の一番大事なものの一つといっていい、国家の最終的な死滅という、一つの理念的なプログラムというかヴィジョンというのが、『中央公論』の湾岸戦争に対する論評の中で、繰り返し繰り返し述べられているんです。が、やはりその「国家の死滅」というようなヴィジョンそのものがね、たとえば階級社会があって、階級対立を、要するに支配階級が非支配階級を抑圧して、その抑圧しているという本質を押し隠すために幻想の共同体として国家というものがある、というようなマルクス主義的な位置付けというものに、やっぱり吉本さんの思想というものは、相当程度骨がらみになっていたところがあると思うんです。そこから「国家の死滅」という究極ヴィジョンが出てきたんだけれども、これまでの話の経過からわかると思うんですけれども、ことここに至っては、「国家の死滅」というようなことを言うこと自体が、僕はほとんど意味がないというふうに思いました。

それはそのまま反転して、それじゃ国家を存続させるということを理念にすればいいのかというと、それもまたそうではない。その場合の国家というのは、さまざまな言葉、ナショナリズムというものを中心に据えた民族国家だとか、いろいろな物語を作るわけだけれども、おそらく「国家の死滅」も「国家の存続」も、そういう理論そのものが共に意味がなくなっている、僕らの高度資本主義社会の現実というものを見据えるところから、もし何か国家というものを考えるんだとしたら、最低限そこから出発しなければいけないというふうに思うんですけどね。ですから「国家は善である」と言ったらば、もし加藤さんがそういう言い方をしたらば、僕は短所だと思うかもしれないけれど、「国家は悪ではないかもしれない」という言い方というのは、非常にニュアンスを含んだ良い言い方だと思って、むしろ長所であると思うと、それが言いたかったのです。

●宗教的信念としての「国家死滅」(橋爪)

岩脇　橋爪さん。僕のレジュメの設問が今のことと絡んでいますから、もしできれば。

橋爪　ちょっと忘れた部分もあるので、うまく再現して言えるかどうかわからないんですけれども。今考えたことを言いますと、今小浜さんが、吉本さんが「国家死滅」テーゼに絡まれてて、つまりマルクス主義的なものに絡まれているんじゃないかと言ったけど、僕の理解もそうですね。ですからそのへんちょうど「反物語」ということが吉本さんによって言われているので、僕は自分では「反物語」というものの存在を信じないし、そういう言葉を使いません。さっき説明したのは、吉本さんはそう考えているという、そういう意味です。

僕の理解によりますと、国家の問題については前から考えているのですけれども、「国家が悪である」とか「国家が死滅すべきである」とかいう発言は、その命題は、宗教的信念としてしか可能でないと思います。その命題自身、もし事実命題として国家が死滅するだろうと主張するならば、証明する必要があります。その証明は、僕の見たところ、完成したものはないです。マルクス主義の場合は、それに疎外論というのを使っているわけですね。つまり単純なものが複合していく時に、疎外というプロセスが起こって、国家のようなものができてくると。ゆえにそのプロセスを逆にたどると、国家は死滅するはずだという疎外論の前提があるんだけれども、疎外論というのも、これも宗教的信念なんですね。ヘーゲルの疎外論は三位一体説から出てきているわけなんですけれども。まあ証明は略しますが、宗教的信念なんです。吉本さんは宗教的信念から遠いはずなのに、まだそういう宗教的信念を残しているなというふうに、僕には理解できるんです。そのことに関して言いますとね。国家に関しては、まあそれぐらいですけれども。ですから、国家が悪いと考える必要性はないんで、単によい国家もあり、悪い国家もあるということだと僕は思っています。

次に、ナルシズムあるいは欲望なのか、それからそうじゃなくて、たとえば僕はルールと言ってるんだけれども、そういう問題なのかということをちょっと敷衍すると、ナルシズムというのは、やはり根拠にならないしまずいと思うんですよ。それはなぜかというと、ナルシズムというのは、ナルシズムという実態があるわけじゃなくて、自己解釈としてしかナルシズムというのは、自己正当化としてし可能ではないからなんです。これが僕の理解です。ナルシズムというのは、自己正当化としてしか可能でない。俺はナルシストだと思う時しか、ナルシズムというのは成立しない。だから、ナルシズムという事態が現に成立しているかというと、疑わしいんですね。ナルシズムの原理でもって、完全に世界が構成できるか、完全にすべてが説明できるかといえば、おそらくそうじゃないんです。残余項というのが必ず残る。反対物というのがあるんです、ナルシズムには。非常に卑近な例でいえば、個人生活が中心で、自分さえよけりゃいいじゃないかという態度でもって市民生活を送ることはできるけど、そこには国家もあるし、警察もあるし、社会秩序もあるんです。ただきっきみたいな態度で居直っている人は、そういうものに関心がないから、そういうメカニズムについて知らないんです。ただそういう反対物があるだろうと、うすうすわかるにすぎない。

村上春樹の小説を見てみると、かれはナルシズムという構成で作品を作ってるんだけども、その反対物の要素というのは必ず残っているんです。たとえば『世界の終りとハードボイルド・ワンダーランド』だったらば、組織《システム》とか工場《ファクトリー》とかになるんですね。

あそこでは「善悪」ということが一応テーマになっている。組織というのが善くて、工場というのは悪いと。これはアメリカとソ連というふうに考えてもいいし、何と何というふうに考えてもいいんだけれども、それは価値的なものと反価値的なものでね、世界をめぐってしのぎを削っている、なんか大きな構造なわけです。しかしその構造に関しては彼は全く断念していて、どういう構造になっているかわからない。しかも彼は組織の委託を受けて、その仕事をしているんですね。それは彼の生活の糧です。老後退職金をためたりなんかする、自分のエロス的な実現を充足するためにも、組織の要請に従っているんだけれども、それが善いことか悪いことかという究極的な判断は保留しているし、組織と工場が実はつるんでいて、もっと大きな組織になっているという疑念があるかもしれないんだけど、それを突き詰めることはしないんです。ナルシズムというのは何かの反対物によって支えられているんだけど、その反対物を厳密に記述していく方法というのは持たない、持たなくていいというふうに考えた時に、それはナルシズムという表現をとるんじゃないかと、こういうふうに思うんです。だからナルシストだ、ナルシズムだといっているけれども、本当にそうかいと、いくらでも切り返していくことはできるんですね。僕はそう思います。だから、ナルシズムというのは完結しようとする意志なんだけれども、完結できないということを自分が予定しちゃってる、というふうな破綻の構造を持っているんじゃないかと。ですから、村上春樹さんの小説の中には、そういう破綻する部分というのが必ずあってね、だからその細部に至るのがなかなかうまくいかない、個々の作品に則して言うのは、僕は苦手だからあまり言いませんけど、たぶんそうなっているはずじゃないかなあというふうに思っています。それは村上春樹さんの作品自身が語っていることなのでね、別に僕が主張していることじゃないんじゃないかと思う、つまり証明されていることじゃないかと思うんですけれども。とりあえずそんなふうに思っています。

それから僕がさっき「ルール」と言ったことに関していうと、「ルール」の反対物というのは、おそらく「知識」なんです。で、宗教というのは知識からできるんです。ものを知っている、これが真実じゃないか、お前ら知らないだろう、そういうスタイルをとるんです。「知識」というものによって社会を組織しようとすれば、たくさん知っている人とちょっとしか知らない人が必ずできます。知識のヒエラルキーができる。これは階級になるんです。だから、宗教的な社会を作ろうというふうに考えれば、必ずそういう構造をとる。マルクス主義がそうでしょう。「国家が死滅する」というイデオロギーを最初に掲げた宗教というのは、イスラム教だと思うんだけれども、イスラム教というのは、ややこしくなるから簡単にしますが、非常にマルクス主義と似ているところがあるんですね。僕の目から見ると、ほぼアイソモルフィック、同型な宗教的信念みたいに見える。知識というのを根拠にして宗教的な共同体を作るという、社会についての考え方というのが、ちょっとまずかったっていう話なんじゃないかと。

じゃあ、知識に代わる共通項というのは何があるか、そういうふうに考えていった時に、ナルシズムに撤退するというのはちょっと道が違うので、よく考えてみるとおかしいと。かなりいい線なんだけど、ちょっとだけ自己解釈を変えれば、「ルール」ということになるかもしれないというふうに僕は言うんです。

◉欲望の自己中心性と超越的モラル（竹田）

竹田　まずナルシズムの話を、このぐらいで打ち切りにしたいんですけれども。今、橋爪さんが言われたナルシズムというのは、僕らが言っているナルシズムというのをあまりうまく汲まれていないというふうに思いました。

つまり僕らが言っているナルシズムというのは、そういう字義通りのナルシズムではなくて、あのね、ナルシズムというのは追い詰めていくと、つまり僕の言葉でいうと、欲望の絶対的な自己中心性というのが絶対にこれは成立しないということですね。でも、橋爪さんと僕とは考えていることは同じなんです。が、ニュアンスの違いがどこにあるかというと、やっぱりこんな感じですかね。つまり、あなたの中の欲望の中心性をよく考えてみようと。そしたらそれは、欲望の中心性というだけでは成り立たないということがよくわかるであろう、という言い方でいった時に、別に俺はよく考えなくたっていいやというふうな言い方も成立して、考えなくてはいけないという言い方が最後の外からのルールになるということですよ。僕は、その最後の一点が、つまり個々の人間が、ぎりぎりまで突き詰めていったらナルシズムは崩壊しますが、しかしみんないい加減なところで置いているから自己中心性というのは、つまり快楽はいいというのは成立しているわけですよ。いい加減なところで分析しないで置いてはいけないと、外から強制することはできないですね。

この問題をどう考えるかというのが、思想の一番最後の問題として残っているのじゃないかということを、僕らは、まあ僕は少なくとも村上春樹の小説というのは、それを伝えるようなリアリティを持っているというふうに読んだんです。だから僕も、今話を聞いていて、橋爪さんと僕と別に違った考えをしているわけではない、ナルシズムをずっと追い込んでいって、ぎりぎりのところでは成立しないよ、というのは同じなんだと思っているんです。が、何ていうか、つまり橋爪さんは、村上春樹の作品はナルシズムによって成り立っていて、これはいけないよ、というふうに非難するよりも、僕の欲望論と対決するほうが実りがあるんではないかというふうに（笑）、やっぱり考えますね。それが一つです。

もう一つは、今ルールと知識ということを言われて、これ僕全く賛成で、橋爪さんが知識と言われたことを、僕は外からの超越的なモラルというふうに考えます。つまりさっきもちょっと言いましたけれども、どんな文明でも、そのままほっておくと共同体がバラバラになったり、あるいは外圧に抵抗できないという、ある暗黙の共同的な無意識というのがあって、そのためにある知識を、つまりフィクションを加えて、人間というのはこういうふうにすべきだという形で共同体の維持のためにあるモラルをくっつける、それを個々人に強制するということが、どんな社会でも成り立つんだと。それは必要だったわけですね。だけれども、知識を外側から付け加えている限り、あるいは外部的なモラルを外側から付け加えている限り、橋爪さんが言ったように、必ず権力的なといいますか、階級的な社会、知識をたくさん持っているほうが知識を持たない人を支配するという形態を取らざるを得ない。そこで橋爪さんが、なんかある特権的な知識、あるいは特権的な外部的なモラルを置いて、まあ神でもいいし、歴史でもいいし、国家でもいいし、何でもいいですが、そういうものを外側から置いて、君たちにとってこれを守ることが重要であるというふうなことを置かないで、なおかつ、社会というものがきちんと成立しているその原理は何かというと、橋爪さんが言うとおり、ルールということになると思います。僕もルールということを、そういうふうに解していると思います。

そこで国家という問題になるのですけれど、僕の考えでは、「国家の死滅」というテーゼはあまりピンときません。が、簡単に言えるかどうかわからないんですが、僕は現代社会において外側から外部的な知識というか、外部的なモラルを付け加えるということが不可能になった時に、近代がずっと持っていたような国家原理というものが相対化される、あるいは無化されるような条件を初めて持った、というふうに考えます。だから、国家をなくしてしまう、社会をなくしてしまう、共同体をなくしてしまうという意味でだったならば、これは全く荒唐無稽な話で、国家の死滅などということはあり得ないんですが、近代社会が持っていた国家原理というものを、相対化して無化していくことは、僕は可能だというふうに考えます。

それをもう少し言いますと、近代国家の原理は何かと言いますと、まあ近代だけではないのですが、わかりやすく近代国家という形で言いますと、基本的には国家間の競争をことによったら戦争によって解決する、で、そういう外側の脅威があるために国家が強大でなければいけないという要請を、常に国家の成員に正当化しておくことができる。そのために国家は国家権力を持つ。これは、近代国家の原理だと思うんですね。これはもし国家間競争が、戦争による国家間競争というふうなものが、全く不可能な時代になれば、国家というものは、自分の権力を正当化する根拠をだんだん失うわけですね。これにはいろんな条件があると思いますが、僕は一番大きな条件は、資本が国家の外に出ていくということだけじゃなくて、人間が外に出ていって、どの国家に住み着いて、どの国家で生活してもいいというふうなことになれば、これは最終的に国家原理は消えてしまうというふうに考えます。それが一番重要な原理だというふうに考えます。

で、もしそうなれば、近代以来、まあ国家というのは大昔からありますが、近代以来ずっと持っていた、国家という権力を正当化しなければいけないという要請が、国家というものの国家社会、近代的なネーションステイトの、なんて言いますかまあ権力構造ですね、そういうものの一番軸みたいなものを相対化することができる。後に残るのは、社会というものが残ると思いますね。この社会というのは、ルールによって築き上げられる社会というものが残ると思います。

ちょっとここでうまく言い切れないんですが、僕が言いたかったのは、国家の死滅というテーゼを、国家、社会共同体としての国家というものをなくしてしまう、というのはあり得ないことですが、近代的な国家原理というものを相対化してなくしてしまうというのは、今ようやくその条件が出てきかけた、これを相対化していく方向にずっと押し進めていくということは可能ではないか、というふうに僕は考えています。まあそういうことが言いたかったんです。

●吉本隆明の立論の弱点

参加者A　和歌山の〔……〕です。ちょっと話、さかのぼるんですけどね。「反物語」という吉本が言っている言葉、これを一番体現しているのは、先ほどパネラーの方が破綻したとか言っていますけれど、結局は七〇年代から八〇年代にかけての、特に八〇年代にかけての村上文学そのものだったんじゃないかと思うんですよ。いくらナルシストの破綻ということを究極的に証明したとしてもね。それに代わるものはない、と僕は思うんですよ。だからこそ八〇年代、驚異的なベストセラーになったと思うんですが、その点についてお聞きしたいんですけれども。

加藤　ええっと、ご質問の意味が……。村上春樹の小説が「反物語」であると？

参加者A　はい。私は「七〇年代の光と影」を読んだ時から、村上春樹の文学が「反物語」を一番形成しているということを思ったわけなんです。

加藤　そのことについてであれば、僕は、僕自身村上春樹の小説が、吉本さんが言っている意味で「反物語」であるとは思いません。吉本さん自身が村上春樹の文学に言及されていますけれど、吉本さんの講演記録の中でも、要するに村上春樹の小説は、「反物語」が出てくるべき理由を明らかにしていると、そういうふうなことを言われているんだというふうに理解していますが。そのほかにもし質問があれば、言っていただければ、答えたいですけれども。

参加者A　「反物語」の定義がもしあるとすれば、大乗的な国家、社会というような大掛かりな枠とかじゃなくて、私は私であると、先ほどパネラーの方が言われた自己肯定というのを一番体現すべきものが「反物語」であって、それが七〇年代、今まで言われてきた社会科学的な思想を越えるんじゃないかと。

加藤　吉本隆明は、僕が確か読んだ記憶ですと、自分は「反物語」を七〇年代に青春期を過ごしたような人間は作るべきだと思っているけれども、自分の見ている限り、そういうものは出てきていないと。で、それが一つの課題として残っているし、今九〇年代に入っても、それは今からでも遅くはないというか、そんなふうな言い方をしているように見ています。今の言い方でいうと、「反物語」というのは、もう一つの「物語」ということで言われていると思いますね。つまりあるポジティブなものを別の形で、ポジティブ／ネガティブというそういう言葉にこだわる必要はないんですけれども、なんかその別のものが出てくるはずだというふうなことを、ここで吉本さんは言っているのではないでしょうか。まあそういうふうに僕は思います。

岩脇　ちょっといいですか。司会に徹しようと思ったんですが、だんだんしゃべりたくなってきて、しゃべります。僕のレジュメで、吉本さんの「七〇年代の光と影」の骨子をまとめたんですけれども、僕は、吉本さんの言っている「反物語」というのは、非常に簡単なことを言っていて、レジュメの一番下に書いてありますが、〈「反物語」という言葉には各人それぞれのイメージがあるでしょうが、とりあえず社会変革への志向性を持ちながら、旧来の左翼右翼の政治思想的物語に回収されない――「回収されない」というのは、加藤さんの言葉ですけれどもね――そういうふうに回収されない物語〉（三四九頁参照）だというふうに考えています。それは旧来の物語の転倒として、彼は言っていると思います。それはたとえば、教養主義と非教養主義、あるいは知と非知、知識人と大衆、純文学と大衆文学、こういう二項対立があって、そういうものは全部だめだよと、そういうものを乗り越えないとだめだと、オーバーラップさせないとだめだと。だから村上春樹については、彼は純文学と大衆文学をみごとにオーバーラップさせたと。という意味で「反物語」だというふうに吉本さんは言っていると思います。

島元　岩脇さんの場合だと、このレジュメの最後の〈社会変革への指向性を持ちながら〉の中に、「国家の死滅」ということは入らないのですね。

岩脇　そのへんが僕自身もよくわからないのですが。たぶん僕は、「国家の死滅」というのは左翼的ドクサだと思います。

島元　吉本の場合は、入っているんですね。

岩脇　吉本さんは、入っています。彼の弱点が、最近になって一番よく現われていると思うんですよ。『中央公論』で吉本さんが湾岸戦争について発言されて、僕、読んだんですけれども、非常にね、彼にしてもこういうことしか言えないのかという感覚を非常に持ったんですね。

というのは、「日本国憲法の問題と国家の死滅」ということをあそこで扱っているのですけれども、全然媒介になっていないんですよ。僕らが僕らの生活からたとえば国家とか社会とかいうことを考える時に、何か媒介がいるんですけども、その媒介に吉本さんの発言というのは全然触れていない。だから彼自身何回も、「遠い夢」という言い方をしているんですよね。「遠い夢」としてしか語れないんです。その媒介が持てないというところに、僕の苛立ちがあるわけです。僕は別に思想者でも表現者でもないんですけれども、むしろどちらかといえばオルガナイザーとして自分を自己規定していますけれども、何に向かってオルグしていったらいいのかわからないというのが、今の僕の実感で、だから媒介を持てないということなんです。とっかかりの言葉もあまり持っていないんです。そのへんをみんなとしゃべりたかったなあという気があるんですけれども。

もう一つ言っちゃいますと、吉本さんの最近の弱点というのは、要するに図式が古すぎると思うんです。これは小浜さんが湾岸戦争のところで書かれていたのですけれども、要するに左翼スターリン主義、そういうものに回収されてしまう。それと右翼のイデオロギーというふうに、図式が非常に古いという気がするんですね。それが吉本さんの「反物語」という立場の弱点でもあるなというふうに僕は思っています。

小浜　話題が一歩一歩湾岸戦争の問題に近づいてきているようなので、今岩脇さんがおっしゃったのに絡めて言いますと、吉本さんの湾岸戦争についての論評で、僕はやはり率直に違和感を持ったのは、反戦平和を唱える勢力とご自身とを差異づけてみせる、その差異化の根拠というのが、そういう反戦平和を唱えているのは、ソ連製の社会主義の論理の中にみんな絡めとられていって、まあそういう言葉を使われていたのかどうか忘れましたけれど、それに踊らされている傀儡の発想でしかない、というような括り方なわけですね。

ところが、実際にポストモダンやいろんな勢力から出てきた反戦平和を唱えた人たちを見てみますと、そういうソ連製社会主義なんかに収斂していくようなどころではない、もっとこの日本のいわゆる幾重にも幕の中に隔てられた、それこそさっき言ったナルシズムというか、そういう拡散してしまったさまざまな欲望を、欲望というものがあった時に、それに対してあいうふうに外部の力が迫ってきた時に、そこからかなり統御できない形でもって出てきたのが、あの反戦平和のアピールみたいなものであったと。

そういう位置づけ方をすることによって、吉本さんは吉本さん自身の、これまで反スターリニズムという形で戦ってきた自立の立場というものを、繰り返し繰り返し出されているんだけれども、どうも実際に出てきた現象と、そういうきめつけ方というのは合わないなあと。僕は『「反核」異論』（一九八三年、深夜叢書社）の時から多少感じていたんですけれども。僕としてはこの際自分がどういう言い方をしたかというのはどうでもいいんですが、ちょっと岩脇さんが、なぜか司会者の立場を下りてしまったので、僕がちょっとだけしゃしゃり出ます（笑）。

この間湾岸戦争があった時に、詩壇で、詩の世界で、『鳩よ！』という雑誌でもって湾岸戦争詩というのが書かれて、藤井貞和さんがそれに対して、「自分はクソ詩しか書けないけれども猪木や土井を祝福したい」というような、なんとなく僕から見てだらしない、詩人の自立というのはどこへいっちゃったんだろうというような形で発言をされた。それに対して、詩人であり当代きっての詩論家である瀬尾育生さんが、かなり鮮やかな形で、ほとんど孤立無援のような形でもって、詩壇の中で反論を提示されたんですね。今ここにも瀬尾さんが来ていらっしゃいますし、最近吉本さんとお話をされたということも聞いていますので、ちょっと瀬尾さんにマイクを向けたいなとさっきから思っていたんです。どうでしょうか。瀬尾さん、一言ちょっとお願いしたいのですが。

◉なぜ「反スタ」と言わないのか（瀬尾）

瀬尾　瀬尾です。一言なんかしゃべることになっていたみたいで、一言しゃべろうと機会を窺っていたところ、なかなか来ないもので、だんだん忘れてしまったんですが。そうこうしているうちに、言いたいことがたくさんたまってしまいましたから、ひょっとすると長くなるかもしれませんけれど。

さっきの「国家の死滅」ということに関して言うと、僕の理解ではこうですね。つまり国家というのは世界観によって支えられているとか、正義によって支えられているということが終って、不可避的にそうでなくちゃいけないというような組織といいますか、そのようなものとして国家が残るということを指して、国家の死滅というふうに言われてるんだと。したがって、たとえば憲法第九条というのを押し立てて、ということが国家の死滅ということと繋らないんじゃないか、ということはない、というふうに僕は理解しているわけです。それからそれは実は、僕が吉本さんにこの間お会いして最初に聞いたことなんですね。つまり、そういうニュアンスだっただろうと僕は聞いたわけです。

なんかいろんなことがごちゃごちゃになってしまうんですけれども、村上春樹のことについてちょっとだけ思ったことを言いますと、村上春樹に関して、キーポイントになることっていうのは、僕の理解ではナルシズムということではないんじゃないかということが考えてきたことなんですが。この間読み返してきたわけじゃないので、何も確信はないのですけれども、僕の考えだとポイントになるのは、「中間」ということと「不定」ということだろうというふうに思います。ナルシズムということは、もちろん作品のベースとしてあるわけだけれども、ナルシズムだっていろんな発現の仕方があるんであって、つまり極限的なある種の見事な極限みたいなものを体現するナルシズムもあれば、ある種の根源みたいなものを体現するナルシズムもあるだろうと。だけどそれがそうじゃなくて、「中間」とか「不定」とかいう形に固執するという形で現われるナルシズムだというところが、村上春樹の世界の特質なのであって、なんでそういうものがナルシズムの現われ方として強く出るのかというのが、村上春樹の問題だろうと思うんです。だから、中間性とか不定性とかいうのを、そのまま絶対性として持ち上げるということが、単なるイロニーとしてでなく行なわれるかどうかということが、村上春樹の問題だと。

瀬尾育生

意味のない数字に対するこだわりとかいうことが時々言われますけれども、たぶんそれは、僕も緻密に検証したわけではないけど、たとえば「0」とか「1」とか「2」とか「3」とか無限とか、そういう数に対する回避、そういうことはわりとちゃんとやられているんじゃないかな。つまり中間の数といいますか、「5」とか「6」とか「7」とか「8」とかというのは、たぶん固執されるだろうと。たぶん「0」「1」「2」「3」というのはないだろうと。「0」か「1」かということとか、あるいは二元論とか弁証法とかという、ある種の根源に触れるような数字は回避しているんじゃないかというような、つまり中間性への固執みたいなものは必ずあるんじゃないか。そこがむしろポイントなのであって。

そういう世界がなんで出てきているのかということをたどっていくと、その反措定になっているものが、ナルシズムに対してモラルというふうに言われているものと、ちょっと違うんじゃないかというふうな……。つまりこういう中間性とか不定性への固執というのを反対物として呼び起こしているのは、ちょっと違うんではないかと。ある種の絶対感情といいますか、正義の感情というか、なんかそっちのほうなんじゃないかと。僕の問題意識では、今言われているスターリニズムということが、要するに反対側にあるんじゃないかという気がしているわけです。

先ほどから小浜さんなんかが、吉本さんのあの言い方はちょっと違うんじゃないかというふうに言われているんですが、僕はあえて異を唱えてみたいという気がしているわけです。つまり、あれでいいんだ、というふうに僕は思っているわけです。湾岸戦争のことっていうのは、僕はわりと、湾岸戦争に対していろんな反応が出た時に、これは自分にとって非常に不快であるというふうに感じて、それに対して何か言おうと思った時の感情というのは、非常にプリミティブな、盲目的なというか、単細胞なものだったという感じがしているわけです。それは全く屈折がないんですよね。

それははっきり言えば、七〇年代から全く変わっていない感情というのが、あそこで反応していると僕は思っているんです。それは何なのかといったら、みんな言わないわけですよ。つまり全共闘体験とか何とかって言う時に、世代的に問題を回収してはいけないから、通じない言葉を使わないようにしようと努力しているせいなのかどうか知らないけれど、肝心なところで一言いっていない言葉があると僕は思っているわけです。それは何なのかといったら、要するに「反スタ」ということなんですよ。僕の考えでは。僕の意識の中では、全共闘というのは、一言でいうと何だったのかと言ったら、「反スタ」の運動だったというふうに思っています。それをみんな言わないわけですよ。つまり「反社会性」とか「否定性」とか、そういう一般論というふうに僕は自分では理解していない、あれは「反スタ」だと思っているわけです。

たとえばあの頃ベトナム戦争があったりとか、「安保」というスローガンがあったりとかいろいろしましたけれど、それは実は二義で、「反スタ」が一義だと僕は思っているわけです。なんでそういうふうに思ったかというと、それでいいというふうに自分でも思っているわけです。どうしてかというと、戦後二十年ずっと、日本の中の進歩主義みたいなものが正義感情というのを独占してきたということがあって、ある種の正義の感情というのを、要するに最初に疑いを差し挟む時に必ずあれが標的になって、つまり「反スタ」という意識で出てきたということは、僕にとっては一番一義的な問題だったという気がしています。僕はわりと固くそういうふうに信じて、そういう意味でいうと、まっすぐ、今の問題と変わらないというふうに思っています。

今たとえば『村上春樹をめぐる冒険』の中で、外部の批評なんかについて言われているわけですけれども、あれは僕ははっきり言えば、スターリニズムの純粋培養だと。それはそういうふうに言っていいはずなのに、なぜみんな言わないのかと僕は思いますね。小浜さんの言い方にあえて異を唱えて、全く逆のことを言えば、「反湾岸戦争」で出てきたのは、あれはスターリニズムだと言うべきだと、言っていいんだと僕は思っています。それに対して僕らが一番はっきり言わなくちゃいけないのは何だろうかというと、つまりあの湾岸戦争というのは「切実じゃないんだ」、ということをはっきり言わなくちゃいけない。つまりそれが僕を含めて誰も言えなかったことで、いろんな本を出したりとか、アピールに対して、俺は反対だと言ってみたりするけれど、全部それが湾岸戦争はたいへん重要な問題だというふうに進んでいくわけですよ。そうじゃなくて、全然自分にとっては切実ではない、それが言えるかどうかというのが、僕らに今、反スターリニズムとして課せられていた問いのような気がします。まだ本当は言いたいことがあったような気がするんですが、ひとまずこのへんで。

岩脇　今の発言、非常におもしろかったんですが、加藤さんは湾岸戦争について二つ文章を書いておられて、「聖戦日記」（一九九一年、「中央公論文芸特集」）というのと「これは批評ではない」（同年、「群像」）という、まあ「反スタ」とは言っていないけれども、反戦集会をやった人たちへの非常な否定の意志を表明されているので、ちょっとそのへんを語ってもらいたいと思います。

◉憲法九条を持ち出す根拠とは（加藤／小浜／竹田）

加藤　僕は、瀬尾さんとはやっぱり違いますね。僕自身が「反スタ」という言葉をそういうふうに強く、六〇年代の末とかなんかに体に刻んだというか、そういうふうな感じはないです。

湾岸戦争について言えば、湾岸戦争が切実ではない、というふうな言葉が言われなかったということが、一番回避された言葉だったんじゃないかということは、半分同感しますが、あと半分は、それはなんて言うか、いつものらりくらりと言われていますけれども（笑）、のらりくらりの逆であえて言えば、「あと知恵」というふうなことを感じます。

やはりそういう意味では僕は、一種のヒステリー状態だったと思いますけれども。僕が感じたのは、ある種のヒステリー状態に対する、なんだこれはというか、そういう驚きだったわけです。けれどヒステリー状態だったということについては、僕は馬鹿にしようとは思いません。やはりあそこで僕自身が確かに自分の中で、これは本当にそんなにたいしたことなのかなと感じたのは事実です。自分の中でですね。これはたいした事実だ、たいした事実だと言っていくと、本当にたいした事実みたいなふうにしてメディアでもって広がっていくわけですけれども、僕もそういうふうに言いました。言いながら、そういうふうなことを半分どこかで感じていたことは事実です。ただその時、僕はやはり今それはたいした事実じゃなかった、つまり一年経ってみれば、ほとんど忘れ去られていることではありますけれども、でもやはり僕にとっては、いや、僕にとってはだけじゃなくて、たいした事実だったのじゃないかと。湾岸戦争というのは、一つの出来事ですけれども、ですから湾岸戦争という形でやってきたものというのは、湾岸戦争だけではなくて前後に大きな動きが入っているので、湾岸戦争だけを取り出して言っているのではないかもしれませんけれども、とにかくこの一年というのは、ソ連がどうしたというようなことがあるにしても、それはやはり僕の中では湾岸戦争と対になっていることであって、本当はたいした事実だったんじゃないかなというふうに、またそういうふうな気持を持っています。

吉本さんのことについては、「国家の死滅」うんぬんということについては、僕は竹田さんが言われたようなことと、あと先ほど橋爪さんが言ったミニマリズムですか、そういうふうなことと僕の中では重なるのですけれども。先に橋爪さんが言ったような、最低限の武装解除というか、なんかそういうふうなことで、だいたい竹田さんがそのことについては言われたのと似たような感想を持っています。

ただ一つ、僕も小浜さんと同じく、吉本さんの『中央公論』に書かれたものには、違和感を感じたわけです。その理由は、「国家の死滅」というふうなことよりも、なぜあそこで何かを言うのにですね、つまりあることを言うのに、なぜ憲法九条というものを持ち出してこなければいけなかったのか。憲法九条ということを言うことで、ああいうことを言われることに対して、僕は非常に違和感を持ちました。つまり、憲法九条で平和ということが言われているから平和を守るべきだというのは、全く一つの、橋爪さんの言う宗教感情であって、それは掟ですね。自分が平和が必要だと思うからこうだ、ということでいいと思うんですね。憲法九条というのは作ったものですからね。なくなってもいいし、なくなって困るんならまた作ればいいし、そういうものであって、それが、こういうものがあるからという形で持ち出されることに、非常に違和感を持ったということがあります。そのことについては、本当に吉本さんのお考えなんか聞けたらありがたいと思っています。

小浜　加藤さんの考えに一言だけ補足したいんですけれども。つまりヒステリー状態に日本全体がなったということは、瀬尾さんの言う、あれは出来事として日本の生活感の現実に即して切実ではないんだ、ということは半分わかるんです。けれども、やっぱり切実なものはあったんですよ。それは何かというと、日本の国民が「平和に対する後ろめたさ」というものを、すごく意識していたということなんです。その後ろめたさを意識していたがゆえに、ああいうヒステリー現象として出現したんではないか、そのことは日本固有の切実さというふうに僕は考えたほうがいいんじゃないかと。まさにああいう形での湾岸戦争という情報の流れ方、受け止め方というのは、おそらく日本にしかなかった。つまり湾岸戦争というのは日本でしかなかったということが、ある意味で言えるんではないかと思ったわけです。それだけちょっと補足しておきます。

竹田 ええっと、一言だけ言おうと思ったんですが。僕もやっぱり吉本さんのにちょっと違和感を持ったのは憲法九条ですね。今ふと思ったんですが、つまりあれが、村上春樹が「森」を出しちゃったのと似ているなという感じがするんですね。よりどころをポッと置いてしまった。やっぱりよりどころを置かないで、もういっぺん初めから考え直さなきゃという気が、僕らにはすごく切実だったわけで、そこでたぶん加藤さんなんかも、あの憲法九条は言わなきゃよかったんじゃないかなと。言わなきゃよかったというのも変な話ですが。

もう一言いいますと、さっき「物語」「反物語」というふうに言葉が出てきて、それで思ったのは、「反物語」というのはポストモダンという形で出てきて、つまりある意味でこの「反物語」は「反スタ」を含んでいたと思うんですね。だけども日本の中で出てきたこの「反物語」、日本の中の「反スタ」を隠した「反物語」というのももう行き詰まって、その次を考えなければどうしようもないというのが、僕の切実な感じだったんですね。したがって僕、「物語」「反物語」というのがあまりピンとこなかった。ずっと聞いていて、瀬尾さんが「反スタ」と言わなきゃいけなかったんじゃないかという感情もすごくわかるんですが、「反スタ」というと、すごくもうちょっと狭いんではないかと。なぜかというと、これは僕の感じかもしれませんが、「反スタ」というと、昔、諸セクトが「反帝・反スタ」と言っていて、それじゃ「反スタ」と言えばいいのか、というふうに僕の中に残る感じがあってね。これはつまり超越的な物語、外側からの規範を全部

「反」と言わなければいけない。そうでなきゃ「反物語」の意味はない。しかし今ある「反物語」というのも、もう「反物語」というのも行き着いて、社会、国家というものをもういっぺん違う形で捉え直す原理がどこにあるのか、ということを明示しないで、今「反物語」と言うのは、僕はちょっとよくないというふうに考えているんですね。そこが僕、吉本さんの最近の仕事を読んでいて、どうもピンとこないというふうに思っているところです。

やっぱり僕の中には、今まで国家や宗教や民族や、それは外側から誰も動かしてはいけないというルールを隠しているような暗黙のルールが、国家、民族、宗教だったというふうに思います。だけれども今、ルールというのはもともと、それはみんなの合意があれば動かしてもいいというのがルールの本来ですから、ルールというものをそういうふうに考えれば、そういう形で社会というものを、今までとは違う形で捉えていくことができるんじゃないだろうかと。その原理を置かないと、単に「反物語」というふうに言っているだけでは、僕も含めてもっと若い世代、これからどんどん日本の高度消費社会に生まれ出てくる人たちには、全然わからないのではないかとそんな感じを持っていますね。

●戦後社会のからくり（橋爪）

内田　内田と申します。先ほどから吉本隆明氏の話が出ていたので、ちょっと一言僕も言いたかったんです。僕は二八歳なんですが、十年前に大学に入りまして、ちょうどその時に『「反核」異論』が出たんですね。で、けっこうインパクトが大きくて、この十年間というのは、けっこう吉本氏の著作を読んでいたんです。その中で一つ残っていることというのが、結局『「反核」異論』に代表されるように、さまざまな市民運動とか反戦運動に対する厳しい批判だというふうに思います。

言い方が悪いかもしれませんが、僕自身には、平和運動なんかに対してもけっこうアレルギーのようなものがありまして、署名運動なんていうああいうのはもちろんそうですが、若い女の人とかが子供を連れてたとえばデモ行進をして、私もやってよかったというような投書なんかが新聞に載ったりしますが、ああいうのに対してもどうしてもどこかで理解できないんです。けれどまた、その女の人の気持がわからないでもないという、そういう感じでずっとやってきましてなかなか答えが出ていないんで、そのへんのところをパネラーの方に、たとえば発言されていない橋爪さんなんかにもお伺いしたいと思っているんです。

それからこの間の湾岸戦争に関して言いますと、戦争が一応終った後に、自衛隊が爆弾の回収に行きまして帰ってきましたが、たまたまアメリカは当事国でしたが、アメリカの兵隊が帰った後に、ホイットニー・ヒューストンとかを呼んで、慰労のコンサートとかをやっていて、それはそれでアメリカなのかなあと思ったんです。が、自衛隊が日本に帰ってきた時に、「反戦〔……〕」とかいう女の人たちが行って、お前たちは何をやったんだ、みたいなことを言われていたと思うんですが、そういう言い方に対しても強い違和感があったんです。そのへんのことに関しても、何かありましたらお願いいたします。

岩脇　国家の問題について、加藤さんが「国家は悪と思わない」という一つのテーゼとされた。今彼が言ったこともあるし、それから竹田さんがおっしゃった、国家に対して違う関わり方ができるんじゃないかと。そういうことをやるには権力という媒介項がきっといると思うんですよ。そういうことを含めて、橋爪さんにお話し願いたいと思います。

橋爪　なんか難しい問題が回ってきましたが、ちょっとしばらく前の議論にさかのぼって言うと、瀬尾さんの発言ですが、非常におもしろかった。で、最後の「反スタ」というところは、僕の言い方でいうと、知識の問題あるいは宗教の問題で、そう言ったほうが僕のほうにはすっきりくるなと。

それから、「切実じゃなかった」ということを言うべきではないかということに対して、小浜さんが、「平和に対する後ろめたさ」という切実さが日本にはあったんだと指摘されたのは、僕はなかなかうなずけるところがあって、そうだなと思いました。

その続きですけれども、どうしてそういう後ろめたさがあったかというと、それは日本の戦後社会全体のからくりということに繋ると思うんです。いろんなからくりがもちろんありますが、ごく単純に言えば、平和憲法であるところの九条を含む日本国憲法というのを、日本国民が自分たちの選択として、この憲法がいいからというので意思一致をして、自分たちの国家原理とした、という事実関係があるのかないのかということなんですが、憲法上「ある」と書いてあるわけですが、そういう事実関係はどう考えてもないわけですよ。非常に好意的に解釈すれば、押し付けられたんだけれども、まあいいやというので五十年かなんかやってきたから、それはもう今日根付いているのであって、この五十年のプロセスをもって国民の意思一致があったんだというふうに解釈するという、そういうやり方もありますけれども、それを上回る正当化の論理というのはないと思います。だからその起源をめぐって、ずっと後ろめたさというのはあるだろうと思います。

また別の「後ろめたさ」ということで言うならば、日本国憲法が理念としている平和というのは、どういうメカニズムを通じて維持されるのかということに関して、憲法は何も書いてないんです。一つの可能性としては、国連なり国際機関が頑張ってそういうことを回避するのか、それともアメリカのような基軸国が世界中に軍事同盟を張り巡らして回避するのか、なんらかのそういう問題というのがあるべきなんですけれども、それについて全く書いていない。書いていないということは、政治的に解決されているわけであって、「日米安保条約」とかね、そういうものがあってそれとセットになって初めて、日本国憲法が理想とする平和状態が実現されることになっているんですね。このへん明快な説明がないわけです。ということがずっとコンプレックスになっていたのかなと思うんです。

僕、吉本さんとそういう問題に関しては、おそらくかなり距離があると思うんですけれども。

まず国家ということに関して言うと、これはまず現実的な存在で現にあるわけです。次にかなりの合理性を備えていると。なぜかというと、その国家というのは現に機能していて、アメリカもそうだし日本もそうだし、さまざまな徴税とか、道路を作るとか、社会福祉を行なうとか、そういう市民社会にとって不可欠なことをする、そういう社会的機関になっちゃってるわけですね。これなしに社会は動いていかないという、こういう現実性と合理性がある。これをどういうふうに解釈するかということが、国家が死滅するという長期的な展望を語るだけでは、全然対処できないわけです。そのことに対して、吉本さんもきちんと述べているとは思わないんですね。

とりあえずそういう現実性と合理性を持った国家というものがあって、そのバランスの上に平和というのがあるわけですよ。そのバランスが崩れちゃうことが戦争ですよね。バランスが崩れることに関しては、必ず何らかの原因があるはずです。その原因をうまくコントロールできれば、バランスは崩れないから平和は続くだろうと。冷戦っていうバランスかもしれないし、どういうバランスかよくわかりませんが、そこにはやっぱり現実的な力学というのがあるんですね。だから、平和というものは、そういう力学の上に成り立っているのだろうと。それは、村上春樹の言い方だと国内の組織、工場というのと同じで、これはかなり専門的な調査を必要とするんですね。どういうメカニズムなのか。僕もわからないし、普通の人にはなかなかわからない。なかなかわからないけれども、なんかそういうメカニズムがあって、それをうまくコントロールした場合に初めて平和が維持される。そういうことはあると思うんですよ。

湾岸戦争の時には、何かの理由でそれが壊れちゃったんですね。壊れちゃったから戦争になった。戦争になっちゃった時に、あるはずのない戦争が起こっちゃった時に、どうしたらいいかということも、これは本当は考えておくべきなんですよ。そういうことに関して考えてなかったという、そういうあたふたというのがいろいろあったと思いますよ。僕は、遅ればせながらいろいろ考えましたけれども、基本的に、まあアメリカがいろいろ行動していますけれども、現実的に考えれば、それ以外に適当な収拾方法というのはなかったんだろうなと思います。それから日本が機雷を取りに行きましたけれども、ああいうことは別にかまわないんじゃないかと思います。細かい議論になって、ここはそういう場所ではないと思うのですが、もししつこく質問するとか、からんだりといった人があれば、今でも後でもどうぞ。

島元　はい。提案ですが、このあと徹夜で議論できる部屋が、十畳と八畳とぶち抜きで、用意してあります。夜の部はそちらに移動してください。

真夜中編　〔第二日目〕

●エロスとモラルの関係再考（小浜／竹田）

高橋　高橋と申します。北海道から参った以外、特にマニフェストはないのですが、先ほどの議論で竹田さんが非常にうまくまとめられたんですが、少し違和を感じた部分があります。そのことについて発言させていただきたいと思います。

それは何かといいますと、一番最初に加藤さんが、もうマクシムというのは崩れてきていると。「モラルB」というものを、マクシムが崩れたところから出さなきゃならないというようなことを言われました。竹田さんは、同じようなことを、ナルシズムの極からそれを反転するようにして、モラルの問題、要するに欲望論の問題の中でモラルの問題を考えていきたいというようなことを言われました。小浜さんは、実は同じようなことを言われて、ナルシズムというのは自己還帰するようなそういうエロスの関係だから、そこには他者性の契機みたいなものが入っているんだと。で、モラルの問題というのが出てくるんじゃないかというふうに言われたんですけれども、橋爪さんだけが、それは違うんじゃないかというふうに言われて、僕は橋爪さんの意見に非常に共感を持ったんです。共感を持ったというか、橋爪さんの言うことのほうが筋が通っているなと思ったんですね。僕の理解の中に誤解があるかもしれませんけれども、僕は、欲望論の中で、モラルの問題を出すというような、要するにマクシムとモラルというような形での問題の立て方というのは、一つ抜けているんではないかと思うわけです。橋爪さんは「ルール」という言葉を使われた。その橋爪さんのルールという言葉を、竹田さんは、僕が言っている「モラル」と似たようなものじゃないかというふうに言われて、非常にうまくまとめられたと思うんです。

だけれども、僕はナルシズムというのは結局は、なんか自分の欲望をどこまでも肯定する、要するに自己肯定という形で、あれもこれもという形で快楽なりなんなりというものを追求していくものだと思うんですよ。そのあれもこれもの質を、たとえばレッセフェールとかそういう、今まで思想というものがありますけれど、そういうものが行き詰まるということと、「あれもこれも」じゃなくて、むしろ今問われているのは、「あれかこれか」という形で、欲望論というよりも自由論のほうじゃないかというふうに考えるわけです。

で、あれかこれかという選択を、僕らが欲望の内部からできるかといったら、これはできないんじゃないかなというのが僕の考えなんです。たとえば、酒を飲んで、肝臓を悪くすると。酒を飲むのも快楽だし、肝臓を悪くするのはまた非常に不快なことだから、肝臓もよくしたいと。胃も痛いし、酒も飲みたいということになった時に、どういうふうにして自分が選択するかといえば、それは自分の中には何もなくて、やっぱり家族を育てなきゃならないとか何とかという、そういう外部的な契機から、ある拘束された形で初めて、自分はこうしなければならないという、そういうモラルというのが、モラルというか、そういう場、まあそこではモラルですけれども、そういうものが出てくるんじゃないかと思うんですね。

僕はマクシムはマクシムで、どこまでも成り立つものだと思うんです。その一方ではルールというものがある。モラルというのは、むしろなくても可能じゃないかと思うんです。自分はこれでよいんだというマクシムがあれば、あとは社会的に、橋爪さんがミニマリズムと言われましたが、最低限の社会的なルールがあると、そこのところでそのルールに合わせるような形で自分のマクシムを、もうマクシムというのは確信犯ですから、ルールから違反したら罰せられるというのは仕方がないということがわかってやっているわけですから、そういう形でしか、問題というのは立たないんじゃないかと。まあ問題かどうかわからないですけれども、だから欲望論ではなくて、人間の自由とは何かというような自由論として展開されるんじゃないかなという感じを受けたんです。違和があるとすれば、そこのところだけちょっと引っ掛かったということで、あとはたいへんためになっております。北海道から来た甲斐がありました(笑)。

小浜　ちょっと、僕のところに言及したところで、誤解があったかなあと思うんですけれどもね。僕は、ナルシズムの内部からモラルが生まれてくる、とは言わなかったんです。むしろ、村上春樹的なナルシズムをもし極限まで考えるならば、むしろそれはエロスの一変種にすぎないんであって、エロスの中から、エロスの中に孕まれるモラルというものはあるはずであると。それは単純に、橋爪さんが言われたような、社会のモラルみたいなものとは必ずしも重なり合わない、というふうな言い方をしたんです。ですからナルシズムから、あるいは個人の欲望みたいなものから、おのずからモラルは生まれてくるというふうに、僕は言った覚えはないんです。ちょっとそれだけ。

竹田　僕も一言。ナルシズムという言い方、どこから出てきたのか。僕が言ったのかなあと〔橋爪さんです、との声〕。僕は橋爪さんの言いたいことを受けて、ああ橋爪さんはこういう形でナルシズムということを言っているんだな、と受けて言ったつもりなんですが、ちょっと変な感じになっているなというのが、僕のまず一つの印象です。

今言われたことに関しては、僕ははっきりと意見が違います。つまりルールというものは、これは僕の考えでは、僕と橋爪さんとはだいぶ似ているんじゃないかなと。つまり外側から、橋爪さんは「知識」と言いましたが、何らかの超越的な命令を置くんではなくて、ルールということを置く以外には、社会という問題を考えていく道筋はないというふうに考えているんです。

これちょっと僕、違うかどうかわからないんですが、瀬尾さんが言った、「不定性」ということがありますよね。つまり宙ぶらりんの状態。その問題を突き詰めないでもいいという、そのことが人間の中に必ずあるんですよね。突き詰めろと言われても、僕は突き詰めるのはいやだという。いやだというか、そんな必要が俺の中にどこにあるんだということがあるわけです。そうすると当然、ルールということを考えた時には、一人一人の人間が自分はこのルールを守ろうと思う、その内的な動機は何かということが、必ず僕には問題になると思うんです。その問題を、「あれかこれか」という自由論の問題で解決することは、決してできないんではないかというのが僕の考えです。それはおそらく、僕の「欲望」という言葉だとか、「エロス」という言葉があまりうまく、僕の言い方が不十分で伝わってないんじゃないかと思いますが。

僕は、モラルを持とうとか、ルールを守ろうというのも、人間の一つの欲望だというふうに考えるんです。そういうふうに考えなければ、それはどっちでもいいという態度が必ずあり得る。僕はそれを、もし一元的に考えることができなければ、人間がルールを守ろうとする動機ですよね。それは理屈では、ルールを守らなければ世界はバラバラになる、だけれども俺は別にルールを守りたくない、なぜかというと俺がルールを守らなくても、世界がバラバラになるということに直接すぐに関わってこない、世界がいずれバラバラになっても俺には関係ない、というふうに言うことができるわけですよ。

その問題をきちんと確かめていかないと、ルールということが最終的に原理にならないというふうに、僕はやっぱり思いますね。ちょっとそこが違っているなあと。うまく受け取っているかどうか、自信がないところもあるのですが、やっぱりそういうふうに思います。

参加者　ちょっと関連して小浜さんに聞きたいんですが、今竹田さんは、橋爪さんとの差異というのを明確に出されて、非常に四人の違い、差異がわかってきたんですけれども。小浜さんの、竹田さんが欲望の中からモラルというのを出す、あるいは小浜さんはエロスの中から小さなモラルを導出するという、そのことと、一番冒頭の「終ったのは何か」と、「思想」は終ったと、あるいは世界の証人、世界の忠実な証人たろうとする、という最初の命題に戻った形で、竹田さんとの差異みたいなものをちょっと、小浜さんの側から述べていただけますか。

小浜　「欲望」というタームは、竹田さんが原理にされている言葉で、僕はそれを一番煎じ的に盗み取るわけにはいかないんで、僕は僕で「エロス」という言葉を言っているんですけどもね。欲望とエロスと言った時には、それなりのニュアンスの違いがあって、僕はエロスというのは、普通エロスという言葉は、たとえばフロイトなりバタイユなり的な捉え方、概念みたいなもので言うと、すごく個人の欲望と重なり合って、生命を燃焼させて燃え尽きていくというイメージで語られることが多いんです。だけれども、僕のエロスの概念というのは、ちょっとそれと違っていまして、最初から関係性を孕んでいるという感じなんですよね。そこのところは、竹田さんと議論しても、重なり合いながら、ややずれてしまうところなんです。

　今のところ、違いという言い方でいうと、これを言っていくとすごく面倒くさくなって、たとえば人間の成り立ちというのを、赤ちゃんの発達の過程みたいなものから説き起こしていかなくちゃならなくなるんだけれども、人間がまず欲望存在であるというふうに言い切る、こちらにウエイトをかけて言うことと、人間はまず関係的存在であるというふうに言うことと、どちらにウエイトをかけるかと言うと、やや僕は関係的存在であるというほうにウエイトをかけて、自分の考えというのを展開してきたということなんです。それが竹田さんとの微妙な差みたいなことで、竹田さんによれば、関係から出発することはあり得ないということで、僕は否定の対象になるのですけれども……。

竹田　ちょっと、別に否定していないですけれども(笑)。

小浜　まあつきつめていくと、という意味で。

それと、世界の証言者たらんとすることとの繋りということなんだけれども、それはこういうことじゃないのかな。つまり、自分というものが、関係の中に置かれているんだけれども、それは全くなんかアノニマスな、ニュートラルな他者との関係の中に置かれていることではなくて、ある具体的な関係の中に置かれてしか、人間というものは存在し得なくて、そしてそこから受け取ってる世界像とか、そこから見える世界のあり方とか、あるいは自分の身体なり行動のあり方とか、そういうものが、言ってみれば、本源的な場所であると。で、そこに現象してくるものというのを、自分に迫り来るものとして、そういう生きている姿の中にどういう現象が去来するかということを、一つ一つ緻密に確かめていく作業というのが、僕なんかの目から見ると、そういうところから出発するということが要求されるんではないかと。まあそういうことなんです。

島元　それは具体的に言うと、どういうことでしょうか。子供との関係ということでもあるわけですね。

小浜　子供との関係で、たとえば、自分が父親として存在するとか、あるいは夫として存在するとか、そこの中で見えるものというのを、それはいろいろな語るレベルがあるわけですけれども、より原理的に、人間存在のあり方みたいな非常に哲学的なところへ突っ込んで語る方法、というのを一方で持たなくてはいけないし、あるいは、ある程度状況的な家族論みたいな感じでね、語らなくてはいけないということもあるし、まあいろいろあるわけですよ。いろいろなレベルというのがね。

岩脇　それはあれですか。吉本さんの三つの「幻想論」がありますね。全部フェーズが違っている……。そのフェーズの違いを、小浜さんなりに組替えていこうということですか。

小浜　そうです。僕は「個人幻想」という概念を、吉本さんの言い出した概念としては一番弱い概念だと思っているし、あまり信用していないんですね。「対幻想」と「共同幻想」の中を人間は生きるしかない、という考えを持っているわけで、「個人幻想」というのは、ナルシズムと言い換えても同じだけれども、それは「対幻想」や「共同幻想」からはじかれた、ある種後発的な、二次的な人間のあり方だ、というふうにしか僕は見ていないんです。

岩脇　竹田さんは逆に、「個人幻想」から組替えていこうとしているんですか。

竹田　僕ですか。「個人幻想」というのは、僕の言う「欲望」や今言っている「ナルシズム」とは全然違うものですね。はっきりわからないですけれども、吉本さんの言う「個人幻想」というのは、一回屈折があって、関係の挫折によって内面化されて出てくるものなんですよね。そういう問題を全部見通せる視座があるとすれば、それを僕は、「欲望論」的な考えでもう一度見直せば、きちんと見直せるんではないかと。だから僕は、「個人幻想」から発想を発しようとかいうのは、全然違います。

◉マクシムをつかんだ村上（加藤）

山内　加藤さんに聞きたいんだけれども、「マクシム」というのは、存在し得るんですかかね。僕は小浜さんと同じように、関係性の中でしか、人間というのはあり得ないと。

岩脇　だけどね、それは今日の議論をずっと聞いていて、僕は言いたかったんだけども。僕は、かなり病気、すごい病気になったんですよ。大病したんですね。ほとんど何ものが言えなくなって、実は一か月ぐらい、言葉というのは、学食へ行って「うどん」とか、そういうようなことしか言えないような時期が、一月ぐらいあったんです。だから僕は、「リハビリ」という言葉には別にこだわらなくていいんですが、本当にちょっと関係できないような時期があったんですよ。

そういう意味で言うとね、「マクシム」というのは、もっとせっぱ詰まったものなんです。生きていくためには、絶対必要なんです。そういうものを肯定しないと、自分がもうどうしようもない、言葉が出せないんですよ。僕は村上春樹を読んでいて、そういうせっぱ詰まった感じを非常に受けたんですよね。それは初期の作品に、かなり色濃く出ていると思うんですが。だから必要とかそういうことじゃなく、もうどうしようもなく、要るんですよね。最初はそうなんです。

小浜　そういう時に、関係の喪失状況というか、他者性の喪失みたいな状況になった時に、内部的にはわりと豊穣になっている、みたいな実感というのはあるんですか。

岩脇　それは、ないですね。

加藤　ちょっと「マクシム」ということで言いますと、マクシムというのは、別に村上春樹が言っているのではなくて、これは僕が考えたことなんですけれどもね。それでこの間の『村上春樹をめぐる冒険』にも、まあ書いたものでは出していないんですけれども、だいぶちょっと別の形で、それは活字にしていませんが、考えた時に、村上春樹の初期の過程、『風の歌を聴け』とか、取り出すのにマクシムという言葉を、カントに出てくる言葉ですけれども、それを使えばそのことが言えるんじゃないかなあという形で、マクシムという言葉を出してきたわけです。

先ほどの北海道の方のお話でいうと、お酒を飲みたい、けれどお酒を飲むと肝臓が壊れる、肝臓が悪くなるのは不快だ、で、あれかこれか。というふうな形で、お酒を飲めば肝臓がだめになるぞというような関係が、お酒を飲むことに関してある場合に、そうすると肝臓が悪くなるぞというふうな、マクシムとモラルで言ったら、それが「モラルA」なわけです。その中で、だから自分は肝臓が悪くなっては困るからお酒は飲まないとか、肝臓が悪くなっても俺はお酒を飲むんだという形で、お酒を飲む、あるいは飲まないというあり方は、自由に選ばれてきたんですね。その時に、そうしかお酒は飲めないものなのかというんで、自分はお酒を飲むことにする、自分はお酒を飲まないことにするという、肝臓と切り離してね、自分がお酒を飲む、飲まない理由を自分に帰するというか、そういうふうな必要を感じて、村上春樹というのは、おそらく六〇年代の後半・末以降あるものをつかんだ。それはマクシムだったと思うんですね。僕の言葉で言うと。

正確かどうかはわかりませんけれども、僕はそれをマクシムと名付けたわけです。

そういうふうにしてきたんですがね、それで村上春樹が小説を書き始めて、一、二作、『1973年のピンボール』あたりまで書き始めた後にぶつかった問題というのは、いくら飲んでも肝臓が悪くならないお酒ができちゃったんですよ（笑）。そういうお酒ができちゃったんですね。マクシムが成り立たなくなったんですね。その時に初めて、いくら飲んでもいいよ、肝臓も悪くならないしますます肝臓がよくなるかもしれない、とそういうふうになった時に、村上春樹が今まで持ってきたマクシムというのが、もう根拠がなくなったんですね。僕はその根拠がなくなった時に、どういうふうな問題にぶつかったのか、その時初めてね、肝臓が悪くなるぞという形ではない、別の形の、自分はなぜ酒を飲むのだろう、自分はなぜ酒を飲まないのだろうというふうなことを考える理由が、そこを通じて出てきたと思います。

それが、僕には、村上春樹は一人でかなり早い時代にぶつかってて、村上春樹自身が意識していた、気づいていたとは思いませんが、だけれども、そういう中でいくつかの短篇を書いてきたというふうに僕には見えたんですね。その時に、その問題というのは、やはりどういう形で、自分がお酒を飲む、飲まないという理由を見つけるかという、それを先ほどの言葉でいえば、「モラルB」といった問題なんです。で、そういうふうな問題にぶつかるとしたら、そういう道筋を通ってつかまれるというのは、根拠を持っているのではないかということを、僕は言いたかったのです。

僕は「ナルシズム」という言葉も、「欲望」という言葉も、「エロス」という言葉も実は使っていないんですよ。今、ここでね。というのは、やっぱり僕の中から出てくる言葉じゃないんですよね。ただ僕からすると、たとえば「欲望」という言葉で竹田さんが言う言葉は、僕がそういうふうな形で考えてきたことを、もう少し普遍的な形で言ってくれてるなあと、僕には了解できるというようなことなんです。

ですから、マクシムがどうか、モラルがどうかというようなことで言うと、マクシムというのは、まあカントがそうですけれどもね、モラルとの関係で出てきている言葉で、その二つの関係で捉えるという限定をしたうえでないと、やはりちょっと、そのあとの議論になかなか普遍化できないようなものだと思います。だから、そういうふうに理解していただければ。

●世界的普遍性と日本的特殊性

山内　さっきちょっと個人的に話していたんですけれども、そういう加藤さんが言っているような状況というのは、つまり、現在の日本における状況なのか、あるいは世界的同時性をもった状況なのか、ということがよくわからないんです。それが、湾岸戦争なり東欧なりソ連なりの変化ということと、どう関係するのか。さっき湾岸戦争の日本人のヒステリックな反応があったけれど、アメリカだってヒステリックな反応があったんですよね。あれは加藤さんの言葉でいえば、

「モラルA」でしょう。

一方、東欧のほうの崩壊というのは、共産主義の「モラルA」が崩れて、小浜さんの言う、生活的な何かが本来根拠にあるんだけれども、ナショナリズムとか民族主義的な、あるいは宗教、イスラム圏ならイスラム圏なりの、あれが加藤さんの言わんとする「モラルB」ではないと思うけれど、ああいうナショナリズムなりイスラム教圏なりの、一種の観念的な言葉のあれを呼び込んじゃってるわけでしょう。本来的な生活的なものから出ている、たとえば満足にものも食えないという、欲望というのかな、竹田さんの言う欲望じゃないんだけれど、つまり満足にものも食えないという状況がなくなったって、橋爪さんが言っていたけど、僕なんかあったけどね、子供の頃。切実なんですよ。切実さからくるのが、それがナショナリズムに翻訳されちゃってるんじゃないかって、たとえばそう思うんですよ。東欧なり、ソ連なりでは。だから、アメリカの状況なり東欧・ソ連なりの状況と、日本の状況とが、全部カバーできるのかしらって、今の議論で。

加藤　僕の材料は非常に貧しいもので、ただ僕のこの言い方が正確である条件というのがあって、僕は、自分に確かめられるものしか何とも言えないみたいです。僕が今言っていることが、日本だけのことなのか、それとも世界に共通のことなのかということは、僕の関心にはならないし、僕はそこでそういうふうな考え方をしないんですね。僕がこういうふうに感じるとしたら、それは日本だけのことではないだろうという感じを持っています、ちょっとね。だけどそれは全く一つの、それこそドクサであってね、ドクサであるかそうじゃないのか、日本だけのものであるかそうじゃないのか、非常にそこに限定されるものなのか、もっと普遍的なものなのかということは、そういうふうに物事を考えないんです。そのへんさっき僕が言った、現象学とかそういう問題になるんじゃないかという僕の理解です。そういうことでお前の考えは日本の中のことだけにすぎないじゃないかという言い方に対しては、もし僕がアメリカでもこうだと言った場合には、僕は完全に僕の最初の非常に数少ない貧しい視点をはずして、それこそ鳥瞰的な視点に立っているわけですね。僕は、そういうふうな考えはしないわけですよ。

山内　加藤さんを責めているわけじゃなくて、アメリカがベトナム戦争であああいう経験をしたにもかかわらず、なんでこうなるのかなあという……。

小浜　それについては僕はこう思います。現時点の同時性でもって世界を断面で切ってみれば、さまざまな不均等とか、その一国の後発部隊としての遅れといってていいのか、そういうふうに歴史を直線主義的に捉えていいのかどうかわからないけれど、さまざまな固有の事情というのがあるかもしれないけれど、日本の資本主義が実現した一つの形態というものは、長いケースで見れば、一つのモデルケースになり得るというふうな考え方をしたいんですよね。そういう意味で、ある程度普遍性に繋げて、問題にし得るのではないかというような考え方をしていますけれど。

山内　よく言われるように、東欧がナショナリズムを経ないと、現在の日本の資本主義とかそういうところへいかない、いったん屈折してからいくというのが一般的な論調だけども、そうなんですか、やっぱり。

小浜　必ずいくかどうかということは、僕は予言者でも何でもないからわからないけれども、日本の今の僕らが日本の国家の枠の中で、幸福か不幸かどうかわからないけれども、ある不透明な満足感みたいなものを享受しながら生きているこのあり方というのは、日本的な特殊性というものが加わっているかもしれないけれども、もう少し広げた、資本主義が持っているかもしれない普遍性を、ある日本の特殊性の中で体現していると。で、それはある程度、世界共通語として通用する部分を持っているのではないかと思うわけです。それは今たとえば、アメリカなんかは、さまざまな雑多な理由によって、多民族の問題とかなんかによって、日本とはまた違ったもっともっと深刻な問題性を孕んでいるとか、あるいは湾岸戦争の時にヒステリーを起こした、そのヒステリー状況というのは日本のヒステリーとまた全然違うものだというようなことが、いろいろあると思うんですよ。でも、日本の特殊性のやや底部に、やっぱり資本主義の持っている普遍性みたいなものというのが、日本の特殊性を通じて実現されているみたいなことというのは、僕はどうしてもあると思うんです。そういう意味合いでは、かなり世界共通性として、問題にするに足ることだという考え方をしたいんですけれどもね。

加藤　今のね、そういう、これが日本の国内のことだけなのか、世界的なことなのかという関心は、僕は好奇心だと思うんですね。つまりその関心がどこから来てて、その関心の根拠がどこにあるかというふうな形で、そういうふうなものが出てこない限り、やはりそれは一つのドクサを生むしかない……。

山内　他の人に申し訳ないんだけれど、言わせてもらうとね、加藤さんの言っている「モラルB」というのは、結局アメリカの今回のヒステリーに向かうしかないんじゃないかと、僕は思っているんです。どんなにマクシム、たとえば小浜さんもそうなんだけど、あるいは橋爪さんの言う小さなルールでもなんでもね、人間はそれでおさまるんでしょうか、と僕は聞きたいんですよ。やっぱり、宗教性みたいなところへいかざるを得ないんじゃないかと。で、新たな宗教を次から次へと生むしか……。こういう発想が類型的なのかもしれないんですけれどもね。馬鹿みたいなことを言いたくないんだけど、世界的な歴史を見てくると、「モラルB」というのは、常に宗教的な絶対観念として、外側からくるものとしてしかあり得ないんじゃないかと。そういうものが否定されたのが現在だ、というふうに、みなさんおっしゃるけれども、本当にそうなんですか。やっぱり再生産されるんじゃないですか、ということを聞きたかったのです。

●切実さとは何か

大池　ちょっといいですか。すみません。話題をとめるような感じで申し訳ないんですけれども。大池といいます。神奈川から来ました。

今お話をお聞きしていて思ったことは、お話から切実さというものは、私には感じられないんですね。まず切実さが感じられないということが一つあって、さっきから切実か切実でないかということとか、そういう言葉が使われていて、そこのところでどうしても世代論になってしまうかもしれませんが、私たちの抱えていることは言われていないという感じがあるんです。

橋爪さんが「村上春樹のものは切実さから切り離されている」というふうにおっしゃいましたし、また「そこには現実というものがない」というふうにおっしゃったんですけれども、私は、切実だったし、現実があったと思うんです。それはどういう切実さかというと、切実さから切り離されているという切実さだったと思うんです。そして、向き合う現実がどこにも見えないという現実があったように思うんです。稚拙でちょとうまく言えないんですけれども、これも橋爪さんなんですが、「あるはずのない切実さにコミットしていくから、現実から離れていく」というようなことをおっしゃったと思うんですけれども、あるはずのない切実さというのは、私たちは全共闘世代の人たちの切実さを見せられるという形で、自分たちのところにない切実さを見ていたと思うんです。見ることによって、そこに切実さがあるということはわかるんですけれども、私の向き合っている現実には切実さがなかったんです。それで、あるんだけれども、切実さがなかったと思うんです。

生きるということは、やっぱり私は切実だと思うんですね。にもかかわらず、向き合う切実さがないということは、自分が生きているということをどこかで奪われているというか、生きている権利さえも奪われてしまっているというか、そういう切実さというものが、私は村上春樹の小説を読んでいて、すごく強くありました。さっき、あるはずのない切実さにコミットしていくから現実と離れていくということは、私の考え違いかもしれないんですが、全共闘の切実さ、湾岸の切実さ、また赤軍派の切実さを見せられるという、そしてそういう現実があったにもかかわらず、自分たちのところにはないという、繰り返しになるんですが……、切実さというところから言葉を発するということが……、うまく言えないなあ……。

島元 切実さに嫉妬しているわけですか。

大池 切実さにあこがれるというか、喪失感も喪失してしまっているから、そこに書かれている喪失感にあこがれるという形でしか、喪失感を感じることができないというような……。

杉前 今言っていることが切実なことなんですよ。切実というのは、そういうことなんです。僕はそう思います。

竹田 だから切実だと言っているんじゃないですか。彼女は。それはよく理解できます。

大池 言いたいことがきちんと形にならないので、これで終りだと思います。

岩脇 また言ってください。

橋爪 今よくおっしゃってくださったと思うんですけれども、僕が言ったことと同じだと思いますよ。ただ一部誤解があるのは、「あるはずのない切実さにコミットした結果、現実から離れていく」とさっき僕が言ったのは、それは全共闘世代のことです。だからおっしゃっていることと同じです。

坪井 僕は今二四才で、八〇年代に青春時代を過ごしてきた人間として、今村上春樹を読んですごく衝撃を受けたんですね。つい最近『ダンス・ダンス・ダンス』を読んで。それはどういうことかというと、最初の頃の村上春樹というのは、わりと時代の雰囲気というか、あいまいなところで人気を得ていたというところがあったんですけれども、あの『ダンス・ダンス・ダンス』は、ああこの人は本当に切実だったなという感じがしたんですよ。最初の頃に、たとえば八〇年代の音楽のバンドの名前を出して、「なんてくだらない名前なんだろう」とか、そういうことを途中で書いたりするんですが、そこに僕はすごく、自爆しようとしているような覚悟をつい最近になって感じたんです。それは、村上春樹には八〇年代的な、ああいうファッション的なところを背負って出てきたところがあると思うんですけれども、まあ八〇年代の終りになって、一つの自分なりの、それはうまくいったかどうかはわからないけれども、決着を強引につけようとしたというところが、僕にとってはすごく衝撃的だし、嬉しかったし、これからの僕にとっては大きな提起になったんじゃないかと思うんです。

それから先ほどからソ連のこととか、東欧のこととか、湾岸戦争とか言っていますけれども、まず全共闘の人たちに聞きたいのは（笑）、あの天安門事件というのを皆さんどう思ってはるんですか。僕、湾岸戦争のことよりも、そっちのほうが聞きたいです。それに対して、明確な答えを出せとは言いませんけれども、個人的にあの事件に対して何か言いたいことがあったら、僕は言ってほしいと思います。ある意味では、同じようなことを中国の人たちがやっていたんでしょう。

岩脇　あれは全共闘だと。

坪井　僕にはそういうふうに見えたんです。表面的かもしれないけれど。それは国のほうが力的に強かったからか、負けたと。それに対して、ちょっと興味がないんかいな、お前らと。僕はそういうふうに思うんです。何か一つの答えというか、個人的な思いでもいいんですが。あの時、僕自身が閉ざしていたからかもしれないけれど、僕自身には入ってこなかったと。湾岸戦争は、わりと普遍的な問題として、全世界の人たちが浮かれていたというか、何か考えよう考えようという雰囲気があったけれども、あの天安門事件に対しては、アジアのどこかの国であったような話やから、全世界的に受け入れられなかったのかもしれないけれども、僕にとっては天安門事件のほうが胸にぐさっとくるものがありました。ということです。

山内　ちょっと質問なんですが、切実さということで。橋爪さんがさっき「村上春樹はナルシズムの世界だ」と。それを否定的に語ってらっしゃったけれど、僕は切実なナルシズムなんじゃないかなあと思っているんですよ。

橋爪　そうですよ。

山内　ああ、だったらいいんだけど。そのへんなんですよ、聞きたいのは。

岩脇　もう一度、後で聞きましょう。今は天安門事件のことで。

◉天安門事件をめぐって

瀬尾　天安門事件のほうがはるかに湾岸戦争より切実だというのは、それは当然そうだろうと。

坪井　それならもっと大きな声を出して、それを言ってほしかった、あの時に。

瀬尾　それと、小浜さんに、あれはあれなりに切実だったということを言われたんですけれども、僕はそういうことを言いたいわけではなくて、事実、平和であることの後ろめたさとして切実であるという言い方は確かに成り立つわけで、そういうことを否定する気はないですね。だけど、そう言ってもらいたいというのは、僕もそういうふうに正直に、「私たちは平和で後ろめたい、だから切実だ」というふうに言われたんだったら、それはいいと思うんだけれども、そうじゃない言われ方をされているから、僕はそうじゃなくて、そういう切実さだったら「ない」というふうに言ってもらいたい、ということがあります。

切実であるとかないとかいうことは、非常にやっぱり、正直に言わないと話が進まないということがあって、たとえば連合赤軍なんて、いわば切実でないことをいかに切実に思うかという切実さが、意識化されて極限化されたというようなところがあるわけだから、つまりそこは、裏返された切実さの切実さだと言っていると、あそこまでいく、ということがあるわけですよね。そういうことがあるから、どういうふうに切実なのかということがちゃんと言えなければ、それは一般的に切実さというふうに言っちゃったらまずいと。

それから今の特に若い人というのは、こういう言い方をするとよくないかもしれないけれど(笑)、ある種の論争なんかをやっていて、やっぱり下の世代の人なんかとやると、ものすごく真面目になっちゃうということが、非常に不快だということがあるわけなんです。つまり戦争というのを出されると、すぐに襟を正してやるわけですよ。戦争ということに関しては、ものすごく主題として持ち上げちゃって、それに対しては、茶化しもしないし、普段闊達にしゃべっていた人たちが襟を正してそういうのに立ち向かうというところがあって、それではやっぱりしょうがないということがあって。切実さ、どういう切実さなのかという、そこで自分の襟を正す切実さをちゃんと、どの程度切実ではなくて、単にいい子しているだけですよ、ということまでちゃんと言えなければいけないということがあると思います。

それからもう一つだけ追加というか。「反スタ」ということを言いましたが、あれは、僕は詩人ですから、つまり詩的な表現として言っているわけであって(笑)、スローガンのレベルでは全くないんです。こう言いますと、一部の革マル系自治会の下にあった人たちとか、東大文学部、早稲田大学、あるいは中核派の自治会の下にあった横浜国大出身のそういう人たちはそんなものはまず感性的に絶対受けつけないということはわかります。だから非常に固有な場所で詩的な表現をしたということで。だけど、つまりなんで僕がこれを言わなくちゃいけないかというと、これを一つ関数として入れておかないと、さっき言われたみたいな、たとえば天安門事件に対してあなたはどうしましたか、みたいなことを言われた時に、理路が立たないということがどうしてもあって、つまり一般的な反権力とか反社会ということと違うんですよね。なんかやっぱり違う。橋爪君がさっき言ったみたいに、知の問題とか宗教の問題だ、というふうに言っても僕はいいと思うんです。いいと思うし、たとえばあの本でいうと、アカデミズムとかそういうものと絡んだ問題としてあった。で、その問題というのは、そのまたとえばある種外部の秘教みたいなところに、そのアカデミズムの問題とスターリニズムの問題と重なっていっているようなところがあると思うんだけれども。つまりなんかそれを言わないと、関数が一つ欠けているから言ったんです。で、全然スローガン的なレベルで僕は言っていないんです。

参加者　それはよくわかりましたが、ただ天安門事件の切実さというものが、もう一つよくわからない。そのあたりをもうちょっと具体的に。

杉前　天安門事件のほうがよく見えているということですよね……。

小浜　天安門事件の場合には、中国社会主義の権力が、市民または学生の、実態はよくわかりませんが、生活感覚から出た反権力意識というものに対して抑圧をしたという、イデオロギー上の特殊な意味というものがあって、その部分がおそらく湾岸戦争なんかにおける切実さとちょっと一線を画する、僕ら自身が、全共闘運動みたいなものにコミットしてきた人間として、すごくあれを意識してしまう部分じゃないかなと思うんですけれど。

瀬尾　天安門事件に対して、「不幸な」という分析をして「切実さ」と言っているのでは必ずしもない、つまり非常にプリミティブですから、プリミティブなレベルで反応する自分を許しているところがあるから、つまり単純に自己移入できるということです。あそこにいたら、やっぱり「いい」と思うというようなことです。だけど僕はそういう時に、俯瞰図みたいなものを一応オミットしているから。つまり、たとえば東欧でいうと、ドイツを統一する時に選挙をやりますね。そうすると大多数の進歩的インテリというのは、東ドイツを壊してはいけないと言う。その東ドイツの築いてきた悪いところはとって、もういっぺんやり直しましょうみたいなことを言うんだけれども、民衆は絶対にそんなの選ぶわけはないというようなことがあって、要するにコール首相がばらまいたマルクに飛び付くかもしれない。しかしそれは意識的に飛び付いているわけですよ。決してあれは盲目的にやっているだけではない。つまり視野の低さというか、狭さを選んでいる。で、そのレベルで感じる感情というのを許してしまうと、あれだったらみんな出来る。けれど湾岸戦争だったら、遠いというふうにまず感じるということを言わなきゃ、あと何にも言えない。そういうことです。

加藤　僕ね、さっき瀬尾さんの反スタについて言って、充分に言い足りなかったなあと思っていたのが、ちょうどそういうことで……。つまり詩的表現として「反スタ」を言ったという意味は、瀬尾さんが藤井貞和さんとの論争でぶつかった問題は、かなり含蓄の深い問題なんですね。つまり藤井さんが、要するに「クソ詩」を出したわけですよ。クソ詩を出した時に、自分が何かを言ったらね、どうしても片方はもう完全にフリチンになっちゃってるんですからね、どう考えてもね、それに対応するには「反スタ」しかないです。だからそういうことだったんだろうと思うんです。で、僕はそういうことを瀬尾さんは言おうとしたんだろうなと思っていたんだけれども、とにかく「反スタ」というようなことがポンとくると、僕自身は瀬尾さんの場合と違いますから、「反スタ」というのはないと言ったんです。ただちょっと不十分だったなあと思っていたのでそのことを言いたいのが一つ。

あと天安門事件のことですけれども、天安門事件について言ったら、「切実ではない」と言いますね、僕は。つまり天安門事件は、中国の人にとって切実だったけれども、僕にとっては切実じゃないということなんです。ですから僕は、天安門事件だって中国の問題ですよ……。

坪井　シチュエーションとしては、あなたたちと言っていいかどうかわからないけれども、あなたたちがやっていたようなことを通過儀礼的にやっていたんでしょう。と、僕は解釈しているんです。それに対して何か心を動かされても、動かされなくてもいいけれども、何か言ってみてちょうだいということなんです。

加藤　それを言わないというのが、僕はそのあと学んだことなんですよ。つまり瀬尾さんが言ったことは、プリミティブな反応として「反スタ」と同じなんです。瀬尾さんは今僕が言ったような意味を、詩的表現として「切実だ」と言っているんです。だから僕はそれはわかっています。僕がまたこんなことを言うと同じことの繰り返しになるけれども、そういうことなんですね。

瀬尾　要するに、今切実だと思ったんだったらね、はっきりしてくださいみたいなことを言った

でしょう。だったらつまり署名しろとか、声明しろとか、そういうことになりませんか。

坪井　僕に言っているんですか。僕はね、べつに天安門事件についてみんなの意見を聞こうとかそういうことじゃなくて、六〇年代の人たちに半分あこがれている面、半分憎んでいる面とがあるんですよ（笑）。うまく言葉がないから言えないんだけれども、僕は八〇年代的な生き方を自分に強いてきたところがあるんですよ。

たとえば村上春樹の本でいえば、「警官に石を投げることで世界が変わると思った」とかいうようなことが出てくるでしょう。そういうところにみんなが共感を持っているかどうかわからないけれども、そういうところに共感を持っている人が二〇年か三〇年前にはいたと。だけど僕らは本当にどうしようもなく、警官に石は絶対に投げられなかったです。そういう感じがあったんです。僕はそういう八〇年代を生きてきて、なんかやっぱりそれはおかしいというか、体がついていかれへんと。なんかやっぱりそこから変わっていかなければいけないというのを、僕は村上春樹の『ダンス・ダンス・ダンス』の中からすごく感じました。ただそれだけが、なんでそうなったのかということが僕は知りたいがために、ここへ来たんです。

小浜　一つ聞いていいですか。なぜ天安門事件という他国の事件をことさらに問題にするのか、あなた自身の中での問題意識というのはどうなっているのですか。

坪井　それは、先ほど湾岸戦争の話をしていたでしょう。

小浜　単なるそれとのコントラストですか。

坪井　それやったら、その前に天安門事件もちょっと。それを無視して、湾岸戦争どうのこうのというのは……。

小浜　湾岸戦争は、僕らの日常生活にとって「切実とはいえない」という点では、割合にここに集まっている人たちにとっては共通意識なんですよ。その「切実でないということが持っている切実さ」みたいなものを、問題にしていこうと言っているわけですよ。

坪井　ただ僕はやっぱりああいう事件とか、ルーマニアの革命とかを見て、あっ、こういうことが世の中にやっぱりあるんやなと、逆にすごく新鮮だったわけですよ。そこから学習して……。

小浜　しかし学習によって、切実さというものは生まれないでしょ。

加藤　僕は今坪井さんがおっしゃっているようなこと、それがまた僕の問題でもあってね、たとえば『羊をめぐる冒険』というのではね、言葉の無力を感じますね。

坪井　それでここですごく言いたいのは、みなさんね、活字にちょっと頼りすぎちがうかという……。

●全共闘世代という括りは有効か

岩脇　司会者として独裁します。要するに、ここに集まった人たちの構成をいえば、極端に二つに分れているんです。一つは一九四六年から四八年ぐらいに生まれた人たち、これが七割です。

島元　六割ぐらいですね。半分から六割ぐらいが四〇代です。

岩脇　それと彼に代表される二〇代の人と、くっきり二つに分れているんですよ。間があまりいないんです。

島元　今の構成は、一番若い人が一七才。一番お年寄りの方が五九才。五割から六割が四〇代、15％から20％が二〇代。三〇代というのはあまりいません。

岩脇　だから司会者として僕は、若い人の問題意識をどれだけ汲み上げられるかというのが、今日押さえなければならない一つのメルクマールかなと思っていたのがあって、だからどんどん言ってほしいんです。

島元　僕は若干全共闘世代より年が上なんですが、まあ大ざっぱな広い意味で、全共闘世代といってもらってもいいんですが。若い人から、全共闘世代というふうにどうも括られて、世代論が適切かどうかみたいに言われていますが、今日の集まりで僕にとって一番の収穫は、瀬尾さんのご意見を聞いて、実は全共闘世代なんていっても、そんなに別に若い人たちから同じように括られるように共通性はないんだという……。あの時代に、今からすればごくくだらないように見える微細な違いがあって、微細な党派の違いがあって、血を流して争ってきて、ところがその後二〇年、いわば全共闘世代で全部括られてしまって、で、今日に至って、実はまたなんかあの時代とは違う意味で微妙に違いが出てきているんだということ。だから決して、全共闘世代というふうに同じように括ってもらいたくはないし、その違いをはっきりさせていきたいと、まあ今日もはっきりしてきているし、そのへんを若い人が嫉妬か羨望か（笑）しれないけれども、全共闘世代という形で問題にしていくというのは、なんか非常に怠慢のような気がします。それだけ一言。

岩脇　若い人、反論ありますか。

参加者　その感想ではないんですけれども、全共闘といいますか、その時代から学んでリハビリテーションをして、先ほどちょっと加藤さんが触れられましたが、個々の外国、たとえば他国のことについては触れないとか、そういうようなことを学んだというような感じで言われたんですけれども、どういうことを具体的には各個人の方々はその体験から何を学ばれたのか、そういうことを僕は知りたいんです。一言では言えないと思いますけれども、僕らにとってはわからないから。

参加者　四〇代の母親です。娘がいま二十歳。親は保田與重郎を読み、私は橋川文三を読んだのに、娘は硬い本を読まないで、村上春樹を読んでいる。社会科学的にみて、これってどういうことでしょう。

小浜　今のご意見を聞いていて、僕も同世代の父親として、あまりドメスチックな話をする気はなかったんだけれども、今のお話をあまり普遍化されると困るなあという気がしていたんです。というのは、今の方は親の世代との共通性というのを意識されているけれども、子供との間には世代的な断絶があるということを非常に強調されているような気がしたんですが。

僕の子供は一八才と一七才ですけれども、僕なんかより先に村上春樹というのを読みまくって、

『世界の終りとハードボイルド・ワンダーランド』は、実は息子から借りて読んだというていたらくでありまして。僕自身の家族が特殊なのかもわからないけれども、そういう意味では、僕らの親の世代と僕たち自身との断絶よりは、かなり団塊の世代である僕たちと団塊ジュニアの世代との共通性というか、意志疎通性みたいなものは、むしろ距離は近いという感じを僕自身は持っているわけです。

竹田　僕もそう思うなぁ。

小浜　この僕の親の世代との距離というのは、相当すごいものなんですね。それはどういうことかというと、いろいろ社会的な意味とかあるから、言っていくと長くなりますけれども、とにかくその事実だけは、僕の感じている感じ方のほうがやや普遍的ではないかなあと。つまり団塊の世代と団塊ジュニアの距離の近さのほうがこれは濃厚なんだみたいな。最近は、なんだっけ、「親子姉妹」？　何という言葉でしたっけ。お母さんの洋服を娘さんがそのまま着ちゃって、友達みたいにはしゃぎ合っているという光景がよくあるというようなこともありますし。

それで老人世界との共通性を、保田與重郎なんかを持ち出して、じいさんばあさんの話をするよりは、若い世代の切実性というのを僕らがどれくらい共有できているか、あまり迎合することはいけないんだけれども、どれぐらい共有できるかという一つの橋渡しを象徴するものとして、村上春樹文学の持っている広がりみたいなものを捉えたいと思うわけです。

で、若い世代の話をちょっとしたいので長くなりますが、この前ある会合で飲んだんですが、その時にたぶん二〇代の男性だと思うんだけれども、僕がたまたまその時に教育の話になりましてね、それで小学校で死んだ豚を屠殺場からもらい受けてきて、それを解剖してみんなで食うという、食うところまでやるという授業をしたという話をしたんです。それは若い女の先生が、こうやるべきだと思って勇気を持ってやったんだけれども、それにはすごく賛否両論があったんですが、僕はその時の飲み話の、なんて言いますか、あまり責任のない話として、まあこういうことも今の小学生というのが、どういう形で自分が四つ足を殺して自分の口にまで持っていくかということを知る、そういうリアリティを知るということでは、ある程度意味があるんじゃないかというような微温的なことを言ったんです。

それに対して、その二〇代の若者が、なんか目をきっとこっちに向けてね、猛然と反対してきたんです。たまたまその時に、イカの丸焼きを食べていたんです（笑）。「このイカがね、どういうプロセスを通って俺の口に入るかなんてことは全然切実でない。そういうことは関係ない」と。そこから発展しましてね、「湾岸戦争なんてみんな騒いでいたけれど、はっきり言って関係ないじゃない」と言ったわけです。かなりそれはインパクトがあって、僕自身はそれに対して、「いや関係ないというふうに、さっきの文脈で言えば、ナルシズムとか欲望の世界ということになるんだろうけど、そういうものの中で暮らして自足していても、実はそれはあるシステムの中に絡めとられているみたいなことがあり得るかもしれないから、どういう過程でいくかということは、ある不条理な目に会わないためにもある程度そういう知識ということを知っておくことは必要なんじゃないか。知らないよりは知るほうがいいんじゃないか」みたいなことを言って、反論したんです。まわりの人はみんなその若者に反論したんだけれども、彼だけは非常に頑固にその立場を主張したんです。僕はそれを聞きながら、ある頼もしさというものを持ったんです。つまり僕は一応反論者の立場に立っていたんだけれども、彼は非常に自分の生活の目に見える範囲での切実さというものを、非常にきちんとふまえている人なんだなあという感じがしたわけです。

そのことと、さっきの若い人の言われた「天安門事件をどう考えているんだ」ということの発想の落差みたいなものを、やっぱり今の若者は、こういう若者もいればああいう若者もいるんだなという感じで思っていて、これはひょっとしたら俺たちの若い頃とそんなに変わっていないんじゃないかと。そういう意味では村上春樹的な、見えるものについてしか語らないみたいなあり方というのは、僕らもこれぐらいは共有できるし、今の若者にも通じるんだと。ある意味で、「関係ない」というふうに言い切ることの強さ、頼もしさみたいなものを、僕は尊重したいなというふうに思ったんです。

参加者　それは小浜さんが、さっきの彼、坪井さんの一番言いたいこととちょっと違うところへ焦点を当てられたから、そうなっただけじゃないですか。彼が言いたかったのはその話じゃなくて、『ダンス・ダンス・ダンス』、いわゆる村上春樹の小説のところで、一番言いたいことがあったんじゃないですか。

小浜　だけど……。彼に集中攻撃を出したらまずいかな。あまり全共闘口調になっちゃうといけないんで、なるべくおとなしく言いますが。つまり天安門事件をどう考えるかというような感じ方というのは、ある観念が、かなり浮き上がった観念みたいなものを媒介にされたところから出てきてるのじゃないかなあと。僕はそれは、僕自身いつか来た道であって、ちょっと危ういという感じがするんです。

坪井　あまりにもさっき湾岸戦争の話になったので、その前に天安門事件についても少しぐらい何か言ってもいいのではないかと、そういうことなんです。

◉若い世代の閉塞感

瀬尾　僕さっき、天安門事件のほうがはるかに切実だと言いましたけれど、その構造というのはちょっと複雑で、じゃあ何とかはっきり言ってくれみたいなことをおっしゃったけれども、それがもし、全共闘世代の人たちが、湾岸戦争の時みたいに、たとえば集まって声明したり、署名したりなんかしたら、そしたらやっぱり僕は徹底的に否定します。だからその構造というのは、ちゃんと言えないといけないというふうに。

坪井　僕が言いたいのは、湾岸戦争をあんなに言うんやったら、その前にということで。そうしないと、あんたら何か場違いなこと言ってるのと違うかと。

山内　俺、実際に中国を見てきたんだよ。天安門事件の直前にさ。俺、やっぱり天安門の弾圧が起きてしかるべきだと思ったんだよ。なんでかと言うとね、中国を、天安門事件の直前に旅行してさ、西安の、僕とあなたの中間ぐらい、三〇代ぐらいの人がね、すごい舞い上がっているわけ。自由化、自由化で。すごい醜いわけよ。醜かったの。日本の資本主義も醜いけれど、それよりもっとね。その醜さを僕ら享受してるんだけど、その醜さを反映してるんだよ。中国の自由化路線の中で。つまり日本の後追いやってるわけ。

島元　でもそういうことは肯定できなきゃだめでしょう。

山内　小浜さんが言った、湾岸戦争の時に感じた後ろめたさであるというのはあるんだけれど、同じなんだけどね、中国の三〇代の人ね、当時すごい舞い上がっちゃってるわけ。自由化だというんで。仏教寺院に僕は行ったんだけど、僕は仏教徒でもなんでもないけれど、これはちょっと神聖な宗教の領域だから、言っちゃいけないんだけど、「おまえら坊主は何やってんだ。今は自由化だ」とか何とか言ってやるわけでしょう。「俺は観光業者としてこれから儲けるんだ。自由化なんだ、今。俺は独立して会社を創るんだ」みたいな。西安が一番、反日暴動が起こった時期でしょう。反日暴動を起こしながら、日本に倣って資本主義的な運動が一番進んだ時期なんです。僕から見れば、三〇代の人は若者に見えたから、そういう運動の行く末としては、ある程度あの続きは当然だなあと僕は思ったわけです。

小浜　そうですか。だけど、それに醜さを感じるというのは、かなり……。なんかモラルAという感じが……。

山内　だからモラルAなんです。モラルAを引きずっているんです。小浜さんに言うと、僕はまだモラルAを引きずっていたから……。

岩脇　東ドイツの場合も同じだと思うんです。西ベルリンとベルリンの壁が取りはらわれた時に、僕の友人がたまたまベルリンにいたんです。彼が目撃したのは、女性はバナナを買いに行った。男はポルノショップに行った。僕はいいと思うんです、それは。

坪井　僕がすごく言いたいのは、今、舞い上がったと言ったでしょう。それなら俺らにも舞い上がらせる環境をつくってくれと。あんたらの時代は、そういう環境があったから、あんなことをしたんでしょう……。

〔会場　口々に「それは違う」〕

森　大阪の森といいます。まあ世代で言いますと、若くもなければというところなんですが、そのうえで、自分の意見を言うというよりは、今の若い方の発言を必ずしも代弁することにはならないかもしれませんが、たぶん若い人たちはこういうことを言おうとしているのではないか、ないしは、もし世代の断絶みたいなものがあって、ここにいる比較的年をとった方と、若い方との間に断絶というものがあるとするならば、それはこういうことじゃないかということを、ちょっと若い人の側に身を置いて、僕なりに、上滑りかもしれないけれど、想像して言ってみたいと思います。

たとえば天安門事件にしても、ベルリンの壁の崩壊にしても、湾岸戦争にしても、ソ連邦の崩壊にしても、確かにそういうことは現実に同時代に起こっているけれども、今の若い人たちにとってみれば、自分の中でそれを切実なものとして受け取るにしろ、しないにしろ、やっぱり一つの情報というか、直裁に言えば、どっかで起こっている世界の現実をブラウン管を通して見るという形でしか、自分の中に取り込むことができないというような現実感というのは、確かにあると思うんです。で、そういうふうに若い人たちが考えるとすれば、たとえば、村上春樹の『世界の終りとハードボイルド・ワンダーランド』という小説の中で、「僕」という主人公は少なくとも、壁の内側に残るということを、自分の行為として選択したということがあるわけです。

ところが、もし若い人が、今僕が言ったそういう情報の享受の仕方の中に、何か違和感があるとするならば、結局今の日本の現実と言っていいかもしれませんが、日本の一つのある程度まで発達した高度な資本主義社会といってもいいかもしれませんが、そういうものの中で、そういう世界の現実をブラウン管の中でしか自分とこの世界は繫っていないと。もちろん署名とかいろんなことはあるけれども、それがどうしても切実になれないという現実があって、つまりあえていえば、壁に囲まれた世界の中で生きるということを、自分の選択ではなくて、気がついたらもうそこに自分は動かしようもなく行ってしまっているということに、すごくもどかしさというか、そういうことを感じているのではないかと。もしそうだとするならば、全共闘世代と言われている人たちは、たとえば加藤さんが「自分はそういうことについて具体的に言わないという選択をしたんだ」という言い方の中に、「しかしあなた方は、それを少なくとも自分で選択して、その道をつくってきたというものがあるはずじゃないか。自分たちの中にはそういうものがないところで、目覚めてしまった」というような違和感があると思うんです。たぶんさっきの女性の方が言われた、「切実さがないという切実さ」ということも、そういうことがあって、僕はそういうことを言われているんだとすれば、言っておられることというのは、僕の意見とは違うけれどもすごくわかるし、年をとっている人が、声高に一概に押し潰せない問題を提起しているはずだと思うんです。たぶん彼の言っていることとすべて同じじゃないかもしれないけれども、ざっと言わせてもらえば、そういうことが問題になっているんじゃないかというふうに、僕としては整理したいと思うんです。

◉作品の中の新しい要素（小浜）

坪井　確かにそうだったんですけれども、僕は『ダンス・ダンス・ダンス』の最後の部分で、非常にびっくりしたんです。つまり「いるかホテル」の女の人と一緒になるというところで終るんですけれども、あれ非常になんか突飛な感じがしたんです。ある意味で主人公はもう気が狂ってしまったんじゃないかな、と僕は思います。それは夏目漱石の『それから』の最後の部分と、すごく似通ったところがあるような気がするんです。間違っていようが、間違ってなかろうが、やっぱりダンスはステップを踏み続けなければいけないと。あそこには、もうそろそろ新しい何か、こんな言い方をしたらわからないけれども、九〇年代的な新しい考え方というか、思想の流れというのが明らかに変わってきたんじゃないかなということを、僕は活字だけじゃなくさまざまなことから感じているんですけれども、そういうようなことをみなさんは感じたのでしょうか。

小浜　感じますよ。で、『ダンス・ダンス・ダンス』のことをちょっと補足して、村上春樹の他の作品で言うならば、今の若い人たちの陥っている特有の閉塞感みたいなもので言うとね、たとえばあの人は「回転木馬」というメタファーをよく使うんです。それからピンボールというのも。それはどういうことかというと、要するにそこにすごい情熱みたいなものを傾けるのだけれども、ぐるぐるぐるぐる同じ所を巡っているだけであって、リプレイにリプレイを積み重ねて、それで出てくるものとしては、ピンボールの場合だったら高得点を重ねるという、非常に空しい行為であるという、そういうところに、なんかこの時代を生きていることの空虚感、何か現実に触れたいんだけれどもうまく触れられないみたいなね。同じところを回転しているという感覚というのが、非常に的確に捉えられていると思うし、もう一つ、村上春樹や僕らの世代では、かつてあった何か、うきうきする体験でもないですけれども、ある同時代的な大きな体験みたいなものを引きずっているという、そういう世代性というのはどうしてもあって。

それの連続性を、今というものに接触させた時に、どういう表現が出てくるかといったことで言えば、たとえば『象の消滅』という作品とか、あるいは『貧乏な叔母さんの話』というのがあるんですよ。お読みになればすぐにわかると思いますが、さっき加藤さんが言われている自分の中のマクシムというものの、一種の「象」というのは暗喩だと思うんですが。ある時、市が請け負った老いぼれた象を飼っておくんだけれども、ある崖の上から自分がたまたま散歩して象舎を眺めると、象と飼育係が心持ち小さくなったような気がして、それを目撃したのは自分だけなんだと。そして翌朝、完全に象は飼育係と一緒に消滅してしまうんです。新聞ではいろんなことを書き立てたり、評論家なんかがいろんなことを言ったりするんだけれども、僕だけはそこのところを垣間見たんだ、みたいな作品なんです。あるいは『貧乏な叔母さんの話』というのは、貧乏な叔母さんをしょったんだけれども、それはそれを見る人に切実さをもたらさなくて、何かその人の背中にあるおもしろいアクセサリーのように、みんなが考えてしまうという話です。

つまり、いわゆるわかりやすい平明な切実さというものを失ったということ自体が切実なんであるという意味で、全共闘体験をくぐりぬけた世代である我々は、今の時代というものに何とか接触させようとしているということですね。そういうような形でもって、ちゃんと定着されているんではないかと。つまりそこのところに、世代から世代に継承されるパイプみたいなものが、なんかかろうじて繋っているんじゃないかなという気がするんです。

参加者　空白の三十代です(笑)。で、三つほど。後の二つは質問になるのですが。

ええっと最初に、全共闘世代へのあこがれとか嫉妬とかはないです。両方とも全くないです。仮に切実さということを自分で考えるんだったらば、今は全然切実ではないけれども、いつか歴史的な事実として意味を捉え直した時に、ある切実さが自分の中から出てくるかもしれない、という感じがします。

それから二つ質問があるんですが、つまり切実さということで言ったらば、『世界の終りとハードボイルド・ワンダーランド』あるいは『ノルウェイの森』の後なんですね。あと、どうしようかという切実さなわけです。それはおそらく村上春樹さん自身もそうだろうなという感じがして、思うんですけれども。一つは加藤さんに質問なんですが、「森」を設定するところに違和感がある、と。詳しく読み込んでいないので直感ですが、なぜ「僕」は「影」を押し止めることができなかったのか、という形に言い換えることはできるのかということなんです。「影」は別の世界、つまり元の世界に戻ってしまうんだけれども、それを「僕」が押し止めるという筋道はなかったのかという、そういう違和感と置き換えられるのかということです。

それから、今ちょうど小浜さんから新しい作品の話が出たんですけれども、竹田さんへの質問なんですが、加藤さんは新しく出た『パン屋再襲撃』の短編集なり、あるいは今出た彼の作品を、彼の新しい動きとして評価する立場で本に出ていますが、それに対する言及は竹田さんにはなかったんで、できたらここで語っていただけたらいいなあと。以上二つの質問です。

加藤　言い換えて言いますとね、「森」の話は、今おっしゃった「影」を留めるかどうかということとは重なりません。僕にはそういう発想が全くありませんね。「影」を押し止めるうんぬんということが持っている意味合いというものが、僕にはちょっと汲み取れません。

もう一つ、ちょっと言い忘れたので。坪井さんの話は、僕には非常におもしろかったですね。つまり『ダンス・ダンス・ダンス』は、僕はよく読めなかったんですよ。ただ今の話を聞いて、〈『それから』の最後の部分〉という話を聞いてちょっと驚きましたが、もう一回読んでみようと思います。要するに、小浜さんと僕とちょっと違うところがあります。つまり小浜さんが言われた『パン屋再襲撃』とかなんか、僕はマクシムの問題だと言いましたが、僕が、少し1%くらい残っていたところがなくなっちゃったんだと言っているのは、全く『ノルウェイの森』以降の問題です。ですから、もしことによったらね、今の話を聞いて驚いたというのは、もし坪井さんが読んだようなふうに『ダンス・ダンス・ダンス』が書かれているのであれば、『ダンス・ダンス・ダンス』には「森」がないんですね、僕に言わせると。で、ちょうど坪井さんがおっしゃったようなことを言おうとして、先の三人でしゃべったものでは言ってたように思うんだけれども、言葉の無力を感じたようなことを言いましたけれども、やはりそれは違うんだということを、こちらの方で代弁して下さった方のお話を聞いていて、僕は非常に痛感しました。

つまり問題は、「切実さがない切実さ」、僕は「切実さ」という言葉は使いたくないんですね、実は。使いたくないんですが、そういうことが意味を持っているわけですね、僕にとっては。でも、「切実さのない切実さ」というようなことが、ある意味では、この言葉はちょっとあまり適切ではないんですが、僕にとって意味を持っている、つまり僕にとっては選択であることが、たとえば坪井さんにとっては選択ではないという違いがここにあるじゃないかと。

参加者　選択ではない、というのはどういうことですか。

●世代の断絶はあるのか

加藤　ですから、目が覚めた時にそこにいた、たとえばさっきの人のお話をそのまま繰り返せば、世界の終りという町に留まるという選択ですね、あと生まれた時にそこにいたという、そこは全然違う問題があるんじゃないかと。僕は、「留まる」という意味で、それは僕は、その意味をそのことによって、たとえば坪井さんがおっしゃったみたいなことと繋がるというふうに見なして、そういうことを言ったつもりなんですが、実はそれは選択であって、意味があるんですね。ですけれども、生まれた時にそこにいたということは、そのこととは全然違うんじゃないかと。ある意味ではそこに大きな線が引かれているんじゃないかというのは、なるほどと思いました。

坪井　僕はね、過去のことはどうでもいいんです。あのね、僕は今、何もかもが変わりつつあるというのをすごく感じているんですね。

確かに『ダンス・ダンス・ダンス』は今出た本じゃないし、何年か前に出た本です。僕はつい最近になって読みました。それは非常に失礼なことかもしれないけれども、僕にとっては、ある意味ではジャストタイミングで読めたと思います。それで僕はもうそろそろ、なんというかさっきから言っている喪失感さえもないとか、テレビのメディアを通してのみとか、そういう言葉をもう使うのは古いんじゃないかと。

加藤　それはよくわかりますよ。

坪井　これからの話、僕は非常に楽観視しているというか、九〇年代、これからというのは、こういうことを言うと笑われそうですが、六〇年代的な世界があるんじゃないかなというような期待を込めて生きていきたいと……。

竹田　一つはね、さっきから世代の断絶というようなことが出てるんですけれども、僕はそのことを感じたことがないんですよ。ちょっと詳しく言えませんけれども、いろいろ話していると、問題はみんな同じで共有しているんではないかなあと、いくら聞いてもそういうふうに思います。一言でいうと、モラルあるいは、何か規準がないと困るけれども、今、見出せない。だけれども、なければやっぱり困るということであって、そのことはみんな断絶も何もしていないではないかと。ただ断絶しているとしたら、それから後をどう考えるかということで、政治的社会的な意見が多少違うということによって断絶しているんであって、世代的な断絶なんて、僕には実感することはできないんです。

もう一つ、村上春樹の後ということについて、僕はちょっと『TVピープル』だとかに言及したことがあるんですが、僕は村上春樹がさっき言ったように、何もなくなって何もない場所から出発しなければいけないというような、そういうところまでよく見せてくれたけれども、その後出てくる困難については、村上春樹が自分の無意識の中でうまく作品化し得ていないんではないかと考えます。それは、他のところでも少しは書いていることなんですが。そんなところです。

岩脇　今日の一番若い、一七才の人。

松田　大阪から来た松田といいます。竹田さんの言ってはることと反対になるかもしれませんが、僕たちの時代というか僕の時代には、切実さに対するあこがれみたいなものがあるんですよ。僕は全共闘とかも全然知らないし、生まれた時にはそんなことは終って、さっき言わはったように、初めから壁の中にいてると思うんです。僕自身喪失感という、そういうのがない喪失感も持っているんですよ。それで、団塊の世代の人たちの警察に石を投げたり、天安門事件みたいなものには、あこがれみたいなものがあるんですよ。国家、と言っていいかどうかわからないけれども、権力とかそういうものに対して、社会を破壊したいというか、そういうようなものにあこがれを持っているんですよ、僕自身としても。それで僕が村上春樹に共感したのは、そのようなことについて書いてあったからで、また村上龍さんの『69 sixty nine』（一九八七年）というような本にも、そのようなことが書かれていて、村上春樹はいいなと僕は思ったんです。そのような村上春樹が書かれていることには、若い人たちに対して、情熱とかいうようなメッセージも込められていると思います。

横宮　今の方よりはちょっと上ですけれども、僕は二二才で、京都の横宮です。世代の断絶というのは、僕も感じないですね。今言われたあこがれも全然感じないです。というのは、全く同じことをやってきたわけです。闘いというものを。共闘ではなかったにしても内側で闘って、いわゆる病気、みなさんの言われる病気の状態に陥った人間は僕の周りにも大勢いますし、死んだ人間も大勢いますし、そこから立ち直った人間も大勢います。結局その闘いが外であったか、内であったかの違いであって、僕らも結局同じことを繰り返していたし、投石というのも心の中でやっていたわけです。それを実際の行動には移せなかったですけれども。さっき言った世界の終りの「壁」というのも、最初からあったものではなくて、僕の周りの人間を見る限り、自分で作ったものです。僕もやっぱり自分で作ったつもりです。だからちょっと他の二〇代の方とは違うということです。

坪井　僕も「壁」は自分で作ったと思いますよ。ただやっぱり破れなかったと。でもそろそろ破らなあかんのと違うかな、という気が起こってきたということを言いたかったんです。

岩脇　確かに村上春樹の「世界の終り」という世界は、シミュレーションされた彼の内部世界であって、さっき「森」の話で、「森」って何かという話もありましたが、たぶんシミュレートされた自分の観念の牢獄みたいなものだと思うんですけれどもね。これを、観念の牢獄の内部から打ち破るメタファーみたいに僕は読んだんです。

で、同じように、「阿美寮」という『ノルウェイの森』に出てくる、あれもシミュレートされた愛の世界なんですね。たぶんだから村上春樹が自分で作ったものだと思います。そういう意味では、橋爪さんの言っていることと僕は同じテーマです。

●言葉への不信と信頼

坪井　ただ、それともう一つすごく言いたいのは、あんまり言葉というか活字に縛られたらあかんのと違うかなと思うんです。僕はね、正直言って活字に興味がないし、読めません、文章が。それはなぜかというと、もどかしいからです。やっぱり音楽のほうがストレートに入ってきます。それは詩ではなく、楽曲です。そういうことを、たとえば雑誌を作っている人とか、新聞やってる人は全然言ってくれません。

参加者　誰が活字に縛られているんですか。

坪井　僕から見て、他人はみんなそんな感じで。

竹田　活字が好きな人もいるし、音楽が好きな人もいるし、ということではないですか。

坪井　でもそれにしては、活字の力が強いと……。たとえばビートルズの曲ね、僕は楽曲がすごくいいと思うんです。何を言っていようと関係ないと思います。井上陽水にしても。楽曲さえよかったら、何を言っていようと僕にとってはリアルだったと思います。そういうことをなぜみなさんは言ってくれないのかと。

岩脇　要するにね、書き言葉で考えるタイプの人間と、話し言葉で考えるタイプの人間というのがいると思うんです。それはしかたないと思うんです。話し言葉で考えるほうがあなたは得意で、書き言葉で考えるほうが得意な人もいるんです。だからそれは個人のね……。

竹田　今その議論をすると、僕は話をする希望を失う。届くような希望を失うんだけれども、ここで出た言葉で、あなたがこれはおかしいと思ったことを批判してください。そうでないとどうしようもないんです。

道浦　今日は言葉の問題があまり出なかったので、私は言葉の問題をもっと話してほしかったし、それが聞きたくて来たんですけれどもね。活字って彼は言うけれども、言葉っていうものに対する信頼感が違うんです。私たちは何を伝えるにしても言葉を媒介にしてしか、そして言葉というものを信頼してたんです。だけれども、その信頼感は違ってた。私は短歌を作ってまして、短歌の世界のここ十何年間の言葉の希薄化ということ、小説のことは不勉強で村上春樹もきちんと読んでいないんですが、同じようなことが起こっているんですね。言葉っていうのは、時代を先取りしちゃうようなところがあるんです。ジャンルで全然違うかもしれないけれども、似たところもあるんです。『サラダ記念日』（俵万智　一九八七年）の問題と村上春樹さんの問題と、少し重複した問題があると考えていて、それをお聞きしたかったんですね。たくさん読まれたということと、それからたくさん読まれたことによって希薄化した問題、言葉に対する私たちの信頼度というものがまるで違うということ。うまく言えないんですけれども、音楽を聞いているように言葉が読めるという世代と、私たちは違うものを期待して言葉を使っていた。だから彼が「活字」というのは、まさに活字なんです。だけど私たちが「言葉」って言う時には、言葉に対する思い入れがあるんですね。だから「べきである」とか「べしである」ということを言葉に託していく。彼らにとってはそれがないんじゃないかと思います。

坪井　たとえばある小説に、主人公の身なりはどうで、顔の形はどうでこうでという表現があるでしょう。僕はそういうところは絶対読み飛ばすんです。そんなことを聞いたからって全然頭に入らないし、それやったらマンガの一コマで主人公の絵が描いてあったら、これのほうが絶対に相手に対するメッセージは伝わると思います。そこらへんのことをちょっと曖昧にしすぎじゃないですかということです。

森　今の道浦さんの話と二十代の男の方の話を代弁するわけじゃないですが、僕も、僕自身の気持としては、世代の断絶というようなものがあるとは信じたくはないんです。ただしかし、いろいろ自分の周りを見るにつけて、信じたくはないんだけれども、やはりそういうものを措定してみなければ、やっぱり説明のつかないというか、違うんだなあというふうにしか感じ取れないものというのはやはり出て来ていると思うんです。

今活字の問題ということで、僕なりに考えていることを言えば、これは道浦さんの言われたこととも関係するんですけれども、やはり活字の世界、といっていいかどうかわかりませんが、たとえば小説はちょっと別かもしれませんが、竹田さんがお書きになったものとか加藤さんがお書きになったものとか小浜さんがお書きになったものとかは、わりに読むんです。が、ちょっと自分が考えていることと違う問題を投げかけてくるような文章に接する時には、やはりそれはストレートに入ってこないんですよね、誰でもそうだと思うんですが。それを自分の経験とか自分の考えてきた思考の中にいったん取り込んで、自分なりに相手の言っていることを作り直そうとする行為というか作業というものは絶対どうしても必要なわけで、それを通過しないことには議論が成り立っていかないというか、なかなか思想的な交通が成り立たないみたいなことってあると思うんです。

しかし、今、若い人って言っていいかどうかわかりませんが、少なくとも今向かいつつある時代がそういう一つの人間の思考のパターンに対して、それをそのまま継承しているかといえば、決してそうではないと僕は思うわけです。たとえば、たぶん八〇年頃にウォークマンというような商品が出回ってきて、音楽をいろんな社会的な場で皆が共感したりしながら受け取るんじゃなくて、自分の自閉した世界の中で音楽と対話していく。それからビデオというのがすごく普及して、映像の世界に出会うのも、社会に出ていく一つの契機だったような世代にしてみれば、すごく安易にかなり自閉した世界の中で、そういうやり方で受け止めていくということが当り前な社会になっているし、そういう中で、気がついたら自分は生まれていたというのは、今の若い人にあると思うんです。

これはたとえば、磯田光一さんの、漢字のストイシズムとそうでない若い世代の問題だとか、吉本さんの『マス・イメージ論』（一九八四年、福武書店）なんかもそういう問題を孕んでいると思うんです。いいとか悪いとかの問題ではなくて、変わってきているという、そういうとこの受け取り方とか、そこから発する感受性というものは、やはり違ってきているということを押さえなければ、さっき彼が言ったような音楽のことにしても、僕らの世代だとビートルズを聞いてビートルズがどういうふうにいいのかということを、自分の言葉で他人に伝えたいとか思って、だから自分の中で言葉というものを必然的に求めていくと思うんです。しかしそうじゃなくて、うまく言えませんが、彼がさっきそういうことを言っているんじゃないかと思うわけで、そういう問題というのは僕は個人としては世代の断絶ということを安易に前提化したくはないんだけれども、しかしやはり考えなきゃいけない問題というのがあって、たぶんそういうことから彼が今言っていることも、僕は言われているんじゃないかと思うんです。僕はさっき、気がついたら自閉したシステムの中に、自分が否応なく置かれていることを感じているんではないかということを、代弁ではないんですけれども、でもそれじみたことを言ったのは、そういうことも含めて言われているんじゃないかと思うんで、そこは僕は簡単には通れないなあと感じているんです。

参加者　提案があるんですが……。

杉前　ちょっとその前に、僕は三〇代後半です。こういう言葉が届くかどうかよくわからないんですけれどもね、「自分は何年生まれです」ということで続けていくと、なぜか同じテーブルについている印象を受けるんです。それはなぜかなと思ったら、先ほどたとえば世代論を言いたくないとか、それを同意しましたけれど、初めて同じ現実というのにぶつかっていると思うんです。つまり、今まで自分はこういう現実に生きてきたうんぬんと思っていて、それがそれぞれ違っているんですけれども、初めて同じテーブルにつけているというか……。言葉として届くかどうかわからないところで言っていますので、無視してもらって結構ですが。

小浜 今さっきの方のご意見を、僕らの世代の言葉による表現者に対する批判として、僕は真摯に受け止めたいと思います。そのうえで、それが言葉そのものに対する不信感ということとは同列には扱えない、つまり、そういう今の世代が、僕らの世代にはわからないようなものというのを抱え込んできているのであれば、それがまた何であるかということを捉えるものも、やはり言葉であるしかないわけですよ。少なくとも僕らは、そういうふうにやってきたと思います。そして言葉というものは、単に僕らがやってきたからということじゃなくて、当り前の話ですけれども、数千年の昔から人類の文化の根幹であるということは、これはもうこれから先、何百年か何千年かわからないけれども、やはり動かないものとしてどうしてもある。つまり、そこからどういう命題が出てくるかといえば、やっぱり、不断に新しい言葉を発見するということ以外の何ものでもないと思いますよ。そういう言い方で解決がついてしまうのではないか、だから僕たちの発している言葉というものが、そんなの時代遅れでだめだよということであれば、どんどん指弾していただければいいし、それしか言うことがないんですよね、努力を重ねていくしかないと。そういう決意表明を出すしかないんです。

参加者 賛成なんですけれども、彼がね、「活字に頼りすぎてるんではないか」ということで言おうとしていることは何なのかということを、僕は年令はともかくとして、世代的な感受性としては小浜さんとたぶん共有する世代だと思うので、だから彼が「活字にあなた方は頼りすぎている」ということで言わんとしている問題というのは何なのかということを考えたいし、また彼が言っていることの中にも、それを安易に受け止めるということじゃなくて、いみじくも言われたように、新しい言葉を発見するということが継承なんだよということをも、彼らに返していかなければいけないと僕も思うんです。

小浜　だけど、感想として言わせていただくと、音楽が人間の自我とか意識とか、人間の主要部分になっているみたいなことを、僕も音楽は好きですけれども、それは非常に個人的な趣味の、言ってみれば恥かしいものであって、言葉っていうある公式的な厳正な場に持ち来たらすというのは、ものすごく難しいんですよね、おそらく。その難しさというのは想像を絶するだろうと。僕も本来は究極的には、音楽論というのができたら最高だなんて思っているところが個人的にはあるんですけれどもね、だけど生きてる間にはできないだろうと。

参加者　僕が言いたいのは、音楽が好きか、文学が好きかという個人の趣味の問題ではないということなんですよ。

竹田　ちょっと提案したいんですが。ここで誰に向かって何のことについて話しているのかというのが、僕には全然わからなくなってきてるんです。これだけたくさんの人がいて、こんないろいろ自分の考えを持っていて、それをもちろん聞きたいということはあるんですが、この状況は、僕はちっともよくない状況ではないかと思うんです。それでもうちょっとテーマを設定するなり、そういう形をとったほうがいいんではないかと。

参加者B 私は、質問はありません。しかし提案があります。それは、質問者も回答者も、パネラーもですけれども、もっとわかりやすい言い方をしてほしい。僕はあほですからわかりにくい。ルサンチマンとか横文字が多いのは、特に小浜さんですけれど、もっとわかりやすく言えるでしょう。その努力を、まあパネラーの方は相当やってはると思うけれども、質問者はもうちょっと、質問する時に自分はこれを聞きたいということをもっと練って言わなければだめですよ。眠たくなるもの、こんな話だと。

参加者A さっきからずっと聞いていると、言葉とか音楽の話とかになっていると思うんですけれども、個人的な感覚から言わせてもらうと、村上春樹の『世界の終りとハードボイルド・ワンダーランド』、あそこまでの小説というのは、非常に芸術っぽいと思うんですよ。芸術っぽいということは、おそらくほとんど音楽と同じ感覚のものであって、感覚的に書いてきたものだと思うんです。それ以後の小説というのは頭で書いている小説で、「切実さ」であるとか、そういう主題を書かなくちゃいけないなというものだと思うんです。初めて村上春樹を読んだのが一九の時で、今から十一年前なんですけれど、その時ものすごく衝撃を受けたのは、感覚的にすごい人がいてるなという感覚だったんですよ。それに対して、ここにおられる批評家の方たちは、特に初期の作品というものと社会、八〇年代前半とさらに今、どういうふうに加藤さんなんかは捉えているのかということを聞きたいと思うんです。

参加者　テーマを設定しましょうよ。そうでないと散漫になりますよ。

竹田　僕は村上春樹の問題をちょっと置いてね、たとえば言葉の問題をやるとか、僕がさっきまでだいぶ言ったなと思ったのは、モラルとルールということの話をもうちょっとしてみるとか、それで質問者に質問を出してもらって、どの人に答えてもらいたいというのを指名してもらって、その人がちゃんと答えるというふうに。

岩脇　自分の印象を語ってもらうのはいいんですけれども、今までの話の問題意識とクロス化する形で話してもらわないとどうしようもないですね。それじゃ五分休憩。

夜明けまで

岩脇 今の間にちょっと考えていたんですけれども、竹田さんの指摘は実にごもっともで、あまり散漫な議論にしたくないということがあります。時間もかなり限られてきましたので、あまり体力的にもみんなが続かないと思いますので、絞りたいと思います。司会者として独裁します（笑）。これに絞りましょう。

個人が、個人的なところで、さきほど小浜さんはエロス的なところからずっと前に向かって進んでいくんだと、特に国家とか社会とかそういうところへ進んでいくんだと、ちょっと違うけれども欲望から進んでいくんだと竹田さんは言われた。僕らが今突き当たっている問題で、国家とか社会とか民族とかを口にしようとする時に、何かの媒介がなかったらできないんです。世代論的にあえて言いますと、内心のマクシムということが壊滅して、要するにどうしようもなくなって、そこでいっぺんスカスカになっている。最初のところに置かれて、そこから外がやってくる。ないしは、そういうものがないと、社会との葛藤がないと、自分の内心のマクシムそのものもスカスカになっちゃうよという竹田さんの発言がありましたが、僕はそれ、賛成なんです。もう一度そこから、社会とか国家とかいうことを僕らが口にすることのできる原理とは何なのか、どういう道筋からいくとストレートに繫るのか、それは加藤さんが、国家ということを僕はもうこれから悪として思わないようにしようと、ただそれは、「僕の最後のルサンチマン」ということと繋ると思うんです。で、橋爪さんがやっておられる社会学の問題も、国家とは何か、民族とは何かを厳密に考えようとされていると。ただそこへ話を絞って、しばらくやりましょう。それは、そういう具体的な僕らの問題を語ることが、世代論とかそういうことを突破していく唯一の道であると。具体性、人間の生活ということが一番大事なわけで、これから僕らがどうやっていけばいいのかということが一番大事なわけで、そこでしか世代論というのは突破できないと、僕は個人的にはそう思っています。そこへ話を絞ってください。いいですか。

●自由に欲望を追求する（竹田）

加納　加納と申します。「欲望」ということからなんですが、みんなばらばらの欲望というんではなくて、欲望という中にも何か非常に共通感覚的なものがあるような気がしますので、そこから当然加藤さんが言ったような「モラルB」とか、竹田さんがどのように考えられているかちょっとわからないんですけれども、いわゆる国家とかそちらのほうへ繋るような考え方を、ちょっと今持っておられることがあれば、お話を聞きたいなと思います。

竹田　一言でいうのは難しいんですが、誤解を生むと思いますけれども、簡単に言いますね。僕は人間の欲望というのは、動物と違って幻想的なものであるから、単なる快楽というのは、人間が長い時間を生きていく時に、人間の生きる意味の支えにならないと考えます。意味を支えるような、そういう欲望の形というのが何であるかというのは、善いとか美しいとか、もっと言えばロマンチシズムとかエロチシズムとか、なんかそういうものなんですね。単なる快楽というのは、動物だったらそれでもう全部充足されるんですけれども、人間にはそれだけでは必ず欠けるものがあるわけですよ。

で、善いとか美しいとかいうふうなものを追求するためには、条件がいるんですよね、人間には。その条件を欠けば、人間は善いとか美しいものをなかなか追求できないんです。どういう場合にそういう条件を欠くかというと、めちゃめちゃ仕事が忙しい時ですね。それからその社会が権力型社会、権力ゲームの社会である時です。それで資本制というのは、エロスゲームの社会ですが、エロスゲームの社会は快楽の追求も許しますし、美や善いもの、本当の追求も許すような社会なんです。で、僕はそういう意味で、資本主義あるいは国家イデオロギーに結び付くような資本主義は、これは必ず相対化して無化しなければいけないと思いますが、今のところ資本制というのは、そういう意味で、僕らが知っている限りでは認めなくてはいけない原理だというふうに僕は考えます。

それで、その中で資本制を認めるならば、僕は唯一の格率は、個々人が他人に迷惑をかけなければ、つまり資本制が基本的に認めているルールを守れば、自由に自分の好きな欲望を追求してよいというところから始めなければいけない。で、その欲望の中には、快楽を追求する欲望も、善いや美しいを追求する欲望もあると思います。それがもし善いや美しいを追求する欲望を人間が圧迫されたら、人間の生活というのは非常に惨めなひどいものになるんですね。

たとえば独裁国家を見るとわかりますけれども、全部、たとえば北朝鮮とか、ひどい時期のソ連とかを思い浮かべてもらえばいいんですけれども、全てが上からの縦型の権力の系列の社会であれば、全てが、権力の近くに近づくということが、自分のエロスを受け取るための唯一の手段になりますね。そうすると生活の中で、具体的な関係の中で、このことのほうがいいじゃないかとか、これのほうがさわやかだとか、これは美しいというふうなことを判断して生きるということは、すごく難しくなるわけです。したがって、人間が生活の中で、これはいいんだ、これは本当なんだ、これは善いことなんだというふうなことを自由に、快楽と同じく、自由にそういうことを追求することができるためには、社会という条件がいると思いますよ。

で、その社会というものが存在しているためには、最小必要限ルールというものが、もし存在していなければ、社会というものは存在しないわけです。そういう通路で初めて、僕は社会というものを、社会のルールということを、人間が守るべき理由というものが出てくるんではないかと。国家というものは、僕はさっき言いましたように、近代までずっと続いてきた国家という原理というのは、相対化されていって無化されてしまうような、そういう条件を持っているんじゃないだろうかと。条件がある限りは、そのこと、こういうふうな道筋で人間がたどっていけば、それは相対化されるんだという道筋がはっきりされた途端、人間はやってみようという欲望が出てくると思います。ですから僕はその可能性は、あるんではないかと思います。いろいろ難しい問題がありますけれども。

つまり、今言ったのが、僕は外からね、超越的な批判をいっさい付け加えないで、人間が自分の、簡単に言えば自己中心的な欲望、自分がなるべくよく生きたい、なるべく楽しく生きたいという欲望の中から、社会とか関係をよくしていくというふうな原理を引き出す、そういうふうに向かい得るというものを引き出せる原理ではないかと。

だけど多くの人間がそういう形で自分の生というものを追求していけるためには、いろんな条件があって、その条件を欠くならば、人間というのは、快楽というふうなものにしか頼るものがなくなる。これは人間の自然だと思うんですよ。だからそれも、そういうことができるかどうかわかりませんが、そういう条件をはっきりさせるということは非常に重要なことではないかというふうに僕は考えます。いろいろ誤解が出てくると思いますが、そういうことです。

岩脇　個人と社会というのは、いつも対立するんだと。たとえば今竹田さんがおっしゃった「他人に迷惑をかけなければ自分の欲望を自由に追求していっていい」というのと、じゃあ社会というのが対立関係にならないのか、なるのか、そのへんをちょっと。

竹田　なりません。人間の欲望というのは、僕の考えでは、ゲームのおもしろさになぞらえることができるんですね。つまり、幻想的なものであって、これは乱暴に言うと動物的な、つまりスイッチを押せば気持がよいという、そういう欲望ではない。たとえば将棋だったら、ルールがあって、こうなれば相手の駒が取れるというアイテムがあって、そういうルールとアイテムが設定されているからそのゲームはおもしろいんですね。そうじゃなければ、何もおもしろくないんです。で、人間の社会も基本的にはそういうルールの体系であって、そういう人間がこういうふうに生きていけば、こういうふうになる可能性があると。ええっと、練習すれば野球選手になる可能性があるというふうなルールが設定されているから、人間の欲望というのはわき起こるわけです。

そうするとルールといえば、大きく言えば社会制度ということに、ルールというのはいろんなレベルがありますけれども、大きく言えば社会制度ということになりますが、そのルールを変える動機と条件というのは、ゲームに参加している人間の全員がルールをこういうふうに変えたほうが今までの不都合はなくなるとか、こういうふうに変えたほうがもうちょっとよくなるんじゃないかという、合意を引き出した時だけルールが変わるんです。で、実際にどんなゲームでも、誰か一人の気持によってルールは変わらないですよね。ある大きな合意が見出せた時だけルールが変わるわけです。で、それが僕の言う個人の欲望とルールというものは不可分なものだという、そういう考えなんです。

それで、人間がこうしなければいけないというふうな、今まで外から、たとえばキリスト教だったら、神がいるからという形で持ってきた超越的なある規範、あるルール、そういうものは今までは共同体関係の事情によってどうしても必要だったっていうんです。だけど、資本制というのは、そういうものをどんどん乗り越えていくような原則を持っていて、今はもはやそういうものではなくて、個々の人間の欲望と、つまり自分が生きているという時に、そのゲームから欲望を引き出そうとするならば、ルールというものを守らなくてはいけないんですね。それが一番底の関係になっているんではないだろうかと、そんなところです。

岩脇　僕の疑問としたいのは、ルールをたとえば変更すると、それはみんなの合意によって行なわれるというのはいいんですけれども、その時に権力という問題が必ず媒介されるんですよね。そのへんの問題はどうでしょうか。

竹田　ええっと、権力の問題は一番大きな単位でいえば、今までで一番大きな権力というのは国家権力。国家権力というのは、僕がさっき言ったような見通しで無化する条件は見出せる。で、あとは他の、国権者ですね、あるいは階層の権力みたいなもの。これもそのゲームをしている成員が、これは社会というゲームなんだから、ルールというのはもともと全ての人がルールの前で対等であるはずだというふうなことを意識すれば、もし外側からある権力というものを正当化するような契機がなくなれば、それはだんだんなくしていく可能性はあると思う。僕は、一番最後に残るのは、差別の問題だと思いますね。だからルールをいくら整備しても、ルールというのは心、心意を規制することは決してできないんです。そこで差別という問題が残って、ルールとしては同じなのに、俺はあいつらが気に食わないから大根を売ってやらない、ということは可能なわけですね。それを法律で規制することはできないんです。

岩脇　橋爪さん。今のことについて……。

●欲望とルールの関係（橋爪／竹田）

橋爪　あのう、何回もいつも議論しているような感じがしているので、納得する点はもちろん当然多いんですが、僕は「欲望」という言葉は使っていないんですけれど、少しそのへんを整理すると、僕の理解によれば、欲望というのは身体に相関的な概念だと。ある身体があるから、欲望というのが発動するのだと。だから必ずその身体の内側と外側の力学として、欲望というのがあるわけです。次に内側の身体にとって非常に必須な条件みたいな、存立条件みたいなものが身体の外側にあるので、欲望はなんか関係をつけなきゃいけないんです。たとえば外側にあるものを食べて摂取しなきゃいけないとかね。外側にいる異性となんとか関係をつけなきゃいけないとか、そういう形態をとる。こういうものだと思います。そうするとですね、ある身体が持っている欲望の力学と、別の身体が持っている欲望の力学というのがちゃんと調和するかどうかという問題があって、これは調和しなければ、いわゆる弱肉強食ということになって、ホッブスの昔からさんざん議論されている議論ですね。で、調和しないかもしれないということになれば、それを他律的に律する何か権力みたいなものが外側にないとだめで、という論理構成になっちゃって、それでふつうのヨーロッパ的な物語だと、そういう説明でもって国家とか市民社会とかを全部説明していくわけなんですね。これはキリスト教の伝統だと僕は思うんです。

で、僕はそれに対する疑いを持って、なんていうか欲望というのはそんなに暴発的なもので、ルールとか規制とか権力とかいうものは、全部他律的に人間の外側からやってくるんだろうかという、その前提について考えたんです。本当はソシュールとか構造主義者が気がついたことですが、ルールとかそういうものは他律的なものではなくて、他律的な規則ももちろんありますが、一番根本的なものは何かということから考えてみると、なんというかルールということを根本に置くことができるんじゃないかと。

僕、欲望とルールの関係については、そんなにちょっと楽観していないので、欲望というふうには言わないで、ルールから始めているんですが、ルールと身体の関係を言いますと、ルールというのは特定の身体の内側にある原理ではなくて、身体と身体の間にあるんです。ルールというのは二人以上の人間が一緒に従わなければ意味がない概念ですから、これはフェアなんです。だから取り替え可能なんですね、人間というのは。ルールというのはそこにあると、そういう了解で二人の身体が調和していた時にそこにルールがあるわけだから、これは欲望と欲望が調和するかどうかという問題を考えなくても、ルールという概念の中にすでに調和があるんです。

竹田　それね、僕、全然違わないと思うんですよ。つまり僕は、初めにこういう欲望があって、もう一つ別にこういう欲望があって、というのではなくて……。

橋爪　だから、ルール自身を欲望と呼ぼうとおっしゃっているのだとしたら……。

竹田　ええっと、もうちょっと言えば、僕の言い方だと、溝がなければ水は流れないというやつで、ルールがなければ欲望というものはないんです。ただね、よく関係やルールが欲望を作るというふうな言い方をしますけれども、僕に言わせれば、それは欲望の形を作るんです。ただ欲望それ自身は、別に関係やルールが作るんではないんです。だから、あんまり違っていない気がします。

橋爪 もしそういうことであれば、非常に近いということに……。じゃあ、そこをちょっとスキップしてあとでゆっくり展開するとして、その先を言うと、国家に対して考える場合には、僕はルールという概念で考えていくんですが、権力とルールということで考えるならば、権力が先で、権力が全てのルールや規範を生み出すのか、それともルールや何かが先で、ルールが権力を生み出すのかということがあるんですね。

どっちが根本的か僕はずっと考えた結果、結局ルールが根本的だという結論に達したんです。だからルールに依拠すれば権力を生み出すこともできるし、生み出さないこともできるんです。どういう権力を生み出すかということを、ルールの内部で決定できるという論理がある。どんな高度な権力や抑圧的な権力も必ずかみ砕いていくと、権力を生み出してしまったルールの力学というものに還元できるだろうという見通しをつけているんです。これはまた最後までやっていないけれども、一応そういう前提で進んでいるわけです。

竹田 僕もそのことをすごく考えるんですが、一つだけ聞かせてください。三人いて、一人だけものすごく強いやつがいるとするでしょう。そいつが、他の二人に言うことを聞かせて自分に奉仕させようと。で、時々その二人がひょっとしてルサンチマンを起こして一緒になって打ち倒すかもわからないから、そこでルールを決めておこうと。そういう想定はどうなりますか。

橋爪　必ず考えなければいけない問題なんですけれども、法哲学者なんかがいろいろ考えていて、僕の見た説明の中で納得的というか、まあ一番うまく説明しているな、あるいはせいぜいその程度かなと言ってもいいんだけれども、それはですね、どんな人間もそれほど充分に強くないという（笑）……。

竹田　なるほど。実は僕はね、その起源論を考える必要があまりないんではないかと思っているんです。なぜかというと、人間というのは、今僕らは必ずあるルールの中に生み出されてしまうんですね、すでに。だから今この僕らがある状態から、ルールや権力というものをどういうふうに考えていける条件があるかというふうなことを考えれば、もう充分ではないだろうかと。

橋爪　実は、僕もそういうふうに考えているはずでね、つまりルールが設定されていない条件で強い人間と弱い人間がいて、その関係っていう、そういう設定がそもそもおかしいということです。だから僕は空間というか、社会状態から出発してきたという設定でやっているんです。

岩脇　今のルール上にのっとって、今のルールだと強いやつがいるということもありますね。

橋爪　それはもちろんそうです。今こういうルールが通用しているというのは現実です。それは認めなければいけない。その中にどんな理不尽があるかということは、きちんと記述しなければいけないけれども、見て見ぬふりをしてはだめで、それはきちんと記述しなければいけない。

次に問題は、それが他にもっといい状態があるとするならば、想像力を発揮して、ちゃんと設計しないとだめです、細かい部分まで。連続的に動いていく通路があるかどうかということを考える。いくらいい理想状態を実現するとしても、現在いる権力者を軒並み射殺して、というのはあまり穏やかでない、避けたほうがいい。避けられないんだったら、その選択しかなくなっちゃうんだけれども、そういう問題だと思います。現実と対処するというのは。

竹田　そこらへんではね、僕は、橋爪さんのを読んでいると、ちっとも違和感がないというか、なんでこう同じことばかり考えるのかと。ただね、ちょっと聞いてみなければわかりませんが、僕が思うのは、いつも普通に暮らしている人間として社会とかルールとかいうものを、つまり学者のように原理は何だろうかではなくて、ここからどういうふうに考えていこうかといった時に、考えていけて、こういうふうに考えていったらよくなる可能性があるぞ、というふうに見えてきた時に、変えようという欲望が起こるわけですよね。これは欲望的な原理なんです。可能性が見えなければ、そこに欲望は起こらないわけですよ。だから条件を示すというのは非常に大事なことなんですよね。で、そういう形でだけ考えるようにしようというのが僕の発想なんです。だから必ず欲望というのを一番初めに置いておくというか、そこがちょっとどうなのかなという感じですね。

岩脇　それだとルサンチマンなしに、国家にアプローチできそうですね。加藤さんはどうですか。

加藤　今、欲望とかそういうふうなことで言うと、僕、そういうことについて考えるとするとですね、やはり僕にとっては、僕はおもしろく聞いているんですよ、お話を(笑)。聞いているだけではないんですが、それは竹田さんのお考えだし、橋爪さんのお考えで。僕自身がお話を聞いてわかる程度には理解能力があるつもりだけれども、僕にとっては、知的好奇心とむしろ言うべきだろうな、ということになるんですね。つまりね、ここに来られている方は僕なんかよりずっとそういうことに関心がある方が来ているんだろうと。だからここで「ああ、ふうん、なるほどなあ」という人がいるとしたら、僕に近いです。

一つ言えるのは、さっきの社会と個人が対立するか、とかいうことで言うと、社会と個人なんて二項対立にすぎないんじゃないかとか、国家と個人というのは対立的に捉えているなら完全に図式として古いというふうな言い方は、十年ぐらい前からあるわけですよ。だからそんなふうな言い方でいえば、国家というのは悪だというふうに見なされないなんていうのは、そういうことに驚かれる方がむしろ驚くべきことで、そういうふうなことは十年ぐらい前に言われてきた。ただ僕は自分の中の道筋で、それでやっぱり自分にとってもルサンチマンであって、不必要なものは取り除いていこうというふうなことで、そういうことを言っていて、それはちょうどこの間の『村上春樹をめぐる冒険』の対話篇の一番最後のところで、全部水没しちゃった、つまり九九対一というのがなくなっちゃった、というところで当然僕が言うはずの言葉だったんですよね。つまりそういう、僕は「君と世界の闘いだ」とかなんか言ったけれども、その図式がそこで、その根拠がなくなった、僕の中でですね。その時に、もうそういうようなことだったわけで、そういうことで言える社会と個人については、だから僕も竹田さんと同意見だったわけです。

あと、さっきおそらくこの話は、僕がしていた話だとモラルBとかなんかという話に繋がるわけですけれども、僕はそのことをこのあいだ、食事していたところで言ったわけですが、僕がそういうふうなことを語るとしたら、どういうふうな言葉で語れるんだろうかというふうなことを今思っています。やっぱり僕にとってそこが今問題です。だから僕は竹田さんと橋爪さんのルールとね、非常に不正確な言葉ですけれども、今お話になっているようなところには非常に関心があるんです。それは、知的好奇心じゃないんです。ただそれについてお話することはないんです、ここで(笑)。

●吉本幻想論の組み替え（小浜／橋爪）

岩脇　小浜さんはまた別の考えがあると思うんです。小浜さんの問題意識というのは、僕は、吉本さんの言葉でいうと「対幻想」なんですね、そこから始めようと。というのが小浜さんの発想だと思うんです。吉本さんの、要するに三つのフェーズ、位相があって、それが全部違うんだと。個人幻想と共同幻想は必ず逆立するんだと。それとまた全然違う位相として対幻想があるんだよという吉本さんの思想があるんですが、小浜さんの組み替え方ですね、竹田さんのも竹田さんなりの組み替え方だと思うんですよ。橋爪さんもそうだと思うんです。それに対して小浜さんのご意見を。

小浜　僕はさっき大きいモラルと小さいモラルという言い方をしたんですけれども、その小さいモラルという言い方でイメージしているのは、やっぱり吉本さんの言葉で言えば、対幻想領域の中でのモラルの必要性なんですよね。

つまり自分が直接的に関わるエロスの対象との間でできるだけ楽しくやっていく、楽しく幸福に暮らすということのために、当然竹田さんの言い方とも重なるんだけれども、楽しくやっていくためにルールなりモラルなりというものが、どうしても避けられず必要となるということであって、そこのところで人間の性みたいなものが最初から最後まで秩序づけられるんであれば、それが一番正解なことなんであるというふうな、頑固なまでにそう思っているということがあります。

それと現在の、日本という、日本社会の枠の中というふうに限らせてもらいますけれども、その中での権力の現われ方ということと結びつけて考えると、国家権力という強面の一枚岩の、個人に影響を及ぼしてくる来方というものと、そうではなくて僕たちが生活していく中で、私権といったらいいのかな、たとえば隣人とのいさかいだとか民事訴訟になるいろんな争いだとか、ピアノの音がうるさいといって殺したりとか、チカチカ後ろでライトをやっていたからいちゃもんをつけに行ったら逆に殺されたりとか、そういう形での私生活の中に入り込んでくる一種の個人の侵害の時代というふうな、そういう相互のおよぼし方というものを比べてみた場合に、今やっぱり圧倒的にそういう後者のほうが僕らの生活の中では現実性を持っている。つまり、そういうこともいわば権力概念の中に包摂して権力概念を考えていくのでなければ、僕らの時代以降の権力論というのは成り立たないと。これはたぶん、フーコーなんかの問題意識と重なるんではないかなと思います。

つまり国家、国家って、国家というものがなくなったわけではないし、現実的に機能するし、その機能の中には悪い機能の仕方ももちろんあるし、それはなくしていかなければいけないんだけれども、そういうものとほとんど同格か、あるいはもっと大きな重みを持って我々の現実生活の中で自分たちのエロス生活、あり得べき円満なエロス生活というものを侵害する権力の現われ方ですよね。さまざまに拡散した小さな権力の現われ方というものをどういうふうに捉えて、それをどうチェックして乗り越えていったらいいのかというところに、僕は割合これからの大きな課題があるんじゃないかなと思うんです。

岩脇　たとえば具体的に、僕ら税金を払っていますよね。僕は税金を払う以外に、国家と関わりたくないと思っている人間なんですけれども……。

小浜　まだそういう関わりたくないという気持が、ある程度満たされる部分というのが、今あるんじゃないかというふうに……。

岩脇　日本というのは、わりに国家ということを全然意識せずに生きてこれる、世界的にいえばまあ稀な社会だと思うんですけれども、要するに、具体的に国家とどう関わるべきなのかな、ということを聞いてみたいなと。

小浜　それは、できるだけいやな顔をして付き合っていくしか。面倒くせえなあという感覚で。

橋爪　僕から見ると、小浜さんは、吉本の対幻想・共同幻想逆立テーゼの中で考えていると思うんです。で、ルールという概念を考えていって、結論は、そのテーゼはいらないということなんです。一五年ぐらい前に『共同幻想論』（一九六八年）をずっと読んで、対幻想と共同幻想が逆立するというロジックについて随分追いかけたんですが、証明はできないというか、間違っているという結論に達しました。

その詳細は省きますが、逆立テーゼのほうから考えるとどうなるかというと、何かのはずみで、本来対幻想的なものだけでうまくやっていた社会へ国家というものがやってきて、おせっかいにも法律というものを生み出した。ゆえに、それがいろいろな圧迫の原因になっているみたいな感じ方になるんですけれども、法律を権力から派生させて考えるという前提に立っていると思うんです。

僕は、ルールというものが実効力を持とうとした場合に、それは法律になるんだと思うんです。ルールというのは、ルール違反ということを当然含みます。ルール違反があった場合にどういうふうになるかということなんですけれども、それは放置するということもあるしね、それも一案ですが、すべてのルール違反をすべて放置したら社会は成り立たないわけだから、何らかの意味で復元力をかけなければいけない。たとえば、奥さんが殺されないに越したことはないけれども、誰かが来て殺しちゃった場合に、そのままでいいのかということがあるわけです。そういう非常に単純なところから、法律というのは起こってきていると思うんです。それでルールの中で、制裁というか、復元力を持ったものが法律だろうと。法律というものができた時に、やっぱり社会というものは一応社会という形になるんだと僕は思うんです。それは権力を作ったもの、いわゆる国家権力が作ったものだとは思わないんです。契約的な、民法的な「おれとおまえ」の関係だと、僕は思うんです。

岩脇　疎外関係じゃないということですね。

橋爪　そうです。つまり、共同体の中に法律という概念があると。それでね、法律のない共同体というのを考えて発想していくと、たぶん間違うと思うんです。

さっきイスラム教の話を言いました。イスラム教というのは、イスラム法というのがあるんです。これはみんなが信じている法律で、イスラム共同体というのがあるんです。世界中がイスラム共同体になるんです。そしたら国家はいらないんです。イスラムの概念の中では、国民国家とか、近代国家とかいうのはないんです。国境とかもない。キリスト教徒が作ったんですよね。

マルクス主義というのは、キリスト教徒が作った国民国家に反対したんです。で、あれはコミュニズムですから、コミューンを作ろうというんです。労働者のコミューンというのがあれば、国家はいらないと。そうやって国家を批判していくわけです。だけど、労働者のコミューンの中に、どういう法律があればいいのかということについて何も述べていない。だから、その問題を解決するのに、やっぱり権力を作って、法律を作らざるを得なかったんです。だから、国家はなくならなかったというふうになっていると思います。が、それは間違っているんですね。コミュニズムの中に法律に関する転倒がある。

岩脇　「コミューン国家の四原則」とレーニンが言っていますが、あれはだめですか。

橋爪　ちょっとそのレーニンのことは、詳しく私は知らないのですが、だめに決まってます。

小浜　僕は橋爪さんが言われたことと、僕が考えていることが違っているとは思えないんです。つまり、僕はルールはいらないとは全然言ってないんであって、ルールにはやはり、自ら人間が価値を付与すべき審級があってしかるべきだということが言いたいのかなあ。

◉逆立テーゼを近代国家に限定する（竹田）

竹田　僕ね、逆立というのはやっぱりそれなりの意味があって、僕は国家というのをこういうふうに考えるんですよ。

何かある強力な権力がなければ、必ず私闘するんですよね。戦国時代です。それで私闘していると、生産力もなくなるし、なんとか私闘をなくそうと。それで強力な権力ができることによって、必ず私闘がなくなるわけです。それを専制国家だとすると、もう一つの契機は、やっぱり共同体間の圧力関係ですね。そうするとお互いに侵略されて負けちゃったら奴隷になるから、必ず自分の共同体を強くしなければいけない。で、権力を置いて強化する。これが「できあい」であって、ちょっと橋爪さんが言ったようなある理想的、というかなんか純化された形ででき上がった、ルールというのはある権力がなければ、法律というのは権力がなければ守られないというのは、全くそのとおりですが、なんとなくルールができたんで、権力を委譲して国家を作ったというのは、実際にはないんではないかと思うんです。

僕が言いたいのは、国家というものがそういう形で権力集中というものが行なわれる限り、国家は必ず全体の利益というものを仮構して主張しなければいけない。この全体の利益と、個々人が、いわゆる社会というのはルールによってできたゲームなんだからルールをみんなで変えてもいいじゃないかというふうな、その発想とは必ず逆立すると思うんです。特に、近代国家というのは、その逆立というものが大きかったわけで、そういう意味で吉本さんが、対幻想と共同幻想とは逆立するというのはね、近代的な国家論としては、僕はやっぱり意味があったと思うんです。だけれども、しかしながら国家というものを、そういう形で権力を、つまりよけいな権力を取り払って国家、つまり社会というものが実質になっているような国家というものを、必ず構想していくことができるから、だからそういう形でこれからは考えなければいけないじゃないかと。だから、僕は吉本さんの逆立関係というのは、まあ今はちょっと違う考え方をしたいと思っているけれども、それが間違っていた、あるいは間違っていたことが証明されたという話かな、という気はしますね。

岩脇　世界の国家が、今全部ネーションステイトになっていますよね。

竹田　ほとんどね。

岩脇　だからアラブとかアフリカとか、部族国家とかイスラム原理主義というのがあって、本来はそれと違う世界までネーションステイトになっていますよね。

竹田　ならざるを得ない。

岩脇　で、ネーションステイトの一番何が極北かというと、アメリカだと思うんですよ。あれは民族によって成立していない国家ですから。民族によって成立している国家と、民族に全然よらなくて成立している国家との違いはあると思うんですよね。だからアメリカに収斂されるようなネーションステイトというのが、なぜオール・オーバー・ザ・ワールドになったのか、それがさっき竹田さんが、国家というのを無化していくという、そういう方向に……。

竹田　アメリカの場合は、植民者が国家を作って、自分たちの利益を主張して、早く強くしなければまたイギリスに併合されるので、それでどんどんいろんな人間を入れなくてはいけなかった。だからあれは、一つちょっと変わった例であって、今まではだいたい国家というのは民族単位でできていたわけですね。でもそれは、もうそういうことを言えないような事情があって、そうなったんです。だけれども僕は、結局みんな民族国家とか言ってもね、近代的な国家の原理はネーションステイトになってしまったんで、もう民族が国家の原理だという言い方というのは通用していないと思うんです。

岩脇　今そしたら、イデオロギーとして民族主義というのが起こっていますよね。マルクス主義が崩壊した後、イデオロギーとしては、民族主義というのは最高概念になってしまったという、そういう感じを僕は受けているんですけれども。それを抑えつけるイデオロギーというのは、もう上位概念としてない世界になったと思うんですよ。だけど、それは反動ですか、そしたら。

竹田　僕はこう思います。いろんな、たとえば、ばらばらになった民族が必ず国家を主張すると思うんですよ。だけれどもそれは、全世界単位で資本主義が大きな枠組になり、それからさまざまな国がもう公益、お互いがお互いに頼るというような状態なしには成立できないというものがある限り、国家間戦争によって紛争を解決していくというふうな道筋というのは、だんだん少なくなるだろうと思います。そうなると民族単位でできた国家であれ、そうでない国家であれ、国家というものがナショナリズムをどんどんどんどん強くしていく可能性というのは、ますます原理的には弱くなるわけです。だから、ここ何十年かぐらいは、民族問題が出てきて、国家というものが確かに分立して、そういうまあなかなか予測できないような事態が出てくると思いますけれども、一番根っことして言えば、国家間で戦争によってそれを処理してというルールがなかなか成り立たない限り、もはや近代のように国家がナショナリズムを強化していくようなモチーフというのは、近代のような形では持ちにくい。方向としてはそういうふうに進んでいくというふうに僕は思います。

● 湾岸戦争について（橋爪）

橋爪　ほとんど僕も賛成ですが、少し僕のほうから整理して、湾岸戦争と関係づけると……。

まずアメリカというのはそんなに特異な国家ではなくて、むしろ一番進んだ形の国家だろうと思います。国民国家になる過程で絶対王政というのをとった。だから権力を一身に体現するような絶対者というキングというものが出てきて、キングダムという体裁で国民国家を作ろうとした。それに対して、はじき出された人たちが国家を作る可能性というのを追求したわけで、キングダムに対してフリーダムという原理を掲げて、自由を価値とする純粋国家を作った。そこでは、人間が人間を支配するという論理をなしにするんですね。純粋に市民の法律的関係だけで、国家を構成できないかというアイデアだと思います。これは資本主義と非常に適合的なんです。だから国民国家は成功し、特にアメリカは成功したんです。そういうふうになっていると思います。だけど、その国民国家があること自体が、資本主義といつまでも調和的であるということはないわけで、そのことによるいろんな組み替えというのが起こっているのが今の現状だろうと思います。

ちょっと湾岸戦争のほうにいくと、僕はルールという考え方だけで一応説明できるんだと思うんです。ベトナム戦争なんかと全然違うと思います。まず国際法に立っている。次に国連という、国際法を体現するほとんど現在唯一の国際機関の同意というものがある。つまり国際法を維持しようとするかしないか、ルール違反があった場合にそれを復元するかどうかというのは、一《いっ》にかかって国連の意志なんです。国連の意思がそういうふうにいったということは、とりあえず国際法がそのように発動するかどうかという問題だったんです。

日本国憲法の前文を見てみると、日本は他国を侵略することを望まないし、他国から侵略されることも望まないと、こういう前提で書かれているでしょう。つまり国際法が守られるということを強く念願しているわけです。で、自分からそこに加担するかどうかはともかく、国際法の秩序、国際法のルール、国が国として最低限の条件で尊重されなければならないということに加担しているわけです。そしたらそれは、国連決議によってルール違反をしたイラクに対して制裁を加える、という立場と矛盾はしない。加担するかは別ですよ。しかし矛盾はしない、こういうふうに思います。

竹田 ええっと、もう一言だけ付け加えると、国際関係も全く今言ったルール的な原理で成り立っていて、各国が戦争によって矛盾を解決しないというルールを守るためには、必ず力がいるんですよ。力がなければ、いくら言葉だけで言っていてもだめなんですね。だけど一方で僕らが心配しているのは、今の国連体制そのものが大国の支配にあるのではないかと。結局、そういうことになるんじゃないかということを心配しているわけです。だけれども、僕はそれはちょっと筋が違った心配だと思うんですよ。なんか偉そうになるな(笑)。何というのかな、原理的に考えていったほうがいいのはね、国連がそういう体制にならないような形で権力を維持できるように、僕らがずっと見守って押し進めるということであって、これは大国支配になるから国連にある権力を持たせるというのは詭弁だという言い方は、姑息だと。姑息というかちょっと間違っていると思うんです。それはやっぱり、きちんと原理的に考えないといけないというふうに思います。

小笠原　湾岸戦争の話になると、なんか非常に襟を正したみたいな話になるんです。僕は先ほどのナルシズム論で捉えられると思うんですよ。それは湾岸戦争はブッシュが率いるアメリカの世界国家としてのナルシズムと、フセインのナルシズムが戦ったと捉えられると思うんです。で、国家同士がナルシズムで戦うことの、結果的にある時間経ってみると、無意味だということが一つ証明された。同じことが村上春樹の小説でも、ナルシズムに囚われてしまうと、ずっと泥沼の世界に行ってしまう。だからどこかでナルシズムをやめて引き返したほうがいいんだ、というメッセージが僕はあるんではないかと思うんです。

橋爪　それは全然賛成できない。国家にはナルシズムなんかなくて、エゴイズムがあるだけです。エゴイズムとエゴイズムは、戦争とか闘争とかを生みますが、ナルシズムというのはそういうところまでいかない。全然違った現象です。

小笠原　自己肯定ということからいけば、国家がナルシズムを持っていると僕は思うんですよ。

橋爪　国家というのは現実的な原理でできているのであって……。

竹田　あのう、エゴイズムということで言い換えていいんじゃないですか。そちらが言っていることを。

岩脇　内潜するもんじゃないでしょうね、外へ向かうものですね、きっと。

竹田　だから村上春樹のことは置いておいて、今言われた方が言いたいのは、あれはエゴイズム同士の闘いであって、エゴイズム同士というのはやめたほうがいいんじゃないかということが、わかるんじゃないかということを言われたいんじゃないですか。

橋爪　現実政治から見れば、エゴイズムの戦いと見ていいんです。だけどエゴイズムをルールを通して主張できるかということが、国際政治の勝負でね。で、イラクはそれに失敗し、アメリカはそれに成功したんです。

岩脇　ルールというのがあるんですか、だけど。

橋爪　国際法というのは、だから国際的な秩序がそれで安定してれば、それがルールなんです。

岩脇　とりあえずルールなんですね。

橋爪　とりあえずルールなんですよ。非常に実際は難しいんです。

●国際法はルールか（瀬尾）

瀬尾　そうすると、憲法第九条を根拠にして、たとえば停戦を要求するというようなことというのは違うんですか、それは。

橋爪　停戦を要求する？　誰に？

瀬尾　当事者にです。

橋爪　どういう権利で？

岩脇　だからルールの話なんですね。要するに、これは加藤さんが書いておられたけれども、大江健三郎が韓国へ行って広島・長崎の話をすると、金芝河《キムジハ》はそれに怒って「お前はそういうことを言うけれども、南京大虐殺とか朝鮮人連行の話をしてくれ」と。「冗談じゃない」という話があるわけです。大江健三郎というのは、核の問題がオール・オーバー・ザ・ワールドに通じる言葉だと思っているんですね。要するに共通語だと思っているんです。だけど共通語じゃないということを、金芝河にバーンと言われるわけです。違う言葉があるんだと。そこで今のルールというのが、とりあえずのルールであっても、たぶんそうでしかないだろうと思うんですが、日本人が考えているルールというのが、オール・オーバー・ザ・ワールドに通用するのか……。

小浜　瀬尾さんが言われたのは、ちょっと違うと思うんですね。

参加者　今言われているのは、結局僕がそのあたりがはっきりしていないなと思うのは、ルールという言葉で竹田さんと橋爪さんが了解しあっているようになっているけれども、竹田さんの中には国際法というルールとか、そういうことは入っていないルールじゃないかと思うんですよ。そこまで含めて国際法、国際法まで含めてのルールなのかね、ゲームを成り立たせているルールという時に。だから国家が持つルールと、それから社会が持つルールとか、そういうあたりのルールということで括り切れないいろんな層があって、そこがなんかルールという言葉だけで、一括りされちゃっているんじゃないかなと。そのあたりは違いはないんでしょうか。国際法まで入れちゃっていいんですか。

竹田 なんて言うかな、湾岸戦争をどう見るかとか、どうしたらいいかとかね、そんなことを僕が考えたくはないんですよ（笑）。ルールということと、それぞれいろんな人が持っている欲望というのがあって、それぞれの欲望がお互いに、つまりひどい形で、人間だったら殺し合わない形で、国家だったら戦争し合わない形で、それぞれ自分の欲望を追求できるためには、どういう形でルールというものを考えて、それを「ああ、こういう形にしたほうがいいんだ」というふうに考えたらいいのかということを僕は考えているんで、僕は湾岸戦争を提言しようとかそういう感じはないんです。だけど、別に湾岸戦争を例にして言ったっていい。それだけの話で、橋爪さんもそうだと思いますよ。

岩脇 瀬尾さんが言おうとされたのは何ですか。

瀬尾 つまり何ていうのかな、国際法というのを、そういう時にルールの話で出せるんだったら、憲法第九条だって同じレベルで出せるんじゃないかということです。いわば、ルールという言葉で言われれば、モラルA、モラルBがもしあるとしたら、ルールA、ルールBもあるんじゃないかと。

たとえば僕なんかのレベルで考えられることで言えば、「正しさ」ということがあるとして、それから「正義」という言い方があるとしますね。そうすると、ある戦争に対してどういう対処をするかという時に、どういう対処の仕方が正しいかというふうにまあ考えるわけですよ。これは為政者として考えるわけではないけれども、この人の対処は正しいかどうかという時に、つまり今の段階でいったら、戦争を必ず回避するように具体的に現実的に動いている動きというのは、これは正しいと言わざるを得ないと僕は思うんです。ただし、反戦運動は正義だ、とか言うのとは全然レベルが違うでしょう。つまりある種のルールというのが、正しさというのから正義に持ち上がるレベルというのがあるような気がするんです。それを、たとえば加藤さんのモラルA、モラルBという言い方で言えば、ルールA、ルールBというようなものがあって、先ほどから問題になっていることというのは、不可避的に社会を営むのに最小限のルールということを言っているのに、そこで国際法とか憲法とかを出してきたこと、そういうことを言っているんです。

小浜　湾岸戦争に繋げるのがまずいわけだ。

橋爪　だって、湾岸戦争を話し合う場所ということで……、リクエストに応えているわけ(笑)。

瀬尾　だけど、どうなんでしょう。要するに国際法というのはどうですか。

橋爪　レベルは違うけれど、ルールの側面はありますよ。

瀬尾　国家同士が最低限の便宜的な説明として、戦争はやめておこうというふうな、要するにこれは最低限のルールなんだというふうに考えれば、いわばルールBという感じで受け取っていいものなのか……。

竹田　やめておこうというのは、まだルールになってないんです。

瀬尾　だけど、戦争はやめておこうじゃなくて、民主主義が正しいというような正義だとしたら……。

竹田　そんなのは正義でも何でもないことなんですが、あのね、戦争をやめようというのはまだルールになってないんですよ。で、戦争をやめようというはっきりしたルールを作るような方向は、僕らは正しいと感じるんですよ。さっきの状態で言えば、なるべく今ある戦争をやめさせるような方向でルールを考えていこうというのは、正しいと感じるわけです。だけど、今はそのルールが別に整備されていないわけですよね。

岩脇　それを敵側が望んだ時に、思っちゃう人もいますからね。

竹田　敵側のルール(笑)。

岩脇　いや、今、竹田さんが言ったようなことを、敵側のルールだというふうに言う人もいるわけですね。

竹田　ええ、そうですね。

小浜　なんとなく玉虫色の、むしろ当たり前のことが言われているような気がしてしょうがないんです。これなら誰でも「うん」と言わざるを得ない。

橋爪　誰でも「うん」と言うのはいいことです(笑)。

島元　あのね、五分の休憩の前とまた違う不毛さに陥っているような……(笑)。

小浜　そんな感じがするんです。交通ルールを守ろう、とかいうのと同じじゃないの(笑)。

岩脇　鋭い批判が出たんで、僕は司会を下りようかなと思っているんですが（笑）。独裁してやっているとだめだと言われたみたいでね。すみません。独裁やめます。

小浜　独裁者はルールとして合意されたんです。誰も文句を言わなかった。

加藤　今の言い方でうまく通じるかどうかわからないけれども、瀬尾さんが言われたところに、瀬尾さんの言い方が通じているか。適切な言い方かはわかりませんが、それはつまり先ほどの最低限のルールという話と、あとこの今の国際法のルールとの話の間に、どこかになんかやはり区別がね、全然必要ないですか。

橋爪　もちろんすごい違いはあるけれど、無関係ではない。

加藤　もちろん無関係ではない。

小浜　だからルールBから緻密に馳せ上りたいと思っていた僕らの世代が、そうじゃなくて、いつのまにか大所高所について語っていたみたいなことになっている。

岩脇　加藤さんが『アメリカの影』（一九八五年、河出書房新社、のち講談社学術文庫）で、無条件降伏について書かれましたよね。その無条件降伏の論理について、加藤さん、すごく精密にやられているんですけれども、湾岸戦争でその過程とアナロジーとしてね、いろいろ考えられたと思うんですよ、僕は。

加藤　僕は『アメリカの影』というのは、一応フィクションとして書いたんですよね。フィクションとして書いたというのは乱暴な言い方だから、ちょっと誤解を生みますけれども、まあ文学

として書いたんですよ。それで、ただそこで一つ言おうとしたことは、橋爪さんが言っているこ
とと無関係じゃないんですよね。つまり橋爪さんがちゃんと言ったことをみると、これくらいの
準備をしないとそういうことってちゃんと言えないなあということを、後で感じたということな
んです。

ただ僕、橋爪さんのものを読んでいて、だいたい「なるほどなるほど」と思うんだけれども、
一つどこか確かめたいなあというところがあるとすると、今瀬尾さんが言ったようなところ、そ
れとだいたい同じところなんじゃないかなあと。だからつまり、なんかねえ「国連軍に日本から
自衛隊を派遣してやるのがいいんじゃないか」、その言い方というのはすごく熟慮して言ってい
るんだろうと思うんですよね、橋爪さんが書いているんだから。けれどそこのところの距離を埋
められていないという、少なくとも読んでいる限りは、そこのところでどこかでぱっと目をつぶ
ってどこかに飛ぶというかね、というふうな感じをまだ消せないでいるんですね。だからそのへ
んのところで、なんかもし橋爪さんが説明というか、言えることがあったら聞きたいなあという
気持があります。

橋爪　僕、瀬尾さんの質問もよくわかってないんで、それも併せて。

加藤　僕は、瀬尾さんの質問はおそらく違う、もっと具体的なね、それをもう少しうまく言おう
とされたんだろうと思うんですよ。だから僕の今言いたいのはそういうことです。

橋爪　わかりましたけど、どういうことを聞かれたわけ。

瀬尾　つまり、なんていうのかな、僕の考えている必要のレベルから言うと、たとえば非常に微視的なことなんだけど、言葉の問題として、「正しさ」ということと「正義」ということは違うんじゃないかという気持がずっとあるわけですよ。で、その時に、「正しさ」というのは必ず具体的な行為が現実的にどういう効果を及ぼすか、ということに関して言われるだろうという感じがあるんだけど、そのレベルというのを超えて「正しさ」が主張される時には、いわば大ルールというか、そういうような姿をとるわけです。そこのところをなんかやっぱり、いやこれに則してでなくてもいいですけれど、その橋爪さんなりの言葉で言ってくれたらなあという気があるんですね。

竹田　僕ね、突然湾岸戦争に入って、やっぱり混乱したと思うんですよ(笑)。僕らの考え方を敷衍して言うならばね、世界が全部戦争によって処理するのをやめるというふうなルールを確立するためには、なんか何にもなしではだめなんじゃないかということを言ったんだけれども、日本が海外派兵していいかどうかというのはね、日本の国民の合意によって決まることであって、直接僕らの言い方から、じゃあ海外派兵していいんだ、それが正義なんだというようなことは全然出てこないと思うんですよ。で、日本がどういう態度をとるのかとか、あるいは海外派兵していいのかどうなのかというのは、つまり日本社会の中のルールの取り出され方がちゃんと開かれて決まっていて、そういう形で取り出された時に初めて認定できることであって、それが直接飛び越しにはならないですよね。だけど、そのこととはちょっと違うのかな。

小浜　対幻想と共同幻想の逆立という論理は誤りであるということを証明したと言われて、いやそうでもないんじゃないかと竹田さんは言われたんだけれど、竹田さんが言われたルールというものが、たとえば公共の福祉とか民主主義とかいうような国家権力の正当性といいますか、正当性の大義みたいなものに転化した時に、それは必ず個人と個人で作っているルールみたいなものとは逆立するという、その考え方は誤っていないんだということ、近代国家ではそういう批判というのは有効だったという言い方をされたんだけれど、それと「正しさ」と「正義」の距離ということとは多少重なるのじゃないかと思っていたんです。

竹田　僕は、今の国家がもう近代国家ではなくなったというふうにあまり考えてなくて、まだ近代国家なんですよ。だからこれをなんとか無化しなければいけないと思っているんです。だからあまり逆立というのは、それほど無効になっていないと。

小浜　それは僕もそう思います。

参加者　今、小浜さんはどなたに向かっておっしゃったんですか。

小浜　僕は、みなさんに向かって。瀬尾さんの「正しさ」と「正義」の距離ということと、竹田さんの逆立というのの中に孕《はら》まれる国家権力に結び付いた形での大義名分による個人に対する抑圧かな。そういうものに転化するのがまだ終っていないじゃないかと思ったということです。そういうふうに言えば、少し話が繫るかなと思ったんですが。まあ調整をやってみたということです。

加藤　橋爪さんにもしなんか説明、なんか言ってもらえるんだったらお聞きしたい。

橋爪　瀬尾さんの説明、質問はよくわからなかったから、ちょっと計算に入れないで……。

瀬尾　さっき、原理的にたとえば対幻想と共同幻想というのが逆立しないんだと言われたけれども、逆立するというケースはあるんじゃないですか。もしあるんだったら、どこでそれがあるのか、まあ最低限のルールである限りは逆立しないということは言えるとしても、それだったら逆立するというケースはどう説明できるのかという、そういう聞き方だったら……。

橋爪　あの対幻想、共同幻想という枠で考えていないから……。

瀬尾　もちろんそれでなくてもいいんです。

◉日本国家の組み替え（橋爪）

橋爪　今、おっしゃったのでいいと思いますよ。つまり、ミニマムでないいろんなルールが付け加わることによると思います。それで、加藤さんがおっしゃった質問は当然もっともで、湾岸戦争について考える時には、国際政治の現実ということから考えない限り何も考えられないわけだから、とりあえずそこから考えたわけです。僕個人ということから考えればね、僕個人がどういうルールの、ある市民社会にコミットできるかというふうに考えていくしかないから、そういうことでいけば、日本国家の存在なんか当然正当化できない。だから僕は日本国家というものはね、もっと別のものに組み替えることを非常に念願しているわけだけれども、それは現実的ではないんですよ。僕がいくらそういう思想を持っても。で、それにもかかわらず、現実に日本国家というものはあるわけです。そして湾岸戦争をどうのこうのと言う時には、国際政治の現実において、今現にある日本国家がどういうふうに行動すべきか、ということに関する判断としてしか成り立たないだろうと。で、それはとりあえず私個人とは無関係だよということは、それはその通りなんですよ。だけど一人一人の集積として日本国家というのはどういうふうにも動き得るわけです。だも判断を持たなかったらば、それは日本国家はあるわけだから、それについてもし誰もが何からそれに関して何かの判断を持つということは、やっていいことだと思うんです。僕はそういう意味で、日本に国家があるという現実から出発した場合に、国家が掲げている国際法を守って欲しいという要求と、湾岸戦争という事態とは決して相反するものではないということを言っているんです。

加藤　それで言うとですね、橋爪さんが自分に発して、念願する、たとえば日本国家という道筋と現実にある現実性に、たとえば湾岸戦争うんぬんという今の二つの話ですね、その二つの話の接点というのは、これは必要ないんですか。

橋爪　ありますよ。だから、どうしてそういうふうに考えるかというと、つまりどういう論理によってそういうふうに判断して考えていくかということです。それは、僕がルールと自分の個人について考えていることと関係があるというか、その応用なわけです。

加藤　いや、別の言い方で言うと、念願する国家のあり方、橋爪さんが自分から発しているね、そういうふうなあり方に、今現実にある日本国家というものはそういうふうなものとは違うと。それじゃ、現実にある日本国家を念願する形に変えていくというふうな項目は必要ないんですか。今、橋爪さんの考え方の中では、それは考える必要はないんだという答えもあり得ると思うんですけどね。

橋爪　項目というのはどんなことですか。

加藤　つまり媒介というか……。

岩脇　変換式です。

加藤　変換式と言わなくたって、それは昔からよく言われていた言い方ですよ。つまり、あなたが「じゃあどうするんだ」という……。そういうふうには考えないんだ、ということも解答としてはあり得るんですよ。だからそういうふうな解答でもいいんです。だけどもそのことについては……。

橋爪　あのね、僕個人がどうするかということと、日本国家がどういう決定をすべきかということは違うことなんです。

加藤　そうです。

橋爪　日本国家がどう決定すべきかということは、僕は、他の国民に対して言論としてアッピールするという形で行動するわけです。で、その結果何かが決まったとするでしょう。僕個人の判断と違うということも当然あるから、その場合にその違いをどうやって僕の側で解消していくかということは、それはありますよ。だからその二つの判断です。

島元　橋爪さんの意見でね、その論理でいったら吉本の中東問題の論理もいいんじゃないですか。なぜなら憲法の前文に国際法にのっとると言っていますが、戦争放棄という条文もあるわけですね。まあ、吉本さんはそれを取り出したわけですよ。だから、その論理でいったら、吉本さんの論理も正しいということになりませんか。

橋爪　それは全然違うと思うんですよ。つまり、全ての国家が戦争を放棄するというルールが成立しているのなら別だけれど、現に戦争が起こっているということが、その前提を裏切っているわけでしょう。つまり、それは非現実的なんです。

岩脇　現実的か現実的でないかということですね。橋爪さんの一番核心は……。

橋爪　そうそう。

岩脇　だから湾岸戦争については、橋爪さんの意見は、現実的なのか現実的でないのかということが、一番最初に橋爪さんの思考のベースにあるわけでしょう。

加藤　だからね、橋爪さんの考え方は今あって、僕なんかは、これがね、二十年くらい前に橋爪さんのような言い方をされた場合に、じゃあお前はどうするんだというようなことが言われたわけです。ですからね、その答え、そういうふうな問いかけに対して橋爪さんはどういうふうな、つまりそういうふうな問いかけというのは、こういうふうな理由でだめなんだ、あるいはそういうふうな問いかけに対しては、これが自分の答えなんだということで、何かもし……。そういう問いかけについては、どういうふうな……。

橋爪　ちょっとなかなかわからない質問で……。

加藤　ああ、そうか。いや、僕はだから……。あの、わからないですか(笑)。

島元　整理されたね、非常に頭に明晰に入ってくるけど、何にも橋爪さんの情熱が伝わってこないみたいなところがあるんです。

加藤　いや、情熱とかなんかという話をしちゃいけないんですよ。そうじゃなくて、どう繋がるのか、それは繋げようというようなところにむしろ問題があるということかもしれないんですよね。だからそうだとしたら、そういうようなふうに橋爪さんは考えられているのか、なるほどというふうに僕は受け止めるんだけれども。橋爪さんはそこをどう考えられているのかということを……。

岩脇　ずっと司会の独裁で、個人と社会がどう串刺しされるのかということを、今やっているわけですよね。加藤さんがおっしゃったことは、橋爪さんの現実主義ということはわかったと。

加藤　現実主義じゃなく、橋爪さんのおっしゃったことは非常に非常にクリアなんですよ。両方ともクリアだけれども、二つの、自分から発してということと、あと現実には政治のレベルで考えていかなきゃならないという、たとえば湾岸戦争がどうだという時には、そこから考えていくしかないと。でなけりゃ非現実的であると。ただ、先ほどの、ミニマムなルールうんぬんというような、自分がコミットしていく場合にどういうふうな、自分に発して考えていく時にはどういうふうなことが条件になるかということを話されて、そこで最小限のものということを言われたけれども、で、それで言えば、今の日本の国家のあり方というのは、自分のコミットできる、自分に発して構想する日本国家とはだいぶずれていると。また自分の念願する日本国家とはだいぶずれているというような、言い方がちょっと僕、正確じゃないかもしれないけれども、そういうことをおっしゃったと思うんですよ。

橋爪　日本国家は別に念願していないわけ。

加藤　日本社会でもいいですけどね。

橋爪　日本も別に念願していないわけ。

小浜　要するに個人から発したミニマムなルールというような、その原理みたいなものが、国際法うんぬんのところにもそのままスライドできるのかどうかという……。

橋爪　だから日本ということを考えればね、自分が生きている市民社会という法空間が、そのままその市民社会へ接続していかないわけですよ。他の市民社会があるわけ、他の法律に従っている。当然そこの間でいろんなぎくしゃくが起こって、戦争が起こり得るんですよ、潜在的に。つまり合法的に自分たちの市民社会を守るために軍隊というのを持つわけだから、二つの市民社会が衝突するということはあり得るわけ。当然戦争の可能性があるわけ。僕が考えているのは、市民社会が一元的な法社会になればいいということなんですよ。それはイスラム教徒が言っていることとほとんど同じですよ。形だけから言えば。

参加者　対立原理ですか。

橋爪　そうしたら原理的に戦争がないわけ。だけど、国家があるという現状から始まったら、国家をどういうふうに動かして戦争をなくすかというふうに考える以外にないんです。

小浜　であるとすると、吉本さんが言われた、憲法九条が遠い夢であるという言い方でもいいんじゃないかという。

加藤　ちょっと、僕はね、イスラム社会と同じようなものでもいいんですよとおっしゃったでしょう。だったら、そういうふうな社会にするにはどうすればいいのかというふうな問いがあった場合に、それについてはどうですか。

橋爪　それは日本社会なり、日本国家というものが、日本の固有性というものをどれだけ排除できるかということだと思いますよ。

加藤　ええ、それにはじゃあどうすればいいのかと。

橋爪　だから、天皇とかですね、旧憲法からの正統性の連続性とかですね、日本語の問題とかですね、日本的な社会なんとかとか、そういうものを自分たちでどう処理するかというのを全部片づけなければ、日本という国家は存続し続けるんですよ。

加藤　そうするとね、そうするにはどうすればいいかという。

橋爪　非常に簡単に言えば、世界をリードする主導的な先進資本主義国というものが、もっともっと発展することだと。資本主義がもっともっと発展することだと。そして資源や、エネルギーや何かを加工する高度な様式でもって、第三世界を包摂することだと。それ以外にはない。

島元　その時、さっき言った天皇制とか日本のいろんなものをそのまま引きずって、日本は高度になっていくんですか。

橋爪　それはできない。もう摩擦が起こっているじゃないですか。どんどんその反作用で変わっていくんですよ。村上春樹の小説が世界性をもってインターナショナルになったりするようにですね、感性のレベルでどんどん変わっていくと思いますよ。

参加者C　ちょっといいですか。今、加藤さんの質問を私なりに言い直すとですね、竹田さんが言うところの原初的な欲望、つまり各個人の中で起こる原初的な欲望の部分との繋りはどうなんだということなんじゃないですか。違いますか。ちょっと違うかもしれない。それじゃ竹田さんにも質問があるんですが、それは、私と同じだというような形でルールというのと、竹田さんが言われている欲望という概念を同一化したというか、同じ、等しく置いている部分は、おそらくは、なんかそれでいいのかというふうな単純な疑問なんですが。

●〝そのためにはどうするんだ〟（加藤）

竹田　ええっとね、僕、論点の違いは、普通生きていてそういう問題をやってきた時に、どういうふうに自分の中で考えて決着をつけて、自分があぁ、これでいいんだという形で生活していけるか、そのことが自分の中にスポッと収まればそれでいいというふうに僕は考えているんですね。それで、だからそこらへんのニュアンスが、ニュアンスというかなあ、ちょっと橋爪さんと違う、姿勢がちょっと違うところで……。

岩脇　実存論の原理が竹田さんにはあって、橋爪さんはだけどその点はあまり重要と思っていないということですか。

竹田　僕はね、橋爪さんのような考え方を提示するということは非常に大事であって、そのことをみんな受け取って、それで俺はこれをやろうとか、俺はやっぱりいやだとか、それはそれでいいんじゃないかと。

参加者C　それはよくわかります。つまり、もっと別の言い方をすれば、理念型として提示しろということですか。

竹田　理念型？

参加者C　つまり、現実との繋りはいったん置いておいて、ある概念を極限化した状態を理念型。そうではない？

竹田　あのね、もうちょっと言うとね、なんて言いますかね。僕、なんか大胆な説ですが、昔社会というものに対して、結構多くの人が関心があってね、そのことに対して比較的自然な形で積極的になれた。何故それがそういう形にならないのかというと、いろんな原因があると思うんですよ。で、いろんな原因があって、それを全部言うわけにいかないから、うんとおしつづめて言うとね、あっ、こういうふうに進んでいったら少しずつ良くなっていくし、それで自分が何か異議申し立てがある時にそれがきちんと表現できて、結構どこかでちゃんと考えてくれる人がいる、受け取る媒介がある、で、ひょっとしたら多くの人がそれに合意すれば、新しいルールになる可能性がある、そういう社会の中で生きているということは、人間が生活するということにとってものすごく大きな支えになると思うんですね。それで、あっ、こういうふうに考えて、もちろん難しいことはわからないけれども、だいたい自分はこういうふうなプランをいろんな専門家の意見を支持すれば、自分の、よく生活したいという原理とそれほど違っていないなあという形で、ある納得ができる。あるいは、こういう形でいけば、別に俺が湾岸戦争の向こうに飛んでいって、何かボランティアでもやらなくても、世の中というのはそういう可能性をもって進んでいっているんだということがあれば、僕らは社会に対してあるはっきりした欲望を持てるんじゃないかというふうに考えるんですよ。僕は、なんて言うのかな、どうしろではなくてね、僕の考え方は今、そういう考え方が僕らうまく作っていけるかどうかということが非常に重要なことであって、僕らにとって切実なことであってね、それでいいというふうに僕は考えます。

岩脇　あのね、島元さんがさっきから盛んにやじを飛ばしているんで、言って下さいよ。欲求不満がきっとあると思いますから、言って下さいよ。それは言わないとだめですよ。加藤さんの問題意識と島元さんの問題意識、きっと重なると思うんです。

加藤　あのね僕ね、つまりさっき、じゃあそうするためにはどうしたらいいんですか、じゃあそうするにはどうしたらいいんですか、というふうなことを、そのためにはどうするんですか、そのためにはどうすればいいんですかという問いというのは、ずっと続くというのはですね、僕はね、橋爪さんの今の答えに納得するところがあるんですよ。ただね、一つ言いたいのは、自分のいいと思う市民社会はこういうふうな社会だ、という形で問題が言われた。そういうふうにしてある命題が言われた場合には必ず、僕が今言ったような問いを誘発するということですよ。で、そういう問いを誘発しない一つのあり方というのは、ちょうどたとえば竹田さんが言った言い方が充分に明瞭だと。僕の今の関心からいえば言えませんけれども、自分から始めて考えていくというふうなやり方であれば、そういう問いを誘発しないというふうに感じているんですね。それで先ほどの橋爪さんと竹田さんの違い、欲望とルールの違いというのは、僕にとって結構関心があるというのはそういうところだということが言いたいんです。ですから、橋爪さんがそのためには、高度に、何とおっしゃったか、第三世界を包摂するような形で発展していくことが一つの答えなんだということでおっしゃった。それは、橋爪さんが書かれているものの中に、今おっしゃったそこは僕が読んだ限りは出てきていないんですね。そこがやっぱり必要だと思うんですね。そこが出てくると、僕は、そこをちゃんと書いてくれれば、あっ、橋爪さんはそういう考えなのかということで納得しますけれども。ただ一つ言いたいのは、そうだとしてもね、とにかくそこをちゃんと、そこが非常に僕にとっては大事なところなんですね。そこをちゃんと、裂け目を作らない形で、一種のフィクションならフィクションを、ある意味の、飛行機のジュラルミンかなんかで、ちゃんとロケットが落ちないようにきっちり覆っていただかないと、その言い方は必ず、じゃあそのためにはどうするんだという問いを誘発する。そういうふうな問いを誘発するような言い方というのは、僕はそういうふうなことは恐ろしいですね。僕にとったら、そういうような命題の提示の仕方というのは。そこをどういうふうに処理しているかということが問題になるというようなことです。

島元　加藤さんに続けて言うとね、橋爪さんに対して失礼な言い方になりますけれども、橋爪さんに対しては要するに「おまえは誰なんだ。どこにいるんだ」という質問を、直ちに投げつけたいという気がしますね。

加藤　僕は今の橋爪さんの答えでわかるんですよ。

島元　僕のそういう質問も危ういんだけれども、でもそういうことを含んだものとしてさっきの話が展開されないと、絶えずそういう質問が出てくると思うんですね。

加藤　いやだから、僕は島元さんがおっしゃるのはよくわかるんだけれども、僕は今の答え方は納得しますけれどもね。ただなるほどと思いますね。やっぱり構造主義というか（笑）。つまりそこまで徹底しないと、それは非常に中途半端だと。

◉初期条件を無化する（橋爪）

橋爪　もしね、「おまえは誰なんだ」ということに答えようとするならば、僕が誰かということを言うのは規定性なんですよ。つまり、何月何日に生まれたとか、何人《なにじん》だとか、こういう階級に所属しているとか、こういう教育を受けたとかですね。そういう規定性の全体が僕だったらば、ルール主義をとる必要はないんです。で、人間の可能性が、ある拘束を受けて特定の形をとっちゃったということなんですよ。それは偶然的なことだしね、被作為的な、気がついたらそうなっていたということなんです。それをどこまでひっくり返すかということなんですよ。ルールのミニマリズムというのは、それをできる限りたくさんひっくり返すことなんですよ。自分の初期条件をどれだけ無化できるかということ。それがね、人間の可能性、自分の同類の可能性というのを、どれぐらい多く構想できるかということと同じだと思うんです。だから僕が何者かわからなければ、わからないほどいいんです、ある意味では。ただし、それはきちんとひっくり返していった場合に限るんですよ。

岩脇　すごいラジカルやなあ。そんなことできるのかなあ。

島元　僕は初めて今、世代格差を感じました(笑)。

加藤　ただ僕は、今こんなふうなことを言ったのは、つまりこういうふうな、僕はかなり野暮な問いをしたんですね。でもそういうふうな野暮な問いを遠慮させるというか、遠慮するというか、あるいは抑圧するというか、そういうふうな種類の抑圧がやっぱりあるだろうと思いますね、今。

竹田　誰に？

小浜　全体に。

加藤　ええ、だから、昔はなくってよかったですよ。

岩脇　僕は今の橋爪さんの発言を、すごいマニフェストだとして受け止めたけれども、ちょっとすごいなあと……。なんとも言えないなあ……。誰か、今の橋爪さんの発言を受けて言う勇気のある人います？

加藤　僕は、でもなるほどと思いますけど。僕とも世代格差が(笑)。

岩脇　いや、ちょっと衝撃を受けましたね、今。

竹田　僕、ちょっとよくわからなかったんですが。岩脇さん、どんな格差ですか。

岩脇　あのね、今日の発言からいうと、要するに病気にこだわってきたわけですよ、僕は。だけど橋爪さんが言われたことは、そんなことと全然関係ないんだと。自分をどれだけ、自分の初期条件をどれだけ無化していくかが勝負だと。彼はそう言うわけですよ。

参加者B　初期条件って何ですか。

橋爪　たとえば日本人に生まれたっていうことです、簡単に言えば。全共闘世代だとか、こういう体験があったとか、なかったとかね。

岩脇　日本語が母語だとか、そういう一切の初期条件を自分で無化していくことが、世界に繋るんだという……。

小浜　そうすると、無名の世界市民性というのが究極の理念みたいなものとして、個人が身にまとうべき……。

竹田　それちょっと誤解じゃないかなあ。

橋爪　そうじゃなくて、たとえば戦争責任を解消しない限り、ずっと戦争に囚われ続けるんですよ。日本がアジアに対して戦争責任を果たして、それを追及する方法を持たなかったら、ずっと後ろめたい日本のままなんですよ。だからそれを語る言葉を持つべきなんですよ、日本から解放されたければ。そういう文学がないとか、そういうことなんです。

岩脇　囚われているものしかなかったんですよね。

参加者　そうですね、そういえば。

岩脇　それはすごいなあ。

参加者D　中上健次が「原爆ドームを壊さなくちゃ、それを超えられない」と言ったのと同じ……。

橋爪　壊しちゃだめです。

岩脇　保守するものは保守するんですよ。無化することと違うんですよ、保守することは。

参加者D　いや、壊さなくちゃ、その向こうは語れないというのと同じなんですか。

参加者　よくわからないなあ。違うと思うな、それは。

岩脇　もうちょっと言ってください、橋爪さん。みんなにあまりわかっていないようだから。

橋爪　質問もないのにそんなにベラベラ……。

参加者B　要はね「お前は誰やねん」と聞かれた時に、答えろという話でしたね。橋爪さんは「僕はこうだとかいうのは、自分を限定するものだからあかん」と。むしろ自分から俺は日本人であるとか、全共闘世代であるというようなことを、自分からそういう初期条件みたいなものを無化していくと。無化していくということにショックを受けはったわけですわ。僕は意味がわからんから、ショックじゃないんですが(笑)……。

岩脇　だけどね、橋爪さんに対する疑問を言っておけば、人間ってどこかに自分をアイデンティファイするところを欲しがると思うんですよ。自分がみなし子だったら自分がよんどころないとか、たとえばいろんなレベルがあると思いますけれども、どこかでアイデンティファイするところがあると思うんですよ、それはどうですか。

橋爪　だから僕が言っているのは、人間というのは言葉をしゃべって、セックスをして、時々権力に巻き込まれると。

岩脇　それがアイデンティファイですか。

参加者B　アイデンティファイって何ですか。

岩脇　自分の今の場所を確認するということです。「俺は俺だ」っていうことです。

小浜　ある種の規定性が拘束であり得る場合もあるが、それが同時に裏では、その人の幸福とか人生の充実とかに繋っているということは考えられませんか。

橋爪　当然考えられますよ。

小浜　たとえば、誰それの妻であると。

橋爪　それは初期条件じゃなくて選択でしょう。

小浜　それじゃ初期条件というのは、出生とか国民とかそういうことだけですか。そうすると、その人間を決めているさまざまな属性、規定性の中から、初期条件であるものと、自分が自由な選択によって得たものを選り分けなきゃならんということになりませんか。

竹田　あのね、形式的な論理対立になっていると思ってね。僕ね、橋爪さんとちょっと前によく議論したんですよ。僕の感じはね、橋爪さんは、議論というものに対してある限定をしたんだと思うんですよ。それで僕は、その仕事をすごく見習いながら、ちょっと別の領域のことをちゃんとやろうと。で、そういう限定というのは、思想を考える時にはいつもあって、それを「お前の情熱はどこにあるんだ」というのはあまりよくないんじゃないかなと、僕は思います。

小浜　僕もちょっとそう思うな。役割分担というのがやっぱりあるから。

竹田　だから何て言うのかな、つまり橋爪さんに「お前の実存はどこだ」という聞き方をするのは、あまり意味がないんじゃないかという感じがしますね。その橋爪さんがやっている思想が、いいものか悪いものかだけを。悪いと思ったら批判して、いいと思ったら受け入れて。それは、橋爪さんは全部初期化すると言うけど、「あっ、橋爪さんだな」と思うんですよ、僕は。

加藤　でも僕は、今橋爪さんが言われたのは、そこまで徹底しなければ、必ず僕がさっき言ったそういうふうな問いを誘発すると思います。だから、僕は非常におもしろかった。僕はむしろ岩脇さんがショックを受けたことに、どういうショックなんだろうと(笑)。

竹田　初期化というのを、実存みたいなものはないんだというようなニュアンスで。そんな感じでみんな言っていませんか、橋爪さんに。

杉前　ちょっといいですか。変なことを言うかもしれないんですけどもね。たとえば戦争があると。「あなたこの戦争、反対ですか、賛成ですか」という問いがあるとしますね。僕のほうに。そうするとね、僕はね、ある条件が崩れたらそれは受け入れると思うんです。つまり「ああ、それにはお答えしましょう。けれども、これには条件をつけたいと思います。つまり資料が欲しい。その資料を分析して勉強させてほしい」と。これは僕なんかが持ちたい条件ですね。ところが実はそれは、僕はそれをやっていくんですけれども、これをやっている人がいるわけなんです。つまり、いるだろう、そういう場所にいる人がいるだろう。そうすると、僕は条件を出すんですけれども、要するに、つまり、その条件をいらないようなところへは持っていけないことはないいんじゃないかというのが……。すみません、また届きませんでした。

岩脇　ちょっとこれは違うと思います。ちょっと言わせてください。竹田さんが、実存のほうと混同しているんじゃないかと僕に対して言われたわけで、要するに初期条件を無化するということとが、人類共通の課題になるのかという……。論理の徹底性とすれば、加藤さんが言われたように、僕はそうだと思うんです。だから、その論理の徹底性にちょっと僕は威嚇されたというところがあるんですが、だけど、人類の共通の目的としてそれは設定できるのかどうかというのは、ちょっとそれはわからないなあ、今。

竹田　人類共通の目的ではなくてね、つまり僕と橋爪さんの、僕が思っている一番大きな違いは、ちょっと橋爪さんに訊いてみたいけれども、橋爪さんはやっぱり人間が社会の中にいる時に、社会というものが成立するためには、原理的に考えてね、これが一番底の条件だということを突き詰めていると。それは僕、一つの領域の仕事だと思うんですよ。僕が思っているのは、これが最低の条件だというふうに考えた時に、考えた時にというのかな、じゃあそうしようという時に、あるいはそうできる、自分はそのルールを守ろうと思うことができる、その条件を僕は考えていると思うんですね。それは僕の感じでは、ちょうどこうやってお互いに支えあっているというふうに思うんですよ。だから橋爪さんの仕事の中に、あなたの実存の条件がないから思想として欠けているんじゃないか、というふうには僕はあまり思わないんです。だからショックとか、あまりそういう感じではないんです。僕の理解はそうです。

参加者　こんな感じじゃないかと思うんです。まあはずれていたら申し訳ないんですけれど、病気に僕もかかっていると思います。橋爪さんの話を聞いていると、橋爪さんは病気にかかられていないんだなと、不思議だなと、どんな人なんだろうという疑問が起こるんですね。で、血が通っているんですけれど、まあ血というと失礼ですけれど、暖かさが欲しいとか、甘えん坊だから病気になるんですけどね。依存心というのかな、そういうのがあるからたぶん感じるんだろうと思うんですが、単純にいうと、不思議だなという感じが濃いような気がするんです。

参加者A　つまりですね。初期化していって、残るのはあるかというわけですよ。ずっと初期化していって最後に残るのは、竹田さんが言っているところの初源的な欲望だと、私は理解しているんですけれども。だから理論構成上必要なところだけ残そうという人もあります。私は、理論を追ったことはないので、そちらのほうへの発言はできないけれども、先ほどの初期化ということと、それから欲望という言葉に対して理解していることで質問するならば。

参加者　そうじゃなくて、そういうのもあるんだけれども、橋爪さんはものすごくクリアで、岩脇さんなんかがショックを受けたのは、たとえば東京のことで悩んでいる人がいた時に、東京の曇りをさっと払ってくれた。だけど人間というのはややこしいので、大阪、名古屋、東京、ずっと順番に自分の手でその雲もふり払いたいわけよ。

参加者A　いや、そういうことじゃなくて、初期化していって残るのはあるのかという質問なんですよ。橋爪さんに対する質問なんです。

小浜　ええっとね、初期条件を無化するというのは、すごくラジカルな発言なんだけどね、仮にそれが一つの理念だとすれば、それは憲法九条が私の夢だというのと同じぐらい、わりと非現実的であって、僕らが実際に生活している場面ではまさしくそういう初期条件や選択した条件によって、がんじがらめの中を生きているわけです。そのがんじがらめの条件の中には、初期条件も後から選択した条件も含めて、それが同時にある時には幸福の条件になっていたり、ある時にはそれが非常に不幸な条件になっていたりというような形で、僕らの現実の生というのは動いていっているだろうと思うわけです。だからそれは、僕の生きている感覚みたいなものからすれば、初期条件の無化という理念というのは、さっき橋爪さんが吉本さんの非現実性を批判したのと同じような批判にさらされるんじゃないかなという気がするんですけどね。

参加者A　ただ、理論構成上必要なところを残すというのはいいわけですよ。違いますか。

小浜　僕はそういう言い方をしたくないということ。つまり実際の中で発見できるある条件の……。

参加者A　私が質問したように、理念型として構成するんだと。

岩脇　そこにあなたは生きているんですか。

参加者A　いや、それを私は聞いているんです。

加藤　今、初期条件と言われたけれども、初期条件の無化なんです。逆のことなんです。つまり僕の理解ではですね、竹田さんは欲望というのを初期化していくわけです、逆にね。初期条件をさらに遡及していってね、欲望というものを取り出して、そこから考えていったのが竹田さんなんだけれども、初期化という言葉をあえて使えばですね。ちょうどその逆のベクトルが、橋爪さんの初期条件の無化なんですね。ただ僕の言い方で言うと、今橋爪さんが言われたことは、僕の理解ですとね、橋爪さんのそれがマクシムなんですよ。

島元　結構、なんか自分なりに昔習い覚えたパンチを二、三発かましたつもりが、全然違うパンチでノックアウトされたという感じで、岩脇さんと同じようなショックを受けていますね。

岩脇　僕と一緒じゃないですよ。それは混同しないで下さい（笑）。

◉近代の原理か、マクシムか

小浜　今の橋爪さんの初期条件の無化ということがマクシムだとすれば、僕はそのマクシムは、実際に生活している人のところまで手触りのあるものとして届かない、一つの距離を開いてしまっているなという気がしてしょうがないんです。

加藤　でもマクシムというのは、もともとそういうものでしょう。

小浜　ううん、そうかなあ。もうちょっと、そうじゃないんじゃないですか。

橋爪　そうじゃなくて、世界史の解釈としてですね、僕のは王道であり、本道であるというふうに主張したい（笑）。つまり近代というのはそういう原理なんですよ、おおむね。つまり、たとえば、父親の職業を子供が継ぐとか、血の繋がりとかね、そういう拘束力というものをすごく強化してタイトにして社会を維持するという社会もあれば、それをルーズにして、なるべく親と子供が絶縁していくというスタイルもとり得るわけ。人間というのは個々ばらばらでさまざまな可能性があるんだから、そういう人間が人間を拘束するという条件をなるべく小さくしようという方向に大きくイデアなんだと思うんですよ。近代社会の相互拘束のあり方というのは。そういう方向に大きく動き出して、我々はその流れの中にいるわけ。この流れはね、一応止まるところを知らなくて、とにかくそういう方向にどんどん行こうということになっているわけですよ。我々はおおむねそれにコミットしているわけですよ。さっきから出ている議論で、みなさんがこういうのがいい、ああいうのがいいというのは、だから結局それはね、流れるところ、僕が今さっき言ったことと同じことを目指しているというふうに僕は理解しています。

岩脇 僕ね、今の発言で、竹田さんと加藤さんが往復書簡（『世紀末のランニングパス』一九九二年、講談社。のち『二つの戦後から』と改題されてちくま文庫）の中で、われわれがニヒリズムの強行を、現代的なニヒリズムの強行をやってきたと、自分たちの否定性を全部裏返してきたと、そういうことの延長線上に、橋爪さんの発言があるんじゃないかなという気がしてきましたね。

竹田 なんか橋爪さんと僕の意見があたかも対立しているかのように言われているけれども、どこが対立しているのかよくわからなくて。みんなが橋爪さんに言っているのは、つまり実存の条件を言わなきゃだめじゃないかと言っているような気がして、僕はそれは変な注文であって、たとえばね、それすごくおかしな言い方だと思うんです。僕は実存の条件のことを考えていますよ。だけど、「竹田、おまえ、その問題を完成するためには、日本がよくなるためには具体的にいろんな諸条件をどうするか、おまえ考えてないじゃないか」と言われると、僕は「君、何言っているんだ」と言いますよ。でね、つまり今僕らがこれはおかしいと言うべき問題は、この問題とは違うと思うんですよ。で、つまり今こういう形で進んでいって、僕らが社会に対してある希望を持てるためにはね、社会というものを構想し直して、こういうふうな形でやってみようよというふうないろんなプランを出すわけ。それを全部ゼロにしなくてはいけないと思う。暗に、なんかある外側の規範を隠して、外側の規範を持っているぞということを隠して、外側から規範を持ってくるような社会に対する構想に対して、僕らはそれはおかしいというふうに言わなくてはいけないと僕は思うんですよ。だからちょっと、これだけやっていると、やっぱりちょっとだんだん暗くなってきたという、そういう感じです。

加藤　僕は、でも逆だというのは、対立しているんじゃ全然ないんですよ。僕は、本当に非常に重なるというふうに思いますけどね。ただ一つ違いがあるとすれば、おそらく、僕の言い方で言うと、橋爪さんが王道と言われたけれども、僕は「あっ、これが橋爪さんのマクシムなんだな」というふうにして受け取る。竹田さんのほうのもので言えば、それが竹田さんのモラルの起点というか、そこからモラルを出していく起点というところなんだろうという気がしますけれどもね。だからそこを、竹田さんのほうの言い方は非常に正確には言えていないけれども、比喩的な言い方でしか今言っていないですけれどもね。でもとにかく、そこが違う。だけれども、あと非常にやはり僕なりに、お二人が非常に重なると思って、糾弾とかそういうふうには僕全然そんなつもりでは言っていないし、全くそういうことを、そんなふうには理解していないですね、全く。

橋爪　だって、僕、糾弾されていないもの(笑)。
加藤　非常に寄与したと思いますよ。
小浜　そう、だからできるだけ生産的な方向にと思って、僕も言ったんだけど。見当違いかもしれないけれども、初期条件の無化というマクシムなり原理でも何でもいいんですが、そこに僕の問題関心では、非常に気にかかるわけですよ。そういうことを、マクシムを突き出した時に、それはイメージとしては、何かできるだけ規定性の少ない裸の個人といったらおかしいけど、個人というようなものを、一つの人間のあるべき姿として立てるのか、たとえばそこに家族というような条件とか家族の規定性だとか、誰々の子であることの規定性だとか、そういうことの問題というのは、やはりそれも無化してしまったらいいのかとかというようなことは、家族論をやってきた人間としてはそこが非常にひっかかるわけですよ。そこのところを言ってくれないと、マクシムだけを突き出されても困るなという感じがするわけです。
岩脇　僕は、そういうアイデンティファイも全部ルサンチマンなんだということを、橋爪さんが言われたような気がして、ショックを受けたんですよ。
小浜　ルサンチマンとは、橋爪さんは全然言っていないと思うんです。
岩脇　僕はそういうように受けたんですよね。
小浜　いや、もっとすっきりと言われていると思うんですね。すっきりと言われているがゆえに、あまりにすっきりと言われているがゆえに、僕は現実のどろどろみたいなものが気にかかってしょうがないんです。つまりぼろぼろの中にも人間の生きる充実と、泥沼のような拘束みたいなものでも、そういう現実性というのがあって、いずれにせよその中をあがいて生きるしかない人間というのがある場合に、そういうマクシムをすっきりと突き出すことが、はたしてどういうことだろうかということが気にかかってしょうがないわけですよ。だからたとえば、家族という条件というのも、それは拘束であって初期条件の無化ということを言ってしまえばいいのかということは、僕は論ずるに価することだと思うわけです。

●初期条件の無化と家族論

森重　今の小浜さんの意見、非常におもしろいんですけれども、『村上春樹をめぐる冒険』に来ていただいたというのは、今の小浜さんのモチーフなんですけれども、ただ今問題なのは、家族論の内実に対して少しお話したいのです。つまり初期条件の無化という問題を、エロス的な関係の中の家族という問題では全然違うんじゃないかということに対してですね、エロス的な関係に対してイノセンスという言葉が成立するとしたら、子供という問題がこのエロス的な関係から離脱していくという、いわば一つの現象的な現象があると思うんですよ。その問題を、これをもう少し具体的に言えば、芹沢俊介さんなんかの家族論の方法の問題にかかってくる問題ですけれども、それと小浜さんの家族論のエロス的な関係の問題と突っ込んで議論を交わしたいんですが。

岩脇　ちょっと違うな、今の議論と……。

森重　いやそうじゃなくて、初期条件の離脱という問題というのは、さっきのナルシズムの問題も、あれはいわばナルシズムという言葉ではなしに、イノセンスという場所で考えてみたいなあという感じがしているんです。

岩脇　そのイノセンスということを言ってくれないと、みんながわからない。

森重　僕は生活のレベルでいえば、人形を作っているんです。その人形という問題は、一つは家族という場所での人形というイメージがあるんですけれども、作る表情というのは、エロス的な表情というのは徹底的に排除していくような形でやっていくわけですね。つまり開かないというか、他者に対して開いていかなくて内へ内へと籠っていくようなまなざしというイメージで、それをまあイノセンスと呼んでいるわけですけれども、同時に家族という形でそこにいる人間とは家族の中で関わっていくわけです。ただ、エロス的な対象が同時にイノセンスを、エロスの対象をイノセンスにしてしまうというのが、今自分の周りで起こっているわけなんです。人形という問題が。人形というのは本来エロス的な問題なんだけれども、そのまなざしというのは決してエロス的なまなざしを持っていない……。長くなりますからやめますけれども、小浜さんに聞きたいのは、エロス的な問題というのはすごくわかるんだけれども、ただその中で家族の変容という問題で、小浜さん自身エロスに対して、若干マイナスになっている、自閉化していくというふうにして、それをもう少し別の言葉でいえば、関係に対して閉ざしていくという、そのファクターを小浜さんの問題として少し展開していただきたいと思って今言ったんですけれども。その問題はさっき言った、初期条件の無化という問題に関わってくるものだと思うんです。

小浜　ええっと、初期条件を無化すればするほどイノセンスに近づくということですか。

森重　いやだから、初期条件を無化できるとは思っていないですよ。初期条件を無化したいという欲望みたいなもの、それがあるんじゃないかという……。

小浜　それが家族関係が抱えていることと矛盾しているんじゃないかということですか。いいですか、これに対して答えて。ちょっと違うみたいだけれども。

岩脇　ちょっと違うけれどもね。なるべく繋げて。

森重　いや、僕はちょっと違うとは思わないですよ。

岩脇　僕は違うというふうに受け止めるんですよ。だから違わないということを、もうちょっと言ってもらったほうが本当はありがたいんです。

森重　初期条件の無化という問題について、家族論の方にやってもらったらいいんです。

小浜　僕は、今の僕らに共通の生活者の意識というのは、互いに相反する欲望を持っていると。つまり与えられた初期条件の中で充足したいというのと、できるだけそういう初期条件を無化したいという欲望と、二つを抱え込んでいるのが現在の姿だというふうに思うわけです。それは初めに言った家族に拘束されるというようなことは、自由な個人という立場からすれば、家族というのは桎梏以外の何ものでもないのだけれども、しかしもう少し家族というのは、一つの共同性として残っていく歴史的な根拠なりなんなりというのがあると思います。それはあまりに短い歴史的なスケールの中で、今自由な個人、自由な男と女の関係になってしまえばいいんだというような意識を、我々が仮に抱えているとしても、それをそのものだけを普遍化していくようには、おそらく歴史というのは動いていかないだろうと、僕なりの見通しがあるわけですよ。そういう論理の言葉で言うよりは、自分の実感みたいなもので言ったほうが本当はいいのかもしれませんけれども。やっぱり家族というのは大変だけど、やっぱりやってよかったなあみたいなね、そういうところがあるわけ。その辺から発想して言っているんですけどね。したがって、単なる無化すべき初期条件だとは思わないわけです。

参加者E　ただ現実的にはね、同じようなことをやることになるんじゃないでしょうか。つまり初期条件を骨までしゃぶるとは言わないまでも、初期条件をかなり味わい尽くすような形でしか初期条件を無化できない、ということに結局はなるんじゃないでしょうか。

小浜　味わい尽くす?

参加者E　味わい尽くすというか、初期条件が持っている可能性をある程度ね、そこをたどっていくということを通じてしか初期条件から離れるということもできない……。

小浜　それはそうだと思いますね。それは個人の発達としてもそうだし、時代の動きとしてもたぶんそうだろうなという感じはするんです。

竹田　ちょっと戻していいですか。初期条件というのは、人間がある規定性を持って生まれているという、簡単に言うとそういうことですか、橋爪さん。

橋爪　ええ、そうですね。

竹田　僕、今気が付いたことがあるんですが、それは僕の考え方でいうと、論理的に言えば、一つの理念型になるような気がしますね。それでつまり、全部初期条件を無化すると、話だけ聞いていると、人間はもう生まれないほうがいいという、そういうことになるじゃないかという気がするんですよ。全く何の条件も持っていないで人間が生きたほうがいいというような、そういう根拠は僕はどこにもなくて、僕の考え方で言えば、人間というのはある初期条件が必ずあって、その初期条件からどれだけ次の深いエロスを取り出すことができるかということだけが、人間が追求できる目標だと思うんですよ。僕、今やっとね、ちょっと初期条件という言葉の意味がわかってきたんですけれども（笑）、ええっと、もしそういうふうに橋爪さんが初期条件というものを考えられているとしたら、僕はちょっとそれは理論として間違っているんじゃないかと考えます。

岩脇　だから、僕はものすごくショックを受けたんですよ（笑）。

小浜　僕が我田引水で違う方向へちょっと向けちゃったかもしれないんで、それもしあったら、違うんだということを……。

岩脇　自分をアイデンティファイするということが、どこにあるのかということ、だからそういう文脈で言ったら……。

橋爪　あのう、もしそういうふうにとられているんだとしたら、それは誤解です。初期化というふうにおっしゃったと。それはエロスなりなんなり、まあ公理なり原理なりの出発点ということです。初期条件の無化というのは、現実に対してどう対処するかという方法論なんです。人間の本来のあり方というのがあるとすると、具体的なあり方とその間に落差がありますね。落差をしかし、生きなきゃいけない。その場合にどうやって現実に対処していけばいいかという方法論なんです。その場合、現実をなければいいと思うこともできないし、それから単純に否定もできないと。否定するのはすごく手続きが大変なんです。おそらく現実を現実として引き受けながらそれから自由になるためには、責任を取り続けるしかないんです。だからたとえば戦争責任であれば、戦争に対してどういう事実があり、何が悪かったかということをきちんと知るということから、初めてその責任が生じた原因から自由になり得るんです。そういう意味で、そういう手続きをするということですね。さもないと同じことを繰り返す。それから家族の関係でいえば、自分をかくあらしめた親が、どういう経緯によって自分をかくあらしめたかということをきちんと知ることだと。それはね、単に自然現象ではなく、親がある決断をし、こういう役割を担うっていうことを充分理解すると。そのことによって、自分が親となる可能性を手に入れ、同時に子供であることから自由になり得ると思うんですよ。そういう意味で、なんというか独立していくことだと。それは親子の縁を切るとか、逃げ出すとか、そういうことは全然意味しない。

竹田 それ、僕、非常によくわかりましたね。ただ一つだけ橋爪さんに疑いが残っているのは、実は橋爪さんとちょっと前対談しましたね。その時に、男と女の性差の問題でね、橋爪さんは、これは全部取り払ったほうが、取り払っていけると考え、取り払っていったほうがいいんだというふうに、その方向で考えたほうがいいんだと言われて、僕はそこが違うなあと思ったんですよ。それで僕、今初期化ということをふと思い出したんですよね。で、僕は性差を全部取り払っていったほうがいいかどうかというのは、取り払えるし、取り払ったほうが幸せかどうかというのは、これは決して先験的にはわからない問題であって、そのことをひょっとして橋爪さんは初期化……。

橋爪　先験的にはわからない問題だと。ただ予測として述べたんです。僕の趣味から言えば、そんなものあったほうがいいのに決まっているんで……。

竹田　趣味を理論にしては困るなあ……。

◉性差の問題

橋爪　いや、あったほうがいいと言っているんです。しかし、厳密に考えてみると、男女というのは習慣にすぎないと。そしてね、我々ヒューマニズムの力学の中で生きているんだけれど、人間を男女という具体相のどちらを優先するかというんだけれど、ヒューマニズムの原理をつきつめれば、人間というのを選択する可能性があり得る。たとえば、性差というのがあってね、それが人間の可能性をこういう形に局限していて、こういう形に局限してると。たとえば女性であることによって論理性が損なわれ、それから語学の能力が男性の二倍だとかね。そんなことがあった場合、両方あればいいに決まっているわけですよ。そうした場合に性差を無化するという可能性はあり得ると。もしそういう根拠が見つかったら、そういう方向に動くんじゃないかと予測を立てたんです。

小浜　僕はそういう考え方はあまり好きじゃないなあ、趣味として。

竹田　すごくその考え方は無駄ではないかなあと思うんですよね。つまり、そういうふうに言っちゃうとね、今僕らがここからどう考えていくかというのが、やっぱり見えにくいんですよ。で、それはね、想像としてこうなればすごくいいんじゃないかというふうに想像してそう考えることはできますけれども、僕は橋爪さんの言い方の中で、今の一点だけ、なんだか橋爪さんのいつも言っていることと違うなあという感じを非常に強く持ったんですよ。フェミニズムの問題で。このことをやると朝までなりそうなんで怖い気がするんだけれども、つまりそこのところが、ふっと気が付いたら小浜さんや加藤さんがちょっとひっかかった問題ではないだろうかと。まあ、僕はそういうふうに考えないほうがいい、こうなったらいいんじゃないかという、そういう意味合いのことを考えないほうがいいと。むしろ考えてはだめだと。今この段階で、僕らが持っている条件の中で何が次の深いエロスかということだけを、思想が持つべき課題にすべきだというふうに、そのほうがいいんだというふうに僕は思いますね。

岩脇　ちょっと橋爪さんに質問があるんですが。橋爪さんがおっしゃっていることは、たとえば人間の分散性というか、いろんな人がいるということがありますね。その分散性の範囲の中に性差というのは収まってしまうんだという、そういうことですか。

橋爪　ちょっと違うような……。よくわからないんですけれども、その先のことを考えなきゃいというのはその通りですよ。だけど僕が今の問題として考えたいのは、男性と女性というのもそれは社会習慣なんだと。そして我々が自分を人間だと思うのも社会習慣なんだと。それは共に現在の問題であると。そしてこれが場合によっては矛盾すると。そしたらばどちらのほうが深くて根本的な習慣なのか、ということをよく理解する必要があるという意味合いで考えないと。

竹田　それはね、もっときちんと展開してくれなければ、こうなったほうがいいとは言えませんよ。

橋爪　こうなったほうがいいとは言ってませんよ。

竹田　でも、さっき言ってましたよ。

橋爪　そうじゃなくて、人間というほうが深くて、人間というものを将来とるというふうに動いていく可能性があると……。

小浜　あのね、深い浅いという尺度以外にね、実際に生きている人間の中で、こういう形のほうがいいですという価値尺度があるわけね。だからたとえば性差の現状みたいな部分に絡めて言えば、性差の現状の中には、この性差の現状ではまずいという面もあれば、しかしこれでもいいという部分もあるわけですよ。そういうことをむしろ僕は実際の生きている生活大衆の中で正確に値踏みするということのほうが、この問題に関する思想的な問題としては大事なんであって、深いか浅いかというようなのは、多少どうも理論というか観念の、申し訳ないけれど観念の遊戯の中で言われている尺度のような気がしてしょうがないんです。

竹田　人間のほうがいいとは思わないですね。それは欲望が何であるか、エロスが何であるかということを、やっぱりちゃんと考えないと出てこない問題だと思いますね。

島元　結構、橋爪さんの迫力が伝わってくるんですね。小浜さんや竹田さんに与《くみ》したいんだけれども、橋爪さんの迫力というのは、ひしひしと……。

小浜　さっきの発言と違うじゃないですか(笑)。

加藤　干渉しないでちょっと聞きましょう。

橋爪　僕は竹田さんにも分があると思うから、たじたじしながらやっているんですけれども。

竹田　つまり、人間のほうが男や女より深くてエロスが深いというのは、どういう原理からくるんですか。僕の理論では、僕の研究では(笑)、そのとき人間というのは一体どういう概念なんだろうか、どういう生活条件なんだろうか、よくわからない。

小浜　空虚な感じがするね。それから社会慣習にすぎないという言い方も、趣味として好きくないなと。つまりそれは他に社会習慣があるかないかというような知の方向からの光の当て方にかかわらず、いかに社会習慣であろうと、ある見えない根拠とか、そういう不合理なことを言っちゃいけないのかな。ある根拠をもって、たとえば性差の現状を生きている普通の男女がいる場合に、それがある社会学的な知の光かなんかわからないけれども、そこでもって「あっ、これは浅いものだ」、たとえば歴史を探ってみたらこれぐらいの浅さにすぎなかったというようなことで、僕は単純にひっくり返してしまうということは、いいとは思えないんですよ。

参加者　僕が思うことなんですけれども、立脚点というんですかね、お二人の立脚点が違うと思うんです。橋爪さんのほうは、いろんなことを形とか論理に当てはめて、それが論理的に言って、それを解決するにはこうだ、こうだと。竹田さんの場合は、自分が考えて立脚点に立って、自分がその人間なんだと。そこから出発しているから、ちょっと角度が違うんじゃないのかなあと。

竹田　僕、さっきそう思ったんですけどね、今橋爪さんと話していて、言葉が届かないという感じは全然ないんですよ。必ず話をすれば、ちゃんと通るし、僕も橋爪さんの言うことを受け取るだろうし、橋爪さんも僕の言うことを受け取ってくれるはずだという感じはありますから、立脚点が違うから違っているという感じはないんです。

橋爪　男女っていうのを深いというふうに考えたっていいんですよ、僕の趣味から言えば。しかしね、セクシャルマイノリティという人がいると。そういう人が出てきてね、その人の自己主張をした場合に、君は人間らしくないとか言えないと思うんですよ、僕は。その場合をどう考えればいいかというと、人間には男と女というあり方があって、こういうのがエロスを満たす方法だというふうなことを、僕はあまり言いにくいんですよ。

竹田　僕、それ全く認めますよ。そのとき、人間というのは何ですか。

橋爪　だからね人間という枠は比較的壊れにくいが、セクシャルマイノリティーズのことを考えると、男女という枠は比較的壊れやすいんじゃないかっていうふうに思ったということです。

竹田　こうじゃないですか。男女でもいいし、男男でもいいし、女女でもいいし、なんでもいいということじゃないですか。

橋爪　いろんなパターンがあるから、そこから男女という枠がどれぐらい有効かということを考えてもいいということですよ。

竹田　その時にね、男男でも男女でも何でもいいんだというんだったら、今の場所からちゃんと届くと思うんですよ。その時に、人間だと言われると……。

橋爪　そうじゃなくて、男女という枠の中で考えるという習慣の中だと、性的少数者の人たちが、自分のアイデンティティをすごく脅かされるんですよ。

竹田　違います。別に脅かされませんよ。

橋爪　そうかなあ。

川村　よろしいですか。うまく言えるかどうかわからないんですけれども、橋爪さんのおっしゃっていることを聞いていると、やはり村上春樹の本を思い出すんですよ。あの人の書いていることも、女性である私にとっては、とても優しく聞こえるんです。男女の性差とかいうこととか、もともとの自分を形作っていくものとか、というものをなるべく言わないようにして書いているところがあるように思うんですね。もちろん過去の全共闘だとか、そういう時代性は背負ってはいますけれども、あの人自身はなるべくそれを表に、それは出すんですけれども、でも女性に対する接し方だとか、他者に対する接し方では、なるべくそういう、本当に男の人なのか女の人なのかわからないような雰囲気を持った文章だなと思うところがあるんですね。そこにとても惹かれるところが女としてはあるんです。それはたぶん男性にはわからないだろうと思うんですけれども、この社会が男社会だからじゃないのかなと思います。関係ないのかな。

竹田　いや、あると思います。ただ、それは大変よくわかりますけどもね、自分が朝鮮人であるということから僕なりの結論を得たのは、こうあったらいいなあという夢想から考えてはだめだということです。自分が今人間であるという現実から出発できる人は一人もいなくて、だけど男と男という組み合わせとか、そういうのはいくらでもかまわないわけですよ。だけど自分が男であるか女であるかというその現実から、なければいいなあというところから出発してはだめで、自分が持っている、自分が背負っている初期条件からどう考えていけるのかというふうに考えないと、おじゃんになると思うんです。

川村　それはそうです。それは絶対にあるんですよ。そうじゃなくて、それを崩さなくてはならないという考え方ではないんですよ。崩したらきっとそのどろどろした中から、その中でもいいものがあるというのはすごくよくわかるんですよ。わかっているんですよ。だけれども、なるべくそういうものを前に出さないようにするほうが、私、女性の立場からかな、そんな気がします。

小浜　そのほうがうまくいきそう？　それは女性を代表しているという自信がありますか、その感じ方は。

川村　(笑)さっきの女性と男性という意味だけじゃなくて、それこそ生まれがどうとか、そういうことを全部ひっくるめてなんですけれども。なるべくだったら、そういうふうにしたほうがいいのではないかと。

小浜　風通しがいいという関係になるという……。

竹田　あのね、こういうのはよくないですか。僕はね、人間がみんな国籍とかなくて、みんな世界人であればというふうに、僕、自分が朝鮮人として考えたらやっぱりだめだと思うんですよ。誰でもいろんな場面で、朝鮮人であるとか、そういう場所から出発して自分が一回きり生きて、この生を肯定できる、そういうところで自分が生きるということが納得がいくという形でなければ、思想というのはだめだと思うんです。

川村　もちろんそうだと思います、私も。だけど、橋爪さんのおっしゃっているのは、ちょっと私は聞き違えているのかもわからないけれども、橋爪さんもそれはやっぱり肯定なさっているんじゃないかなと思うんですよ。

小浜　ちょっといいですか。竹田さんがさっき橋爪さんに、要するにセクシャルマイノリティに対する抑圧になるということに対して「違います」と。それをもう少し展開してください。

竹田　ちょっと忘れちゃったよ(笑)。ええっと、つまり僕は人間がいろんな民族や階層や国家や、今のところそういうことですけれども、そういうものに分けられてて、そういうものであるということは、僕にとって全然抑圧にならないんですよ。それは必ず同じ原理のはずですよ。僕はそれは自分の中で考えつめて、人間というのは本当はみんな国境とかないんだ、民族もないんだ、階層もないんだ、能力のある人もない人も、それもないんだ、そういうふうに考えたら僕はだめだと思います。極端にいけば、そこまでなるんですよ。本当にそうだったらいいなあ、そこまでできるからしようというふうに、そこから出発したら僕はだめだというふうに考えますね。

◉イノセンス論

森重　おっしゃることはよくわかるんですけれども、ただ、今おっしゃった意味は、決して原理として、いわば男、それがごちゃまぜにするというのではなしに、女性が村上春樹の小説を読んで、中性、中性という言い方もおかしいんですけれども、両方無化していくというニュアンスだと思うんですね。僕さっきイノセンスと言ったのは、つまりエロス的な場所というのはよくわかるんだけれども、イノセンスという言葉で含めた問題というのは、今おっしゃったのとほとんど同じような意味です。ただもし、原理的に言えば、イノセンスという場所が成立する場所というのは、生まれ立ての子だと思うんです。さっき僕が言ったエロス的な場所というのは、必ずいわば否定性をもった関係の中でいくんだけれども、生まれてきた子供だけが、だけど生まれなくてもよかった、生まれてきた場所というのはいわば望まなかった、生まれ立ての子供が成立する場所だけが、本当はエロス的な場所に対していえば、イノセンスの場所だと思うんです。それで今おっしゃったような、この方がおっしゃったように、意味っていうのは現象として、原理という問題ではなしに、現象として非常によくわかる感じですね。村上春樹の世界というのは、この問題というのは、今日はあまりそこがなかったんだけれども、そうだと思う。それがさっき言った初期条件を無化していくという、そのおっしゃる意味も、僕はさっきそこの初期条件を無化するということを言えば、生まれ立ての子供の場所ということを非常に感じているわけです。それは、今の仕事の中で、女性が人形を見るまなざしの中で、それはいわばエロスではなしに、男女というところを現象として無化していくというか、無化するということもおかしいんだけれども、それをまなざしていく。いいんだと、男女のどろどろしたものもいいんだよと、そんなもの関係ないんだよということで、僕、非常にいつも目の前で見ているわけなんです。それと、それを子供のレベルで言えば、それがエロス的な場所を離れてしまって、中空に浮いてしまっている。

それは本当はもう初期条件に対して、無意識のところでどこか復讐しているというところじゃないかという問題があると思うんです。それとエロス論をどうするか、それから今日、村上春樹をめぐって、村上春樹の感受性の場所で、ずっとめぐってどこかへ行くというよりもむしろそこらあたりの、非常にむずかしいんだけれど、思想の原理を語る場合と、現実の世界の証言という形で現象というのをきちっとフォローしていく場合、そことの非常に微妙なところで、今うまく語れないんですけれども。

小浜　ええっとね、イノセンスということで言いますとね、生まれ立ての子供っていうことにイノセンスというものを仮託するのは、客観認識として間違っていると思います、第一に。それはいわゆる面倒臭いあれでしょうけれども。それからもう一つはね、生まれ立ての子供にイノセンスという像をかぶせるということは、その裏側に、つまり育っていく、親なら親の元で育っていくことは、そのイノセンスを汚されていくことである、あるいは暴力を受けることであるというような発想が必ず根底にあるわけですよ。僕はそういう発想はだめだと思うんですね。

森重　いや、そうじゃないです。そういうふうに僕は言っていないです。

小浜　いや、あなたはそうじゃないかもしれないけど、イノセンスという言葉が流通している言われ方というのは、現にこの頃の中で言われている言われ方というのはそうなんですよ。そうだと思うんですよ、僕は。そういう捉え方というのは、僕はかなりアウトだというふうに思っているわけです。それはさっき言われた芹沢さんに対する、僕なりの批判になっちゃうかもしれないけれど。

川村　もしそうなら、私はそれはそういうことを言っているのではないと思います。あの、この方は……。

小浜　彼はそうじゃないと思うんだけれども、イノセンスというのは無垢性ですよね。無垢性というのには、すごく価値的なニュアンスが伴っているじゃないですか、初めから。つまりその裏にはね、明らかに子供が親の元で育っていくということは、親が飴を与えながら要するに強制的に社会の中に馴致させていくことであって、それは要するにイノセンスを汚していく暴力的なことなんだという、そういうニュアンスがどうしても入っているんですよ。そう思うんです。つまり今「子供論」というのは、そういうふうな文脈で成立しているところがあるわけです。僕としてはそれに対して、わりとアンチテーゼを言いたいんですね。

岩脇 イノセンスというのはマクシムの世界ですね。

小浜 そうですね。大人の側にもスライドさせていえば、そうだと思うんですね。

森重 ですから問題は、イノセンスというのは、本当の意味で成立するかどうかというのは非常に微妙なんです。ただいつも子供のイメージと、今村上春樹を読んだ時に、先ほどおっしゃったイメージがダブってくるわけですね。その両方のほうから、非常に言い難いことを言いたいんです。

小浜 なるほど、わかるんですが。端的にいうと、親が子供を育てて社会に馴致させていくという、その生活の関係が動いていくことの中に、肯定して両面を認めたいんです。つまり肯定面もあると、はっきり言えば言いたいわけです。それは人間というのは、不可避性といいますかね、そうならざるを得ないものとしてあるのである以上ね、それを何かイノセンスというような究極的な理念のほうから、人間の育てたり生きたりしている姿というものをイメージ化したくないんです。

森重 まああの、おっしゃることはよくわかるし、たとえば小浜さんの考えている家族というのはどんなふうにそこを読んで押さえているかということは理解しているんだけれども、もう一度、家族の解体ということとのイメージですね。解体ということと同時に家族に対するエロス的なまなざしというのが、同時的に成立する問題というのはあるんじゃないかと思うんですね。それはさっきおっしゃっていた「森」の問題に関わる問題だと思います。「森」のイメージで、非常にそのあたりの、村上春樹に対するアンビバレンスとおっしゃっているんだけれども、本当はアンビバレンスそのものをもう一度原理として、小浜さんに家族論の中に入れてほしいなというのがあるわけです。だけど、アンビバレンスという形でしか、小浜さんは今日はおっしゃってないのでね。だからこの二つの、『村上春樹をめぐる冒険』の中に、小浜さんはアンビバレンスじゃなしに家族論の中に入れ込めるのか、もしくは家族論そのものをもう一度さっき言った解体とか拡散とかという問題を、どういうふうに入れるのかという問題が、『村上春樹をめぐる冒険』を読むという、僕にとっては経験になったわけです。

小浜　アンビバレンスというのは、僕の感情なんですが、僕の感情は僕が生きている現実の中で根拠を持っていると思っていたら、やっぱり「アンビバレンスではなしに」というふうなことは言うことはできないんですよ。それを引きずるしかないだろうという感じで。どちらにも根拠はあるなという感じ。つまり村上春樹が突き出している世界というのが、あるイノセンスの理念みたいなものを何か包容して言っているんだとすれば、それが僕らの生活意識のさまざまな複雑な層の中で、非常に胸にストンと落ちてくる、そういう部分というのは必ずあると思う。それは否定しないんですよ。だけど、それだけじゃないということを言いたいんです。それでそのことと、さっきから僕がこだわっていた、たとえば、家族の関係みたいなものを、初期条件なり自由選択の条件でも何でもいいですけれども、条件として捉えて、それをできるだけなくしたほうがいいというような方向に理念を持っていけるかということに対しては、僕は疑いを持つということとは、たぶん繋っているんだと思います。

●差別と少数者抑圧

加藤　いいですか。さっきの問いにもう一度戻して聞きたいんですけれども。要するにさっきおっしゃったのは、男女というふうな設定の仕方は、性的少数者を抑圧するとおっしゃったんですか。

橋爪　それはだからちょっと、試しに聞いてみただけなんですけれどもね。ちょっとそれについて敷衍して言うと、ええっとそちらの女性の方のお名前は？

川村　川村です。

橋爪　川村さんがおっしゃったことは、たぶん僕が言ったことと非常に関係があるというか、僕が言いたいことをうまく言ってくださったような気がするんですけれども。非常に雑駁《ざっぱく》で類型的な言い方をしますよ。男性というのは、女性であればセックスできるというふうな、カテゴリカルな感じというのはわりに強いと思うんですよ。だけど女性というのは、この人とセックスしたいみたいなのがね、比較的強いと思うんですよ。もしね、エロス的な関係の中に男女がないというのはどういう世界かというと、この人なのかあの人なのかという感覚になってくると思うんです。それは決してね、白紙の状態から出発するわけじゃなくて、ある意味で現在の女性的なセックスに近い形かもしれないんですね。だからそんなに突飛なことを言っているんじゃなくて、ある種のね、たとえば男男というのもカテゴリカルじゃなくて、やっぱりかなり、まあいろいろタイプがあるだろうけれども、この人という選択性があるのもあるらしいし、そういうことかもしれない。そういうことを僕はちょっと言ってみたわけです。

竹田　そうか、僕、イメージの中でね、男、女というふうに今生まれてきて、それをそういうのを、つまり両性具有にしちゃうとか、男女というのをやめて人間にするというのがどういうことか、あまりイメージがよくわからないわけですよ。それでつまり考え方としてもうちょっと聞くと、男女というカテゴリーがなくなる、橋爪さんが思っている条件は何ですか。

橋爪　それはね、女の人が子供を産むということですよ。そういう必然がある限り、家族は営まざるを得ないし、男女の性愛というのはノーマルであらざるを得ない。だから、男とか女とかいうカテゴリーを守っていく、伝統として守っていくことは充分合理的で、なんというか性的少数者というのはずっとあり続けるだろうと思うんですね。だから逆にいうと、性的少数者が、性的少数者という位置付けではなくて、何かの解放を迎えられるとするならば、男女というカテゴリーがそういうノーマルな意味を持たない時だろうと。そういう条件というのを考えていくと、女性が子供を産むという必然から解放される時に違いないと。

竹田　今の社会が持っている男女のカテゴリー的な差みたいなものを、つまり女の人がもし子供を産むということに関して不利を持っているならば、それをできるだけ縮めていくという、そういうことですか。

橋爪　それは当然のことでしょう。

小浜　当然なんですか。だけど、女性が子供を産むということは、女性の人ならば誰でも、女性としては不利な条件だということは普遍的に言えるんですか。

橋爪　それは僕が決めることではないでしょう。

加藤　橋爪さんが、だからブタに子供を産ませるとかなんとかいう仮説を出す理由というものがよくわかった。今の話のところから出てきているわけでしょう。

竹田　だけどその場合でも、僕、男と女の社会的でないカテゴリーというのは残ると思いますよ。それつまりね、生態的に遺伝子操作をするとか、そういうことをしなければ、僕の欲望の研究では全く対称的にはならないんだけれども、そこらへんは……。

橋爪　操作可能性がありますからね。

小浜　でも、問題は技術的に可能だとか、そういうことじゃないんですよ。そうじゃなくて、どこにそういう理念を理念として打ち立てるべき根拠があるかというと、はたしてそういう男女の差を無化する、一番象徴的な例は橋爪さんがいみじくもおっしゃったように、女性がおなかを痛めて子供を産まなくなるという、産まないでもすむようになるということね。そういうことを、大多数の女性がはたして求めるかどうかというところにしか、それは尺度がないんですよ、たぶん。それは技術的にいかに可能であったって、竹田さんのタームで言えば、女性がそういう欲望を普遍的なものとして持たない限りは。だからそこの見通しにかかってくるんだとしか言いようがないんです。

岩脇　僕はだからそれを、さっきの橋爪さんの発想から言うと、女性としての初期条件の無化ということに……。

竹田　だから、いきなり人間というふうに置いちゃうのは、手続き上無理で……。

橋爪　そうじゃなくて、今いみじくもおっしゃったように、女性が決めるわけだから選択になったわけですよ。選択し続けて皆がそうしているんだったら、もはや習慣になったわけですよ。自然ではなくなったんですよ。

小浜　だからそれについて、はたしてどれぐらいリアリティがあるか話し合おうと言っているわけですよ。

橋爪　そうじゃなくて、今おっしゃったことは僕の枠組を認めたということなんです。

竹田　ああ、わかった。選択になったってことだね。

橋爪　だからもう話し合う余地はないんです。結論が出たんです。

参加者B　ちょっと、さっぱりわからん。整理してください。

加藤　性のカテゴリーの差がなくなるというようなことは、別に子供の問題が解決したってあるだろうと。ただそれと、あの人この人ということと、どちらの比重が増すかということについては、いろんな可能性があるということでしょう。

橋爪　それは私もそうです。だから多少過激に言ってみるという程度のことです。

小浜　だから決めることだというふうな言い方と、さっき初期条件を無化してしまうのが、究極の理想状態とは言わなかったかもしれないけれども、それが一番いいんだと言ったこととはそういうふうに繋るのかな。そこがよくわからない。もしそれがいいことであるというふうなことを最初に打ち立てるならば、女性はそれを選択すべきなんじゃないですか。

加藤　いやそうじゃなくて、初期条件を無化すれば、自然の問題に選択が入って慣習の問題に変わるというふうなことじゃないの。

竹田　僕、それだったら認めます。

橋爪　慣習というのは、「べき」とかいうことじゃなくて、選択したから正しいんですよ。だから選択するかどうかということだけなんです。

小浜　ううん。えぇっとね、もうちょっと違った角度から言うと、竹田さんと僕ともちょっと違うのは、たとえば朝鮮人差別とか身障者差別とかさまざまな差別があって、そういう現実の不利な条件に置かれたという意味では、男女の条件ということもみんな同じだというふうに言われるんだけれども、僕は差別という文脈で言えば、男女差別というのは他の差別とはいささか違う特別のものだという感じを持っているんですよね。それがどういうことかというと、非常に両義的なんですよ。女であることの不利というのはね。つまり女であるということは、確かに男支配社会であることの不利を被る存在であるけれども、逆に女でありたいと思っている人もたくさんいる。つまり女であることのアイデンティティを確保することによって、確実に自分の生の充実というのをはかれる部分というのはある、というふうに思っている。

竹田　そこ、対立しないんじゃないですかね。

小浜　たとえば朝鮮人差別はよくわかりませんが、なかなか言われているところはあると思うんだけれど、僕、身障者差別だとかあるいは部落差別とかいうことになってくると、そこは区別すべきだという感じを持っているんですね。ちょっと同じにはできない。

竹田　どういうふうに。

小浜　それは単純な数から言ったって、身障者差別とか部落差別とかというのは、多数者と少数者の数の関係、力関係によって決まっているという部分があるし、まだもろもろあると思うけれど、男と女というのは、やっぱり我々の生活世界を構成している、まあ習慣かどうかわからないけれども、そういう一つの、重要な二つの契機ですよね。

竹田　ああ、僕、橋爪さんが言っているのは、今女の人が女であるということによって、つまり余計に余分に持っている社会的なある不都合があるんだったらば、それを不都合と思う人がある限り、それを選択してと。できないよりはできるほうがいいと。で、それは社会的な原理としては全くそうだと。

小浜　そうですね。それはそうです。

竹田　ただそのことと、やっぱり一人の女の人が自分というものをどういうふうに考えて、どういうふうに納得して生きるかということは、またちょっと別の系列の問題だというふうに僕は理解しています。

小浜　すごくうまく論理的にまとめられたけど……。

竹田　もうちょっと言わせてください。つまりね、選択できる世界にこの世の中をするということが、自分を解放する道だと思うのは間違いです。だけども、選択できる社会のほうがいいと考えるのは、それは原則的に正しい、原理的に正しいということですね。

小浜　解放とは必ずしも言えないけれども、ということね。それはいいですよ。

加藤　ちょっと質問ですが。これフェミニズムの話としては非常におもしろい話というか、関心の湧く話なんですけどね。今小浜さんがおっしゃった、女の人、不利もあるけれども充実もあると思う、というふうなことは何を根拠にして言えますか。

小浜　それは見通しです。つまり他の差別と比べた場合に、身障者であるということは、ある屈折した生き方を選べば身障者であることのアイデンティティ、何かその中の充実ということはあるかもしれませんが、僕はそれはわかりません。だけど、身障者であることはこの社会で生きる限り絶対的な不利条件です。だけど、女性であることは必ずしもそうじゃないです。

加藤　そうじゃないかもしれない、ね。つまりフェミニズムの問題というのは、僕は一番大きな問題は、そういうふうに言った場合、鳥瞰的な視点に立つんですよ。そこが僕にとっては一番根本的な問題なんだろうと思っているんですね。だから鳥瞰的な視点はないんですよ。それがフェミニズムの問題の、僕は一つの特質、一番大事な点じゃないかと思っているんです。

小浜　どこに鳥瞰的な点がないですか。

加藤　つまり男はこうで、女はこうなんだろうと。いつも「かもしれない」という話なんですね。

小浜　「かもしれない」でもいいですよね。

加藤　でも、「かもしれない」だったら、その先に繋らないじゃないですか。

小浜　ただ、身障者差別や部落差別の問題と違いませんか。

加藤　いや僕にはわからない。

川村　あのう、いいですか。性差は認めて、言い尽くされているとは思うんですが、性差別という意味で、女の人が男の人より低いという、それが差別ですね。性の差というのはあると。

小浜　性差から性差別が出てくるんですよね、だけど。性差別はなくすべきです。

◉村上春樹と男の責任

川村　だけれども、村上春樹を読んで快適な刺激を受けて、読者がたくさんいるという原因の一つに、その快適さの裏返しに、性差別がやはりどこかにあるからじゃないかなと思うんです。

小浜　ああ、そういう読み方……。つまり村上春樹は性差別を無化しているという意味で女性にとって快適に感じられるという……。

川村　全く無化しているとは思わないですけれどもね、あらゆる差別に対して、なるべくそういうふうにしないでおこうというのかな、自分を一番普通のところに置いているというか……。

小浜　あの、その真偽はともかくとして、もしそうであるならば、僕はその点は、村上春樹に対する批判にたぶんなってくるんじゃないかと思う。

加藤　どうして？

小浜　つまり、もし村上春樹がそうであるならば、村上春樹の小説の本質のどこかにそういう……。

川村　本質はたくさんあるけれども、たくさんの中の一つですよ。

加藤　いや、そうじゃなくて……。

橋爪　どうして批判になるのかわからない。

加藤　そうそう、それを聞きたいですね。

橋爪　つまりむしろ逆で、いいところというふうに何故ならないのか。

小浜　ええっとね……。

林　ちょっと、私は今の女性と全く逆なんですね。私は自分が確信的なフェミニストだと思っているのですが、だけど、他の女性を代弁するつもりはありませんけれど。村上春樹の小説を読んでいると、彼は決して自分が、なんて言うのかな、橋爪さんが言われるように、自分が男であることの責任をどこまでも引き受けようとはしていない。だからね、彼は結局男であること、つまり男であるという初期条件を無化しようとはしていないわけです。そうだと私にはとれるんですね。だから一見読むと、非常に要するに、これまでの確かに男がインターコースをする時に侵犯する、侵す、侵入する、自分のものに所有する、支配するというようなものはないかもしれないけれど、だけど、かといって、自分が男であるという責任というのかな、自分が男であることはどういうことなのかということに対しては、彼は全然、だからほかのことと一緒のように、関係ないと言っている。関係ないと言っている限り、私はやっぱり責任をあくまで引き受けていくということでない限り、自由になれないと思っているから……。

小浜　責任を引き受けるというのはどういうことなんですか。男であることの責任というのは？

橋爪　たとえばレイコさんに対して避妊をしなかったとか？

小浜　男であることの責任を引き受けるという時には、男のあるべき像というものがあって、ということですか。

林　あってということじゃなくて、さっき竹田さんの言われたあるべきということじゃなくて、今の自分の条件ですよね、置かれている条件、今の自分の現実ですよね。それを、そこから出発する、それをふまえるという、最低限の、つまり自分が男であるということがどういう現実なのかということすら彼は見えていないということなのです。

岩脇　だけどそれはね、個体性のレベルじゃないのかな。僕は、たとえばある女性に対して、僕のほうが女になることもあり得ますよ。

林　だから、そこで要するに性差別というものが、私も他の差別と違うなと思うところがあるんですよ。それはだから結局は小浜さんがおっしゃるように、エロス的な関係ですね、一対一の、まさに直接に関わり合うようになった時には、まさに個体が問題になってくるわけですよね。だけどその個体というのは、男であるということから自由ではないわけですよ。

岩脇　そんなことないですよ。

小浜　自由ではないって、男であることによって、男であることがそれだと最初から不自由みたいな、そういう面もありますけれど。

岩脇　むしろ女性が女性であることから自由になっていないんじゃないですか。

林　だからそれは同じことですよ。男だけを批判しているわけじゃありません。

岩脇　男はもっと自由になれますよ。

〔会場、ざわめき〕

竹田 それで村上春樹の小説は、あれはかなり性差別的な小説ではないだろうかと。

林 性差別というふうには……。だから要するに自分が男であるという現実、さっき竹田さんが言われた、まさに出発すべき条件というところを検証していないという意味で、引き受けていないという意味で、それはそのまま……。

竹田 ちょっと教えてください。その場合、あなたの考えではどこが責任をとっていないというふうに思われますか。そこがちょっと違うような気が。僕のイメージとちょっと違うのかなと。聞かせてください。

橋爪 いたるところでそれはありませんか。作品のプロットの中で。

林 私自身も選択条件を、いろんな形で根がらみになって持っているわけですよね。だけど、それに対して村上春樹はナルシスティックになってはいるけれど、その関係を持つ私に対して全く開いていない、というのかしら……。

竹田 具体的にちょっと言ってください。たとえば、直子に対してはどこがだめなのか。

林 私ね、『ノルウェイの森』はずっと前に読んで忘れちゃったんで、たとえば、女性の私から見ると、あそこに出てくる女の人というのは全然ほとんど存在感がないんですよね。かろうじて存在感があるかなというか、ちょっとおもしろいなと思ったのが、『ダンス・ダンス・ダンス』のユミヨシさんという、ドルフィンホテルで働いている女の子なんですね。

小浜　あのね、存在感がないという意味の批判は、文学的な批判になり得るのだけれど、その中の主人公が責任をとった、男性としての責任をとっていないというような批判は、僕はあまり文学的な批評になり得ないと思うんですよね。

竹田　文学的というかね、もうちょっと聞きたいんですよね。何が男の責任だというふうに感じているのか。

岩脇　わかる？　わかる人言って。

竹田　直子といっぺんそうしたんだから、ちゃんと結婚しろよというような……。

林　そんな話じゃ全くないですよ。

竹田　いや、そういう感じで言ってください。そういう感じで言ってくれればわかるんだけど。

加藤　そのことを聞きたいですね。

岩脇　微妙なんですよ、彼女にとっては。

参加者B　黙ってたら。

林　いや、むしろ質問してくださったほうがいいですよ。

参加者　『ハードボイルド……』のほうの二人の女性、図書館員とピンクのスーツと。あの関係のことと違う？

加藤　いや、やはり『ノルウェイの森』なんかで、漠然と強く感じられることでしょう？

林　いや、『ノルウェイの森』でも『ハードボイルド……』でも感じることなんですよね。

小浜　たとえば、こういう聞き方をしちゃっていいかな。全く極端な例で、レイプする男が文学作品の中に現われると。それが全く無責任に女を見捨てて、ひどい性差別を体現しているという小説があったとします。で、作品と作家の主体性との関係というものは微妙であるけれども、そういう事実が描かれていることをもって、これはそういう無責任な男を書いているから作品としてだめだ、ということは言えないですよね？

林　そういうような責任じゃないんですよね。

加藤　僕、うまく思い出せないんだけれども、上野千鶴子と小倉千加子と富岡多恵子が『男流文学論』（一九九二年、筑摩書房）のところで、あそこでたとえば……。

小浜　やっぱりその話になるのかなあ。

加藤　いやいやそうじゃなくて、つまり例を出してそうなのか、そうじゃないのかということでお尋ねすれば、もう少し具体的かなあと思って。読まれました？

林　読みました。

加藤　あそこで小倉千加子か上野千鶴子が、「主人公の男はマスターベーションというか間接セックスで寝る。あれはおかしいじゃないか」と。なんでおかしいんじゃないかということを思い出そうとして、うまく思い出せないんですけどね。そういう言い方をしてましたよね、確か。

林　だから小倉千加子さんのほうが、私よりもっと彼女のほうがそのことを感じているんだと思うんですけれど、つまり渡辺君というのは、なんていうのかなあ……、「嘘つけ」というふうに小倉千加子さんは言ってたわけですよ。渡辺君に対して「嘘つけ」と。「あんたが本当に思っていること、あんたが本当に男としてこの世の中に生きてきていて、この社会に生きていて、初期条件と選択条件をくっつけているあんたというのは、そんなふうに思っていないやろ」というふうに言ってたんですよ。

岩脇　それは、だけど女性の思い込みですよ。

竹田　そんなふうにって何ですか。

林　そんなふうにっていうのは、渡辺君が直子さんに対して、直子さんのことを尊重してっていうのかな、直子さんの好きなように……。

小浜　で、そういう人間像が作品の中に現われてきたことは、その作品に対する批判でも何でもないじゃないですか。

岩脇　何でもないですよ。村上春樹のシミュレーションなんですよ、あれは。

橋爪　いや、作品を批判しているんじゃなくて男性像の問題なんです。

加藤　だから、これが文学批評なのかどうかというふうなことは置いといて……。

橋爪　よくわかりますよ。僕が感じたイライラと全く同じものです。たとえばね、作品の中でどう描かれていたかというと、結局、直子さんを捨てて緑のほうに行っちゃうということになった時に、自分をどういうふうに言っているかというと、「僕は直子さんのことをずっと待っている」というふうに言ったと。そういう気持だったけれども、結局心が動いてしまって、「待っていられなくなった。ごめんなさい」みたいな手紙をレイコさんに書いたりとかね。直接相手に伝えないわけですから相当卑怯ですよね。さっきのレイプということで言えば、あれのほうがまだ救いがある。つまり加害意識があって、本人は加害行為をしているわけですよ。その自覚がある。だけど、もっとナイーブで加害意識がないんですよ。そういう意味で、ナイーブだしナルシスティックなんですよ。しかしそれが非常に女性を傷つけてしまった、ということを後で気がつくという構造になっていてね、その無数の傷をつけていくわけ。で、どの女性に対してもみんな、そういうふうに振る舞っていく。

小浜　そうかなあ。あれ傷つけてるのかなあ。

橋爪　だって、そう書いてあるんだから、「傷つけた」って。

竹田　それはどこが傷つけたと思うんですか。

橋爪　そうじゃなくて、作品の中に「私は無思慮に振る舞った結果、相手の女性を傷つけてしまった」って、「私」なり渡辺君なりが独白するんだから……。

竹田　いや、それは証拠にはならなくて。

橋爪　いや、それはまさにそういうふうに傷つけたから、そういう客観的事実が当然起こるような小説の描き方だったから、主人公もそう自覚したという関係になっていると思いますよ。

竹田　ええっと、橋爪さんがまああの環境を小説ととらないで、ああいう男がいたとしたら……。

橋爪　だから、臆面がないと言ったんです。

竹田　何が、誰を傷つけたと、橋爪さんは考えられますか。
橋爪　主人公が周囲の女性たちをです。
竹田　周囲の女性？　三人ともですか。どういう点で。
橋爪　つまり、モラルに類するものが、モラルというか自己規律に類するものがないんですね。主人公にはそもそも。
加藤　それだったら、女性を傷つけたんじゃなくて、その男がいい加減な男だということじゃないですか。
橋爪　そうだけど、そのことによって傷つくんですよ。つまり女性が男性に対して期待するのは、そういうアンモラルな状態ではなくて選択であることなんですよ。
参加者F　女の人は、レイコだとか緑だとか直子も傷ついているんでしょうか。渡辺君は「僕は傷つけたと思っている」と言うけど。私の読んだ感じでは、「とっても優しい渡辺君、好き。こんな人わかる」と言う人が身近にいるんです、同じ世代でね。
橋爪　それと矛盾しないと私は思うんですよ。つまり、対人的な場面で、特にセックスの場面で、マッチョな男に比べて、非常にソフトに「個対個」という感じで付き合ってくれる快さということと、それからその後どうなるかという時の、傷つけて省みない破廉恥さというものは、全く両立しているわけ。
加藤　だから僕に言わせるとですね、一つはそれが本当に傷つけたというところに、ちょっと僕はもう少しいくつかのステップを設けて考えたいんです。あれを読めば、あの主人公がいい加減だというのはよくわかりますよ。ただそれがすごくソフトだとすると、そのソフトな像を書いている村上春樹は、ソフトであり得ない。つまりそこはハードだなあという感じの受け止め方が、僕の受け止め方なんですね。それですから、つまり僕ね、上野さんにしても小倉さんにしても、ああいう、これは差別語になるけれど「女のくさったようなの」なんてことも出てきたかもしれませんけれど、「男はもういや」みたいなふうなことが、あの本だったか別の人だったかわからないんですが、そういう感じの受け止め方がすごくあるんですね。そこの内実をもう少し、はっきりしたいという気持があるんですね。

竹田　僕ね、橋爪さんの言ったことでやっぱりすごく感じるのは、「男というのはこういうものだ」という外側の何かを失うと、女の人、自分に身を許してくれた女の人は選ばなくてはいけないというルールの根拠がなくなるということを、あの小説は描いて、女のほうは、女性が持っている愛のルール、つまり私の身体を許す、だけども私を選んでほしい、つまり、今ある両方のルールの根拠が、あの小説の世界ではなくなっているということを描いているんですよ。

橋爪　全くそうですよ。

竹田　それをなんというか、橋爪さんは、あれはルールを持っていないと言っているんですよ。ルールを持たなくてはいけないという根拠を、あの小説の世界に対して言わなければ、それは全然成立しないんです。ただ単に外側から、人間というのはルールを持つべきだというふうに言っているだけになるんですよ。

橋爪　僕はそう言っているんじゃなくて、一読者として見た場合……。

竹田　あれが気に食わないというふうに感じるのは、僕、橋爪さんは、外から人間としてルールを持たないから気に食わないと言っているのかなと思いますよ、やっぱり。

橋爪　そうじゃない。もうちょっと複雑です。弁護している間に混乱してきて。夕方言ったことのほうが、ずっと正確だったんですけれど。

小浜　三百万の読者の中にはね、あの渡辺君てなんていやみなの、と思う女性読者だってたくさんいると思うけれども、これもまた僕の非常に乱暴な見通しですが、あれが熱狂的に受けたのは、大半が女性読者であった。その中には、先ほどの女性の方が言われたように、こういう男性像ならば許せるわという快い感じ、こういう男はおいしく食べられるというようなことが、かなりあったというふうに、それがどちらかといえばマジョリティではないかと僕は思うんです。

◉作者／書き手／主人公（加藤）

加藤　僕は、今橋爪さんのおっしゃったこと、あと今の方がおっしゃったことは、渡辺という人物がこのへんにいて、それでなんとかさんというようなこととして問題にすれば、それは言えるんですけれども、それを文学論として小説論として言ったら、それは違うと思うんですよ。

橋爪　僕はそういうことでは言っていないですよ。

加藤　つまりそれが、僕は『男流文学論』の印象だと、これは小説に対する読み方と違うんじゃないかなと。ですから僕は、川村さんがおっしゃったのは、そういうふうな言い方でいったら、おそらくそういうことはそんなに違わないと思うんですよ。これを小説として読まなかったら、今こちらの方がおっしゃったのと似たようなことを感じてられると思うんですよ。と同時に、小説として見た場合に、さっきおっしゃったような問題が出てくると。僕は、だから小説論としては、非常に気圧を薄めていると、いろんな性差とかを。そして小説空間を少し低圧化している、そういうふうな特質があるというのは、指摘として非常におもしろくて思い当たるところもありますね。ですからそれと、それをだからこの小説はだめなんだという形で言われると、そこはやはりちょっと違うと思いますね。ただそのことを離れては、問題になると思いますけれども。そこのところが一つあります。

橋爪　あの、少し正確に言ってみると、まず作品を読むという体験には、作品に内属して、それがどういう表現行為であるかということを一応抜きにして、その作品の中に自分も入り込んで一緒に共感したり、怒ったり笑ったりという水準がなきゃだめなんです。そういう意味で僕はさっきしゃべったんです。次に、それが作品行為としてどういう経緯でもって提示されているのかということを、全部見るというプロセスがあるんですよ。その時に、僕はナルシズムを出したけれども、もう一回簡単に復習すると、まず作中の人物、主人公というのは作者と関係がある。作者は作品を書き始めるずっと前に、そういう類似した体験をして、そこでいろいろな関係の中で、なんていうのかな、作中の人物と同じようなアンモラルで困るという状態に置かれたんだろうと。それをどういうふうに解釈したらいいかということをずっと悩んで、それを解決するためにあの作品を書いたんだろうと思ったんです。

加藤　というふうに設定しているわけですね。

橋爪　僕の解釈です。

加藤　というふうに、作者が、書き手がそういうふうに……。

橋爪　それも作者の設定だというふうに？　つまり村上春樹がどういう人かということを想定しないで作家論なんて、つまり作品が出てくるということは言えないから。

加藤　ですから作者と書き手と主人公という、一応三つのレベルがありますよね、そういうふうにして言うと。ですから書き手は三〇何才くらいから始まりますよね。その書き手というのは、もうずっと何年か前にそういうことがあって、それがいったいどういうふうなことだったんだろうと思いあぐねてそれを解決するために、それで二〇才ぐらいの時のことを思い出すというふうに書いている、というふうに作者は設定していると、あの小説世界で。というふうに橋爪さんは受け取ったわけですね、と言っているんです。

橋爪　そのことを言っていたんじゃなくて、村上春樹とのことで言ったんですけどね。

川村　橋爪さんがおっしゃっているのは、たぶん村上春樹があの作品を書く前に、何かの形でとても傷ついたということをおっしゃりたいんだと思うんです。

橋爪　傷つけたことによって傷ついたんです。レトリックを使えば、人を傷つけたことによって自分が傷つくはずなのに、あんまり傷ついていないということに傷ついたとかね。かなり複雑だとは思いますが、とにかく傷つきました。

川村　それを、あの文章を読んでいると、どういう事情だかわからないですけれども、現実がどうだかわからないけれども、この人はとても傷ついた人ではないだろうかと受け取れるんですよ。私が女だからかもわからないですけれども。とてもとても傷ついた人が書いた小説のような気がするんです。どの作品をとっても。

岩脇　それは男だってそうですよ。

川村　そのことをおっしゃりたいのかなと思って、橋爪さんは。

橋爪　だからその傷の深さにもよりますけれども。

竹田　自分が傷ついたことをきちんと客観化してないんじゃないか、と言いたいんではないですか。

橋爪　そんなことでもないんですけれども。困ったな……。自分の傷というものを消化するというか、対処するというか、自分にとって受け入れられるものにする必要があったんだけど、そのためにあの作品行為が必要で、それで、そこでやっぱり正当化ということがあると思うんですよ。

加藤　今の言い方で、こちらの方の言い方も含めてですね、僕はね、僕はとにかく作者と書き手と主人公、これは全然三つ違うことというふうにしか、小説というのは受け取らないんですよね。つまり作者が全くへらへらしていて、全くのフィクションで作ったたってことも考えられるんですよ。つまりそれはドクサなんですよね。村上春樹という人はこうだったたんじゃないかと。全然そうじゃなくて全くアッカンベーしながら書いていたかもしれないんですよね。それはわからないんですよ。だからそこは全く曇りガラスなんですね。ただ少なくとも曇りガラスの向こうの人が、なんか書き手がそういうふうな、今おっしゃったように傷ついて、なんか自分の中で「癒し」だとか、そういうふうな形で回想して、しかもそれを書いているというふうに設定した、というふうなことでは言えるんですよ。ただそれと、村上春樹自身のことは、全くそこは違うというのが、僕の受け取り方です。

川村　もしかしたら私の言っているのは、音楽と同じで、竹田さんがおっしゃったのかなあ、「井上陽水がわからない人にはわからない。わかる人にはわかる」というのと同じで、その人の人生経験をもって、今同時にたとえば村上春樹を全員で読んだとしても、一人一人感じ方が違うような……。

加藤　そういうことだろうと思いますね。ただ僕に言わせると、その書き手と作者の間の曇りガラスを透き通らせるのは、スターリニズムなんですよ。

橋爪　だけど、そこになんかの設定をしないで、昨日やったような議論というのはできなかったのじゃないかなあ。団塊の世代論とかね。

加藤　僕は、「僕ら」という言葉は一言も言っていませんよ、そういう発想がないから。だから何というか、だとしてもね、今小説というのはいろんな形でいろんなレベルで問題にできるんですよね。だから僕は、先ほどの、あの主人公の渡辺というのはやっぱり責任をとっていないんじゃないか、というのは充分成り立つんですよ。ただそれを、だからこの小説はだめだ、だから村上春樹というのはだめだということになると、それはちょっと、実はそこには曇りガラスがあってね、それを言っちゃうと、さっきの反スタでいうと、スターリニズムになってるという感じを受けるんです。だからそこを、限定して言われるんだったら、僕は話せるし、それこそフェミニズムの問題として話せると思います。言いたいのはそこだけで、そのことを言った上でだったら今の話を続けられるんですね。

川村　責任をとっていないという、さっきの発言なんですけどね、責任というのがどういうのか具体的にはわからないんですけれど。なんていうのかな、村上春樹はああいう形でしか責任をとれなかった「僕」を描きたかった。それがむしろ私には男らしく映るところもあるんです。

橋爪　まあ、彼にできる精一杯だった。

竹田　僕の感じではね、そのやり方が、人間の欲望の初期条件をぎりぎりまでつきつめて書いている。橋爪さんの言っているのとちょっと……。初期条件までさかのぼらないで、関係というのはルールを持つべきであるというふうに言っちゃっているじゃないかというふうに感じるんです。だから、あれが正当化に見えるんじゃないかなと。

橋爪　そうじゃなくて、彼が傷ついた原因というのは、すでにそういう「関係に対して責任を持つべきだ」というルールがあるからこそ、彼がそこから逸脱して傷ついたということを言っているんです。

参加者F　傷つけなかったことに傷ついた。

橋爪　そう言ってもいいです。とにかくそのルールは僕が持ち出しているんではなくて、彼が認めたルールなんですよ。

竹田　あのね、それは彼がぎりぎりまで押しつめて、彼の中から取り出したものと思うんですよ。聞いていると、橋爪さんは、これは正当化だと言っているんじゃないですか。この小説は正当化していると言っているんじゃないですか。だから、なんか責任がないというふうに、村上春樹が責任がないというふうに……。

橋爪　いや、そうじゃなくて、どう言えばいいのかな、責任はあるんだけれども責任はないんですよね、ということを正当化するには、あの小説を書くしかなかったという構造になっているんじゃないですか。

加藤　僕は、そういうふうな書き手を設定してあの小説を、ああいうふうな小説行為を小説にしている村上春樹を評価しているということなんですよね。つまり僕も何かに書きましたけれども、その中に描かれている男というのは完全な破廉恥漢といってもいいような存在だと思うけれども、それをそういうふうに書いている村上春樹というのは、やはり非常におもしろい仕事をしているというふうなことを、『対話篇』でもしゃべったつもりなんですけどね。

竹田　あんまり違わないのかなあ。つまりそういう形で、ルールというもののぎりぎりの根拠というものを引き出しているように僕には見える。橋爪さんもそう言ってるのかな。

橋爪　そう言ってもいいけど、逆に言うと、そこまでつきつめたとしても、彼が喪失してしまった責任をとるとかなんとかいう要素は、決して出てこないと思う。

参加者F　ああいう形でしか、作品ができなかったという……。

竹田　ああいう形でしか、ということがわからないなあ、そうすると。無責任な男を描いたということですか。

参加者F　いや、責任、無責任という土俵があるんじゃなくて、責任であるか無責任であるかというような項目で考えない男性であったんです。二〇才の「渡辺君」は。私はその「渡辺君」がよくわかるんです。いると思うんです、友達にも。そういう人と関係になっても、私は傷ついたとは思わないと思うんです。責任をとっていないというふうには責めないと思うんです。それが作中人物での「直子」や「レイコ」や「緑」も、ちょっとずつそういう相手を責めない要素を持っている。「渡辺君」を許していると思うんです。だけど「渡辺君」は、本当はこうであってはいけないはずなのに自分はこうであった、というある規範を立てることによって自分が傷ついている。規範を立ててその規範で傷つかなかったことによって自分が傷ついている、という構造になっていると。それを意識的に描き出している村上春樹というのは、おもしろい現代的な状況をうまく彫刻しているというふうに言えるんじゃないかな。

島元　村上春樹本人が「これは、にもかかわらず生き延びていく話だ」ということを書いていますね。正当化しているわけでもないし、懺悔しているわけでもない。にもかかわらず生き延びていく話だと。僕は、そういう話としてものすごく感銘がありましたね。

岩脇　僕は今、村上春樹の愛情のシミュレーションというのが、『世界の終り……』が村上春樹の意識の牢獄のシミュレーションだとしたら、「阿美寮」というのは、同じように作られた愛情のシミュレーションだと思うな。

竹田　女性に対する幻想のシミュレーションというふうに。

加藤　僕は、曇りガラスの向こうの村上春樹というのはわからないわけですよ。ただ、きっと作者自身はこの小説をこういうふうにして書いたんだろうなと、僕に思わせるか思わせないかは紙一重なんですよ。でも、思わせるか思わせないかというのは作品の力なんですよね、僕に言わせると。僕はそういうふうに受け取ったので、そういうふうに書いているということで。だから主人公バツなんですよね、書き手バツなんですよ。で、主人公をバツにして、書き手をバツにすることによって、最後のそういうふうにしてしか手に入れられないようなもの、小さなマルか、何か微妙なマルを作者は自分の手元に得ているというふうな構造になっているというのが、僕の受け止め方なんです。

竹田　そのバツも、なんか微妙なバツなんですよ。

参加者F それはバツではないと入っていける人種もいると思うんですよ。だから、作者のところに小さなマルが残る現在的状況というのが、なんとなく感知できる。

岩脇 加藤さんの意見というのは、やっぱり四〇男の意見だね(笑)。

◉フェミニズム再論

小浜 僕はあの主人公というのは、すごく母性本能を刺激するんじゃないかと(笑)。

加藤 あなたの? 女性の? なんでそれがわかるの(笑)。僕ね、そういうのはよくわからない。超能力者? (笑)

小浜 今のは、無責任な発言で……。

竹田 母性本能と言わなければ、僕ね、そういう男性との関係が女性にとって何かひょっとして気持いいんじゃないだろうかというふうに、もし誰かが言うとしたら、それはなんかわかるような気がするんですよ。つまりね、男がセックスした女性に対して、これは絶対に守らなければいけないと。女はその逆ですよね。そういうのを解いてしまったら、ひょっとしたらすごく気持いいんじゃないだろうかということがあると思うんですよ。いわば夢想の形で。その形は、男と女の性的な幻想、性的なエロスの、一つの重要な本質を示唆していると思いますよ。

加藤 先ほどのフェミニズムの話をもう少し続けてほしいような気がしますけどね。

岩脇　加藤さんがそんなことを言うんですか。

加藤　「加藤さんがそんなことを言うんですか」――？

岩脇　いや、ちょっと意外な感じがしたから、思わず言ったんですが。

加藤　意外なんですよ。意外な一面があるんです(笑)。

小浜　あそこに出てくる三人の女性との関わりというのは、みんな間接セックスなり本当のセックスをしているんだけれども、ある種の男の性幻想、女性に対する幻想の中の典型的な三パターンみたいなものを描き出しているという感じがしているんです。身も蓋もない言い方をすれば、直子というのは男性の中にある永遠の女性、緑というのは生活を共有して楽しくやっていきたいと男が思うような女性、レイコというのは母なるものみたいな、僕はそういう位置付け方をしているんだけれども。つまり非常に欲張りな男の幻想を……。

加藤　僕は全然違う。

細見　僕は、小説の印象ですけれども、「渡辺君」なり『ダンス・ダンス・ダンス』の主人公にしても、そんなに自由な恋愛観だというふうに思えないんです。最終的には「ユミヨシさん」との関係であるとか、緑との関係であるとか、あそこでは確かに結婚という形をとっていないし、そういうことは宙吊り状態なんですけれども、限りなくそれに近いことをその先に予測させるように常にそういう終り方をしていて、その時の主人公とか登場人物の女性に対する感覚というのは、そんなに自由闊達というふうに、全く新しいというふうには思えないんです。

参加者F　男としては結婚に近いものかもしれないけれど、結婚というのはどうでもいいんじゃないでしょうかね、その時点では。

細見　だけどその時に、確かに結婚が持っている制度的なものとかは取っ払われているかもしれないけれど、結婚が持っている、制度が取っ払われたところで残っていくようなある意味で純化されたものを、そこでさらに凝縮して残していこうというような、そういう点では、すごく古典的な恋愛感情に近いものに最終的にはいくような話に常になっていると思います。

参加者F　それはすごく現在的な状況だと思うんですけれどもね。

島元　細見さん、それは肯定的に言っているんですか？　否定的に？　どちらでもない？

細見　いや、僕はそういう部分は自分の中にもあるし、そういうことを含めてすごく新しいとか、全く違う男女関係だとかいうふうには全然思えなくて、ある意味では非常に古風な小説のスタイルだし、ある意味では非常に古風な男女関係で……。そしてそれがかなりの部分、受けた理由であるんじゃないかと……。

小浜　そう思いますね。

竹田　ごく普通の男が女に対して抱く幻想のパターンを描いている。その中で男が女性に対して、あるいは男女が、男女関係の中でルールの成立する根拠は何かというようなことを確かめていると。それはちょうど『ハードボイルド・ワンダーランド』で、外側の間接的なモラルを取って、全部自分のマキシムの中に閉じ込めてしまったらどうなるんだろうかというのと、全く同じ形をとっていると思いますね。

岩脇　意識の牢獄と恋愛の牢獄があるんですよ。

竹田　だから直接それでこの男は無責任とかという感じは、僕はあの小説を読んでそういうような問題はあまり取りたくなかったんです。

細見　とりあえず破廉恥か何かわからないけれども、ある種の必然みたいなものとして主人公があって、そう生きるしかなかったってことが提示されているかどうかということだと思うんですけれどもね。僕は、たとえば『ノルウェイの森』だったらそれを感じますね。『ダンス・ダンス・ダンス』になると、いろんな意味で弛緩しているんじゃないかというのがあります。だから、それを別の視点から裁断するというのは確かに無理と思いますけれど。ごくごく素朴な意味で、この主人公は鼻持ちならないとかいうのはよくあるんじゃないですか。そういう思い方は。で、それが同時に作品に対する否定的評価に繫っていくということもよくあるんじゃないでしょうか、素朴なレベルですけれども。そういう鼻持ちならない主人公を、見事に描いた作者というのももちろんありますけれどもね。だけどごくごく素朴なレベルで、こいつはちょっとこの主人公はかなわんというような判断をする女性もかなりいたんだと思います。

竹田　フェミニズムの問題をやるんだったら、もういっぺん問題を設定し直して、エロス論、特に男と女のエロス幻想を。僕は男の側からしかよくわからないところがあるけれども、女の人にも、男に対するエロス幻想というのはどうなっているのかみたいなことを、もういっぺんきちんとやり直さなければ、これはルールだけの問題では、社会的なルールの問題とはそれほどぴったり重ならないところがあって、言いたいんだけれども、そこは一言でいえないところなんですよ。

小浜　ルールという一般的な言い方では……。

竹田　ルールの問題ではあるんだけれども。人間と人間同士がうまくやっていくためにルールを作る、そういう形で取り出せるルールとは違うものがあると思います。

岩脇　僕、読んだことがないんですが、橋爪さんは「性愛論」というのをやられているんですか。

橋爪　昔。昔というか、昔もやっていたし……。

参加者　もう四時ということも重要な気がしますが。

竹田　ぼちぼち決着をつけるような……。

岩脇　いや、僕はこれは言っておきたかったことなんですが、基調報告も総括も絶対しないというのが僕のマクシムで(笑)。時間があまりないので、これだけは聞いておきたいということがあれば、パネラーの方にどんどん投げつけてほしいんですが。

参加者B　僕は小浜さんの言いたいことというのはすごく共感持てるところがあるんです。僕は高校の教師をしているんですけれども、外国人の先生と僕なりにフランクというか仲良くしているつもりだったのが、突然「ショービニスト！」と言ってぷんと行っちゃったんですよ。僕、英語が苦手なので、後で英語の先生に聞いたんですよ。そしたらそれは男尊女卑主義者みたいな意味らしいんです。つまり差別主義者ということらしいんです。僕は全然そういう気はなかったんですけれど。

小浜　どういう場面でそれを言われたのかということは記憶にありませんか。

参加者B　何も。尻を触るとかそんなこと何も。それで聞きたいのは、性差と性差別は違うというのがあったでしょう。僕が思っているのは、性差はやっぱりあるだろうと。引っ込んでいるものと出ているものとの違い。これは単純に誰が考えても性差はありますしね。で、性差別というのは、僕は自分でしていないつもりだったのに、もう明らかに向こうから相当感情的に母国語で「ショービニスト！」と言われて。さっき男の責任といわれた時も、実ははっきり言ってほしかったんです。たぶんそこで僕は男の責任を言われたんだと思うんですけれどもね。はっきりどうして言えないのかなと。

林　そこから先をあなたが考えろ、というのが私の言っている責任なんですよ。もしわからなかったら彼女に聞けばいいじゃない！　他の人は代弁してくれないわよ。その時の一対一のあなたと彼女の関係性の中で、あなたが彼女に聞けばよかったのよ。

竹田　今のは男の責任とかいうこととはちょっと違う、個人的な付き合いの問題じゃないかなあ。

岩脇　それで、小浜さんに対する質問というのを端的に言ってください。

参加者B　ええっと、両義性と言われたでしょう。小倉さんとか上野さんは一、二冊しか読んでいないんですけれども、両義性というところに、女であることが辛い面もあるけれどもどこかでいい面もあるみたいな、そのあたりが今のフェミニズムの議論の中でなんかあるなあという感じがするんですよ。両義的なものを一義的にしか、現在確かに男性中心社会だという感じは認めるけれども、それで男が悪いとかいう議論はどうも実感として納得いかないんです。やっぱり両義性はあるんじゃないかなあという感じがすごくあるんですよ。で、それで小浜さんが言ってはったことは、そうやなあという感じがすごくしたんです。そのことと、僕が「ショービニスト」だということがわからないということが、絶対関係あるんじゃないかなあと思うんです。そこのところを、もうちょっと僕に自信を持たせてほしいというか。もっと言ってほしいというか、僕ももっとわかりたいと。

小浜　自信を持たせられるかどうかわからないですけれどもね。その場面を聞いてみないとわからない。「ショービニスト」という発言そのものに、何も怯える必要はない。それはたとえば「バカヤロー」という言い方とそんなに変わらない部分があって、もちろん何について言っているかということは違うだろうけれども。「バカヤロー」と言われた時に、自分が全存在としてバカであるかどうかということで脅迫される必要がないのと同じように、問題はさっきの確信的フェミニストの方が言われたのを、ちょっと違うニュアンスで言うことになるんだけれども、僕が何かあなたに自信を持たせるようなことを言うというのじゃなくて、その個々の場面で、ペアの関係で自分がどういうふうに振る舞った時に言われたのかということを考えてみることじゃないかと思うんです。

参加者B　聞こうとしたんですよ、その女性に。そしたらぷいっと行っちゃったんです。

岩脇 もうちょっと、自分で考えてください。

参加者G 確信的フェミニストでも何でもない普通の主婦ですが、さっき小浜さんがおっしゃった、女の人が産む性であることにみんながみんな不満であるかどうかわからないというふうな発言がありましたけれども、それは私たちは今、産む性なわけです。で、それが完全に取っ払われたところでないと、そのことを私たちが選べるかどうかということは決められないような気がするんです。

岩脇 技術的な条件としてですか。

参加者G はい。今は完全に私たちは産む性の側にあるわけで、それがそうでなくなった時に初めて選び得るものだと思うんですね。私たちがそれを選び取るという形で。そういう感じが、私は小浜さんの「家族論」とかそういうのを読んでいる時には大変よくわかったんですが、今はその言葉にちょっと引っ掛かってしまいました。で、そのことと、小浜さんの意見に大変近いんじゃないかとおっしゃって、なんで自分が怒らせたのかわからないとおっしゃっているんですけれども、勝手に怒って行っちゃったというところは、なんか私はすごく関係があるように思うんです。ですから、女の人がそういう性であるということを喜んでというか、そのほうがいいと思っている人がいるかどうかわからないというのは、やっぱりすごく男性的な見方なんじゃないですか。

小浜 それはある程度枠を逃れられないから仕方がない、と言ったら逃げになるかもしれませんが、ただ、産む性でなくなる可能性がなければ、自由選択することができないというのはそのとおりなんだけれども、それはだけど逆に男の側からも言えるわけですよ。僕なんか、結婚して女房が子供を産んで、断定するつもりはありませんが、僕もいっぺんあれ経験してみたいなあと思うことがあるんです。だから男も産めないという拘束の中にあるわけです。そういうことを何かレトリックで、こっちだってこうじゃないかという言い方で言うつもりはないんだけれども、しかし相対化の契機として、考えるきっかけとして、女性も繰り込んだ上で話を進めたほうがいいのではないかと思っています。

参加者G 繰り込んだ上で考えるというのはよくわかりますし、そうすべきだと思うんですけれども、さっき橋爪さんがおっしゃっていたことと、あの場で発言すればよかったんですけれども、あの時のことをちょっと……。どう言っていいのかわからなくなっているんですけれども……。要するに、男女差がなくなって人間として……というようなことをおっしゃってましたね。そういう言い方で言っていただくといいんですけれども、わりとそうでもなくって、小浜さんがそうだというんじゃないんですけれども、女の人だってそのことをあれしてるじゃないかということで、よく問題にされるということがありますね。

竹田 女だって得してるじゃないかとかね。

参加者G そういうことからいくと、私なんかは、そういうものってどんどんなくなっていったほうがいいんじゃないかと思う側に立つんです。だからエロスということで、たとえば男にしろ女にしろ、やっぱり元のところにいくと、人間というかヒューマンというか、ヒューマニズムとは違うんですが……。

小浜 男である、女である以前に、という言い方でいいですか。それ以前に人間であると。

岩脇 僕は個人的にすごくゲイの友達が多いんですよ。一〇人ぐらいいるんですが、いつも不思議に思うのが、セクシャルマイノリティと橋爪さんがおっしゃったけれども、ほとんど男なんですよ。女性がなぜセクシャルマイノリティにならないのか……。

橋爪 いますよ。

林 もちろんいますよ。何を言っているんですか。

加藤 男と女である前に、人間または個人だと。でも僕の中では、人間と人間というのはだいぶ違っていて、さっきはそこでだいぶ大きな議論があったように思うんですが。

小浜 僕は、男として女として関係し合う場面ということを問題にしているわけですよ。そこでの、つまりそういう規定というのは一応前提とした上で言っているんですよ。そういう関係の中では、自分が抽象的な個人であるという規定を自分に言い聞かせたとしても、あまり意味がないという言い方になるんです。

さっきの方、文化的なギャップというものはないですか。つまりアメリカ女性、そういう言い方というのはすごく大ざっぱでいけないんだけれども、アメリカも知らないでいけないんだけれども、ある種アメリカの言論世界、そういうところではそういう言い回しが、女が男をたとえ個別的な関係であっても非難する、一つの規範性を持っているというか、非常に強力な規範性を持っていて、それはあの社会の中ではかなり根拠のあることだ。そのことをその外国人女性は日本に来た時に、少しその文化土壌の違いみたいなのを意識しなかったのではないかなという気がするんですけれども。

参加者B　かなり僕に対して弁護的な……。

小浜　はい、そうなりますね。

川村　あっ、それからね。あと気が付いていらっしゃらない部分があるんじゃないでしょうか。男の方は意識して女性を差別しているんじゃなくて、本当に現実に性差のあるように、ある程度の性差別はどうしてもまかり通っているところがあるので、無意識のうちに……。ただ女の人はそれをふっと感じるというところがあるんじゃないでしょうか。私も時々はあります。

参加者　たとえばどんな時でしょうか。

竹田　それはこの場面では言えないんですよ。もっと個人的な問題かもわからないし、その人の、その女性の固有の感じがあったのかもわからないし……。でも、一般的にも言えると思うんですよ、そういうことって。

参加者H　ちょっと話が変わるかもわからないんですけれども、橋爪さんにお聞きしたいんです。科学技術が進んでいって、人工子宮とかいう形は実現するんでしょうか。考えられますか。

橋爪　それは専門家に聞いてほしいんですが、僕は、考えられないと結論する理由がないと思います。つまり考えられるんじゃないかと。

参加者H　それは、そういう方向に進むというふうに考えますか。

橋爪　それは皆が選択したら、進めばいいんじゃないですか。

参加者H　仮にそういうことが起これば、今言ったような、女の人が子供を産むことから解放されますね。

橋爪　そうです。

参加者H　その辺は、視野に含まった形での議論というのは、今言うことは空論になるんでしょうか。

竹田　僕、女の人が子供を産むことから解放されることが、一人一人の女の人にとってどういう意味を持つのか、つまり一般的に解放、解放というか、その人が充分に生き得る要件になるかどうかということとあまり関係がなくて、ある全般的に好みの問題として、女の人で「私は子供を産む生き方を選びたくない」という人は選べるほうがいいという、ただそれだけの問題です。だから女の人の解放ということは、解放というのは、ちょっと言葉をうまく使えませんが、そのことが条件になるというふうには僕は全然思わないです。もっと別のところに大きな課題があると思います。だけれども、選択できるほうがいいというのは、僕はそのとおりだと。選択できないということは、すごく大きな桎梏になる人がいる限り選択できるほうがいいと。

参加者H　ということは、僕が言ったような方向にドライブはかかりますか。

竹田　わからない。
小浜　見通しはどうかということは、橋爪さんは見通しに対してすごく禁欲的というか、絶対に禁じているようなところがありますが、僕は多少乱暴に言っちゃうと、あまりならないだろうと。そうはいかないだろうと。ほとんど直感にすぎませんが。
岩脇　その時に、一つ考えに入れておかないといけないのは、たとえば胎児が母性と、母親と交通しているかもしれないということで、人工子宮だと交通できないですね。そういうところから生まれた子供というのは、普通に人間の母親のおなかから生まれた子供と変わるかもしれないですよね。別に変わってもいいんですけれども、そのことを視野に入れておかないといけないと。
小浜　それはもしかしたらいい方向かもわからないしね。だれも予知できないわけですよね。
参加者B　なんかおかしいよ。
小浜　変だという感覚はわかりますよ。僕も変だと思います。
参加者B　性差別はあかんけれども、性差はしょうがないやないか。
参加者F　どういうところに考えがいくかわからないですけれども、言われたことでおもしろいなあと思ったのは、「産む／産まない」というのが選択できる社会にするのはいいことだ、必要なことだというのも、選択がたとえできたとして、それが人間の解放、人間というのは女性も男性も含めてですけれども、人間の解放に繋るとはいえないと、小浜さんや竹田さんが言われたことは非常によくわかるんですね。これは今の現在的な状況というものの反映でもあると思うんですよ。こういうふうに考えているんですけれども、産む産まないが選択できるということは、社会は自己規定をくれないんですね。私は女として生まれてきているんだけれども、産むことによって「女」であったりする、という条件というものがなくなってしまいます。それはたとえば農民として生まれたから農民であるというような、そういう自己規定が社会の側からやってこない。だんだん近代社会から現代社会になるにつれて、社会が自分を規定する、社会に対するルサンチマンによって、自分が逆に規定し返されるという、そういう関わりが希薄になっていく。ゲームのルール、取り換え可能なルールによって、自分もどこにいるかわからない、社会は自己規定をくれないという社会の項があって、だけど自分は欲しいわけです。生きているというのは現実ですから、私は女であるかもしれないとか、誰々であるというアイデンティティというのは、やっぱり人間はなくせないと思うんですね。アイデンティティとか物語とか、そういうものは。そういう物語を、今までは社会に反映して求めてこられたんだけれども、どんどんどん社会が人間に対して与えてくれる物語や規定というのが、選択になってきた、ルールになってきた。変えてもいい、変えなくてもいいと。そういう間で生きていかなければならないというのが、私たちのすごく難しいところじゃないのかなと思います。

竹田　僕は、そこまで考える必要は全然ないと思います。必ず僕らが生きている何百年ぐらい先までは、もっと先までかもわからないけれども、規定はいくらでもあると思いますよ。たとえば、子供を人工子宮で産むといっても、でも男と向きあった時に自分が女であるとかいう規定は全部なくなるとは限らないと。全然規定がなくなるというふうに、なぜ考えるのかちょっとわからない。

参加者F　規定がなくなるというんじゃなくて、規定が大きなものでなくなる。選択できる。だから女であるということも一つの同一性がなくなるんだと思うんですね。今だと、私は女であって産む性であるという同一性にいることができるんですけれども、もし選択できるようになれば、女というイメージも消えてしまうかもしれないし、男というイメージも消えてしまうかもしれない。取り換え可能になってしまうんですよ。

竹田　取り換え可能になるんじゃないんじゃないですか。

参加者F　そういう希薄感があるんですけれども。

岩脇　自由とアイデンティファイが矛盾するということ。

参加者　それは今の男と女の中でも、取り換え可能だというのは、同じ取り換え可能なんじゃないですか。

参加者F　だから男・女という話をしているんじゃないんです。それはさっきの一部や二部の話で私が感じたことを言うと、昔は社会的な命題があって、それに寄り掛かって自己を形成できたと。加藤さんが対談の本で言っておられた、「自分には否定性の根拠をずっと疑ってくるという根拠があったけれど、それがあるためにすごく生きやすくなっていたんじゃないかという反省がふいにやってきた」という、そこのところがすごく響いたんですね。この私の感じている希薄感、取り換え可能性というのは、今の現代社会が自分に強いているようなことじゃないかなあと思うんですけれども。

◉欲望の原理（竹田）

竹田　それは現代社会が悪いというわけではないですね。

参加者F　ないです。で、その中でやはり人間は生きていかなければいけないから、村上春樹は生き延びなければいけないからあの小説を書いたように、私も物語が欲しい、自己規定が欲しいという、そこをどう生きていったらいいのかなと思っています。もう一つ竹田さんにお聞きしていいでしょうか。昔は善いこととか本当とか、真・善・美というのを全員がある程度信じていた形、社会を良くしようという形でも信じられたけれど、今それが崩壊してしまって、小さなルールを作るところから自分たちは、私は始めていると思うんですね。で、そのルールの目指しているものは真・善・美というような言葉で語られると理解したいと思うんですけれども、それは循環論に聞こえるかもしれないけれども、本当はその向こうに出ていかなければならない課題というものが私たちにあるんじゃないかなあと、そこのところをどう生きていったらいいのかなと、自分の問題として。

竹田　その向こうというのは、ちょっとわからなかった。

参加者F　もし私が、今私は真・善・美を求めていますということしか言わなかったら、よく伝わらないと思うんです。なんかすごく昔の人間に見えると思うんですけれども、それが崩れた後でもやっぱりルールがいるんだ、真・善・美がいるんだという、そういう気持というところをどう掬い上げていったらいいのかなと、いつもそこで止まってしまうんですけれども、考えが。

竹田　社会の枠組が、自分に与える枠組が希薄になったということと関係があるのですか。

参加者F　あると思います。

竹田　今までの社会の「善い」の大きな枠組というのは、人間は社会全体と関係があって、社会に対して何らかの形で貢献しなければいけないという大きな決まりというか、観念。もう一つは家の中で役割関係を果たすという観念。それが「善い」とかいうことのだいたい大きな規準になっていて、今は社会と家の両方ともがなくなりつつある。で、したがって大きな「善い」というのを、どこに見出したらいいかよくわからなくなった。僕は、社会というものと人間が、つまり何らかの形で関係を持って、社会的なルールを人間が守る動機が、一人一人の人間自身の中に、一人一人の人間の欲望自身の中にあるということがはっきりした時に初めて、「善い」ということが生き返るんじゃないかと。なんかすごく乱暴に言うと。

参加者F　それは欲望の中に先験的にそういうモラルを作る力があるとお考えですか。

竹田　そうです。ただし条件があって、僕ね、欲望の本来は善いところに向かうんだというふうに考えると、プラトンの典型的な考え方、そういうふうに初めから考えるとだめだけれども、あして深いんだというふうには言えるんではないだろうかと。だから、どういう条件があれば人間がそういう単なる快楽から「善い」というところに向かえるのか、この条件をはっきりさせることはできるんじゃないかなというふうに考えるんですよ。

参加者F　条件を示すという形で考えていくことが、今からは積極的なことだと？

竹田　そうです。こういう条件を与えられれば、こうなるんだということが見えた途端に、そういうふうに生きていけるという意欲、欲望が出てくるというのが原理だと思いますね。そのことが原理じゃなければ、美とか善いとかいう、そういう秩序そのものが決して存在しないんですよ。今詳しく言えないですが、それが原理なんです。もともと美とか善いとかという、美とか善いものにあこがれたり求めたり、求めるというのはある可能性が生じるからなんですよ。つまり、子供がおかあさんが何か買ってくれないからといってギャーッと泣いて、だけど泣き止んでちょっと我慢しようと、我慢したらおかあさんが自分のことを可愛がってくれるという、その可能性が見えなければ決して泣き止むことはできないんですよね。それが欲望の原理だと思うんです。うんと単純に言ってしまえば。だから、条件が明示されてなるほどというふうに思う、そのことが新しい欲望を作るんですよね。

〔記録、ここで終り〕

〔この本の成り立ちについて〕

小さなカーブを曲がったとき

森 ひろし

1 高野山ライブについて

本書が記録する「村上春樹をめぐる冒険 ライブバージョン in 高野山」（以下、「高野山ライブ」と略す）というシンポジウムについて、あらためて紹介しておきたい。

高野山ライブは、一九九二年（平成四年）、厳冬の二月二二日から翌朝にかけて、和歌山県伊都郡高野町にある真言宗宿坊・龍泉院に会場を借り、食事と休憩をのぞく十二時間をぶっとおしで議論した、公開討論の催しである。一期一会の、文学と思想の白熱したイベントであった。

九二年という年は、その直前に天安門事件（八九年）・ベルリンの壁崩壊（同）・湾岸戦争（九一年）・ソ連邦崩壊（同）などの世界史的な出来事が相次いだ直後であり、またバブルが崩壊し、のちに「失われた二〇年」と呼ばれる長期不況が始まろうとしていた、そういう年である。村上春樹は、『ノルウェイの森』（八七年）によって一躍ベストセラー作家と目されるようになったが、まだ国際的な名声には至っていなかった。

企画タイトルである村上文学の作品論にはじまり、状況論・世代論・国家論・家族論・エロス論・フェミニズム論……といったさまざまな分野を跨ぎながら、議論は翌朝までエンドレスに熱を帯びていった。

討論のパネリストを務めたのは（以下、敬称はすべて略す）、小浜逸郎（当時四四歳、家族論）・橋爪大三郎（四三歳、構造主義社会学）・竹田青嗣（四四歳、現象学）・加藤典洋（四三歳、文芸批評）という顔ぶれだった。四人ともそれぞれすでに気鋭の論客であったが、記録中に紹介されているので詳しく記さない。ここではそれ以外のことを、覚え書きとして綴ることにしたい。

主催したのは、岩脇正人（自営業、当時四四歳）と大阪梅田「古書のまち」で店をかまえていた「書砦 梁山泊《りょうざんはく》」店主・島元健作（当時四六歳）である。

岩脇と島元は、しばしば文学と思想にかかわる勉強会を続けてきた間柄だった。そこでとりあげた『村上春樹をめぐる冒険〈対話篇〉』（笠井潔・加藤典洋・竹田青嗣による鼎談、一九九一年・河出書房新社刊）に触発され、その続編を聴衆を交えて公開で行なうことを企図した。

そこには、一九六〇年代の社会変革の運動に身を挺したにもかかわらず志を得なかった世代が、失語状態におちいり、村上春樹の文学作品に接して次第に言葉をとりもどすという、「リハビリ」にも似た体験を思想化したいという動機《モチーフ》があった。だが、ライブ討論の蓋をあけてみれば、そのことが同世代の共感ばかりでなく、むしろ世代を超えた参加者における認識の相違をさらけだし、議論に拍車をかける要因にもなった。

それはともかく、岩脇が討論の司会（いわばソフト）を担当し、島元と梁山泊の従業員が会場運営のスタッフ(ハード)を務めるという役割分担だった。岩脇は抜群の理解力で議論の交通整理を行ない、その仕切りの妙がライブを面白くしたと思う。運営スタッフは次の人々だった。

会場整理＝山下勝義
録音＝杉前雄彦
写真撮影＝升田光信(故人)
ビデオ録画＝岡 龍二(ボランティア)
テープ起こし＝白杉 香(旧姓)

会場についても触れておく。

龍泉院は、数十を数える高野山宿坊寺院の一つで、承平年間(九三一—九三八)の開創と伝えられている。そんな仏教史的な事柄より興味深いのは、昭和六年(一九三一)に作家・谷崎潤一郎(当時四六歳)が、二人目の妻・古川丁未子《とみこ》と結婚直後、この寺院に投宿して中期の名篇『盲目物語』を執筆したことだ。そのとき、作品のヒロイン・お市の方に擬せられていたのは丁未子ではなく、やがて三人目の妻となる根津松子だった、というファンや研究者には既知のドラマがあった舞台でもある。

けれども、その場所が選ばれた理由はそのようなこととは無関係で、島元が主宰していた「吟醸酒を飲む会」の会場として使用したことがあったかららしい。足を運んでみれば、厳冬の高野山は村上春樹『世界の終りとハードボイルド・ワンダーランド』に登場する「世界の終り」を連想させる、日常とは隔絶したミクロコスモスであった。

同年二月一五日付朝日新聞夕刊コラム「点描」が「村上文学通し時代認識を語り合い「指針」探る試み 22・23日高野山で」という見出しで、また共同通信配信の地方紙でも事前に紹介され、広く一般から参加が募られた。

全国各地の一〇代から五〇代の男女約七〇名（最年少一七歳、二〇代が15%、四〇代が50%、最年長五九歳）が討論に参加した。多士済々というべきか、記憶では次のような顔ぶれがあった（順不同）。

道浦母都子（歌人）
高橋秀明（詩人）
深海 遙（村上春樹研究）
安田 有（詩人・キトラ文庫）
今村秀雄（批評）
小笠原信夫（日本小説を読む会）
瀬尾育生（詩人・詩論家）
細見和之（詩人・ドイツ思想）
寺田 操（詩人）
山内 修（宮沢賢治研究）
森重春幸（人形制作工房「朋」）
吉田光夫（フリーライター）
浦上真二（ライター）

筆者（当時三八歳）も、新聞で企画を知って申し込んだ一般参加者のひとりである。

パネリストの論客四人がどんな言葉や立論をもってのぞんだか、彼らの刺激的なコメントに導かれて十二時間におよぶ討論がどのように展開したかについては、記録を直接たどっていただくのがよいだろう。それにしても、各パネリストがその後に達成した仕事のささやかなシーズは、この高野山ライブの発言中にも胚胎していたと思う。

翌日の明け方、司会の岩脇が「体力の限界、気力もなくなり」（前年の横綱・千代の富士の引退の弁）と宣した時点でお開きとなった。宿坊恒例の朝の勤行の時間が近づいていた。しばし休息ののち、参加者は小さくない宿題を背負った気分で、あるいは達成感と疲労感が相半ばする思いをひきずりながら、残雪をふみしめつつ下山して各自の生活の場所へ戻っていった。

その後、いくつかのメディアで紹介されることがあった。

二月二九日付読売新聞夕刊 Woman Free Time「村上春樹をめぐる冒険　壁の中からどこへ　誠実さ支えに」（無署名）、三月一七日付毎日新聞夕刊・文化と表現欄「団塊の世代たちに「物語」は可能か――高野山の「村上春樹」ライブ討論から――」（学芸部・池田知隆執筆）などである。

高野山ライブはマイナーな読書界でいささか〝伝説〟となり、活字化も待ち望まれたが、主催者の予告にもかかわらず出版は実現しなかった。主催者だった岩脇と島元のあいだで〝総括〟をめぐり対立が生じたからという。その内容は二人の個人的関係にかかわるので、詳らかにしえない。

こうして高野山ライブの記録も、さらには記憶も、いつしか埃をかぶって忘却の彼方に埋もれ、四半世紀以上が過ぎ去った。

2 本書の成り立ちについて

転機が突然、思いもしなかった訃報とともに訪れた。

二〇一九年五月一六日、パネリストのひとりだった加藤典洋が急逝した。享年七一。あまりにも早すぎる死だった。さまざまな追悼文を読んだなかに橋爪大三郎のものがあり、こんな一文にハッと胸を衝かれた。

「……大阪の古書店が企画した「高野山ライブ」という、村上春樹をめぐるシンポジウムでは、山房に泊まりこんだ。加藤さんや竹田さんや私や、がパネリストだった。徹夜になった。そのテープ起こし原稿があるはずだが、書物にはなっていない。……」（「追悼 加藤典洋 不在を受け止めかね、うろたえる」、読書人ウェブ）

じつは筆者は、高野山ライブのあと、主催者のひとりだった島元が主宰する読書会に参加し、出版化準備のためにテープ起こしされた棒打ち原稿を読ませてもらっていた。そのコピーが家中のどこかに眠っている。捜し出し、主催者に無断でタイプ化した。分節化して小見出しを付け、ページレイアウトを施して私家版の簡易冊子を作った。

どう使うというあてもなかったが、誰かの役に立つ日も来るはずだ。いわばオンデマンド版の作成である。そうせずにいられなかったのは、橋爪の追悼文を読み、思い入れのあった書き手・加藤典洋に対してささやかな供養を手向けたいという気持ちが湧いたからだろう。

これとは別に、島元健作のもとに一本の電話がかかってきた。

その日島元は、橋爪大三郎著『丸山眞男の憂鬱』（二〇一七年・講談社選書メチエ）を読んでいた。すると店の電話が鳴り、出てみると相手は読んでいた本の著者・橋爪で、「高野山ライブの記録は残っていないか？」との問い合わせだった。島元は筆者に、簡易冊子を橋爪へ送るよう依頼する。二〇二〇年の年末のことである。

あとは一瀉千里《いっしゃせんり》にことが運んだ。

出版化へむけて、当時のパネリスト四人（故・加藤は夫人の厚子氏）、瀬尾育生、主催者の岩脇・島元、それに筆者も含めた八人が関係者となり、橋爪・瀬尾を世話人として、版元を探すこととなった。引き受けたのは、東京の而立《じりつ》書房（社主・倉田晃宏）という、志ある文芸・人文書系の出版社だった。

もうひとつ、特筆すべき出来事があった。高野山ライブの様子を録画したＶＨＳが発見されたのだ。

島元の「書砦 梁山泊」は、二〇二一年、京都市下京区京極町から大津市比叡平へ移転する。引っ越しのための倉庫整理で、何万冊もの膨大な在庫品の山の中から、五本のテープがひょっこり姿を現わした。それは原稿を照合するための音源として十分に活用しうる資料だった。また、白杉香によるテープ起こしが、きわめて正確な作業だったこともわかった。

こうして、加藤の死をも転機として世に送り出されることになった高野山ライブの記録が、本書である。あの日から出版化に至るまで三〇年、いささか遅きに失しただろうか。もはや顧みるには価値の薄い前世代の討論にすぎないだろうか。筆者は、そうとは考えていない。

3　三〇年後のディストピアで

ここからは、個人的感慨を述べることを許していただきたい。

私たちがいま立ち会っている〈現在〉とは、かつて見たことのないようなディストピアではなかろうか。二年あまりも続いている、そしてこれからも果てしなく続くであろうコロナ禍の状況のことである。

「新型コロナ」とは、要するに〝風邪〟なのだ。

少なくとも症状としては。感染力がきわめて強い、新種のウイルスが原因だとしても、だ。世界中で三億人以上、国内では二〇〇万人以上が罹患し、バタバタと死に至らしめられる人々が続出しても、である。たかが〝風邪〟――そう心の中で呟いている人は少なくない。

なにが違うのか。ウイルスよりも人間の、社会の振る舞いである。かつてのように権力による強制とメディアの煽動によって上から人々を動員するのではなく、情報端末でフラット化した人々が「共同幻想」によって下から社会を突き上げる。〝もっと安心を、もっと安全を〟――政府はいい加減さを非難されている。リベラルを標榜していた野党が政権の無策を攻撃し、強権発動を煽りたてる。自治体は競って蔓延防止等重点措置や緊急事態宣言を要請する。いまはなかば鎖国状態であり、いずれは都市封鎖も現実のものとなりかねない。

感染学や予防医学、統計学や情報工学が権威となり、その下僕たる「専門家」の言がやたら珍重される。「科学」の名で不安を拡散していることに、彼らは自覚的ではない。三密・人流・パンデミック・クラスター・まん延・ひっ迫……おかしな言葉や表記が日常語として定着した。

99%の人が外出時にマスクを着用し、不着用の不届き者を摘発し、袋叩きにする。会社はリモートワーク、学校はオンライン授業。ソーシャルディスタンスが奨励され、要するにいま人類は〈非対面・非接触〉という新しい文明（じつは非文明）へ舵を切ろうとしている。

オミクロン株が終息しても、「シグマ株」とか「オメガ株」といった新手はどんどん登場するだろう。そのたびに何度もワクチンを打ち続けるのか。巨大製薬企業が高笑いするだけではないか。時短要請はほとんど弱い者イジメでしかない。いい加減に気付いたほうがいいが、それでも人々は無害・無菌の安全シェルターへ殺到するのだろう。

外部からの、正体不明の侵犯者に生存を脅かされる不安と怖れ。このマス・ヒステリックで一元的な、限りなく均質な共同性に馴染んだ自分たちの感性を疑わない方が、よほどどうかしている。「本気かね？」と言いたいところだが、それが〈現在〉の偽りのない状況なのだ。少なくとも、こんなディストピアを三〇年前には想像もしなかった。何度も言うが、新型のウイルスを、ではなく、人間と社会の振る舞いを、である。

そのころ、「ぼくが真実を口にすると　ほとんど全世界を凍らせるだろうという妄想によってぼくは廃人であるそうだ」と歌った詩人は健在だった。加藤典洋はやがて、「人類が永遠に続くのではないとしたら」というフレーズを晩年の評論のタイトルに冠することになる。鬼籍に入った彼らが生きていたら、どんな言葉を紡ぐだろう。村上春樹は存命で、国際的な名声も得たが、もはや文学シーンの最前線を走っている表現者とはいえない。

いま、活字となった高野山ライブの記録を読んで、奇異の念を抱く人が少なくないかもしれない。岩脇や島元に代表される文学の受容のあり方にも、それに異をとなえる側の反論の根拠にも。そして、実存をかけて「密」なる論議に明け暮れる私たちの姿態に対しても。しかし、私たちはそうして出発するしかなかった。なにより、村上春樹自身がそんな時代の中からまったく新しい表現をひっさげて登場した作家だったのだ。

それらのことを、忘れるべきではないだろう。〈現在〉の価値から過去を見るのではなく、過去を過去の言葉で、過去に身を移し入れて考えなければわからないことが、たくさんあるのではないか。

三〇年は瞬くうちに過ぎた。けっして短い時間ではない。その間にもかつて知った人が亡くなり、気付けばいろんなカーブを曲がって私たちは〈現在〉に至っている。振り返ると、直前に曲がったカーブはまだ見えるが、そのさらにひとつ前に曲がったはずのカーブは、もう見えなくなった。そこで何が語られ、どんなことが起こったのか、記憶から消えようとしている。

あのとき、集い、夜を徹して語り合った人々は、その後の歳月をどのように過ごしたのだろうか。もう一度集うことができたら、そして、その後に生まれ若者となった人々とも語りあえるとしたら、はたしてどんな言葉が飛び交うだろうか。

（二〇二一・一・三一記）

〔主催者より〕

三十年後の失語と沈黙

島元健作

主催者側の意図や問題意識、そしてこのライブの概要、更に本書が出版にこぎ着けるまでの経過については、森さんが丁寧な一文を寄せてくれている。的確で、これに付け加えることはなく、かつての当事者のひとりとして感謝するばかりだ。3として書かれている「三〇年後のディストピアで」にも共感、同意する。ただ、その最後のところに触発されて少しだけ言ってみたい思いがある。

私たちは確かにいくつものカーブを曲って今日に到っているとして、どこかで決定的に大きなカーブを曲り切ってしまったのではないか。私に則して振り返ってみれば、一九六〇年末葉にかかわった政治闘争（の敗北）で鬱積された精神の屈折は、どんな言葉にも託せなかった。沈黙を余儀なくされるという心の状態がある。言葉にならないという言い方もある。そういう心境だった。

その後の生活に追われ俗事にまみれて、ただただ不毛としか言えない失語状態に流されていたような頃、岩脇氏に薦められた村上春樹の文学世界、とりわけその文体には自分の言葉の回復を促してくれるものがあるように思えた。そのリハビリの効能を共有したいとばかりに、この高野山ライブを企画し、パネラーや参加者からも啓発されるものも多くあった。

しかし、それから三十年。青春は遙か遠くに去り、齢は七十半ばを過ぎて、やはりと言うべきか、どこをどう曲って来たのか、ついには言葉にならない、沈黙のうちに秘めるしか術のない、鬱屈した我が思いは残ったままだ。

人間の精神やその交歓に関わるような大切なことがらが、次から次へと片仮名に置きかえられてゆくようなこの〈現在〉に、どんな言葉が甦るというのか。「要請」と「自粛」の閉じられた円環に見事に同調するこの社会秩序の中で〈真実を口にする〉ことなどできはしない。

〈あの時代〉、言葉ではなく行為に賭けて、実行の橋を渡った仲間たちはどうしているか。ぽつんぽつんと訃報だけが届く。今も酒を酌みかわす旧友の誰ひとりとして、気のきいた言葉など発しはしない。しゃらくさい文章を書いたりもしない。

〈あの時代〉、性急に踏み出し駆け出し、そして躓いて傷ついた私たちの心事が、どうにも言葉にならないのなら、それはそれでいいではないか。何故、いつも遅れてやって来る言葉たちに助けを求めたり、仮託したりする必要があるのか。森さんに倣って引用すれば「ぼくがたふれたらひとつの直接性がたふれる」。そう、昔の言い草を借りれば、それが私の最後の党派性だ。

（二〇二一・二・四）

〔主催者より〕
高野山ライブ縁起

岩脇正人

河出書房新社から『村上春樹をめぐる冒険〈対話篇〉』が刊行されたのは、一九九一年六月。竹田青嗣、加藤典洋、笠井潔、の三氏による鼎談が収録されていた。

当時、私(岩脇)は、月一回、友人達と共に本を読む会に参加しており、この本をテキストにする事を提案した。ライブバージョンの企画はこの読書会で本を読む過程で思い付き、読書会参加者に賛成してもらった。

メンバーの島元氏は「書砦 梁山泊」の店主で、何度もイベントを企画、実施した実績があった。私も劇団転形劇場の関西公演を制作していた経験があったので、この二人が主催者になった。

私と竹田、加藤氏は以前から知り合いだった。パネラーになってもらう内諾を得て、打ち合わせの為、竹田、加藤、島元、岩脇が集まった。その席で加藤氏が橋爪大三郎氏をパネラーに招く事を提案し、加藤氏が依頼する手筈になった。同日、島元と私は小浜逸郎氏とも会い、詳細を説明してパネラーになる承認を得た。

会場の高野山龍泉院宿坊は、玄妙庵店主左達紹子氏の紹介による。

私が執筆したとおぼしき、趣意書とライブ当日のレジュメが散逸してしまったので、当時の私たちの意図や目的を正確に再現することは困難だ。

天安門事件、東欧民主化革命、ソ連の崩壊、湾岸戦争へと歴史的とも言える出来事が続発する中で、当時の私は自分の知見と思考を統一して把握することが出来なかった。深い森で霧に巻かれ方向を見失っていた。手応えの無い自分の言葉から、どうにかして回復したいという願いは、私にとって切実なテーマだった。

今ならそれは、五十数年前に、正しいと信じた運動に身を投じた事で生じてしまった結果に対する、持って行き場のない罪責感と悲しみに起因していた、と明示出来るのだが。

私と同世代の主要な論客をパネラーとして、縦横に言葉が交錯する場が設定できるなら、回復の手掛かりになるのではないか?というのが、私個人の目論見、望みであった。書籍版『村上春樹をめぐる冒険〈対話篇〉』がそうであったように、議論の媒介として、村上春樹は優れた対象であると思えた。

結果は、私の目論見と予想を吹き飛ばす異次元のセッションとなった。

（二〇二一・一一・一三）

『村上春樹をめぐる冒険』
―ライブ・ヴァージョンin高野山―
への呼びかけ

１９９１年が過ぎ、１９９２年を迎えます。暦年に1を加えるだけなのに、さまざまな感慨がこころをよぎります。湾岸戦争からソ連崩壊まで、かつてない激動の年でした。私たちの目や耳は、情報としての激動に逐一反応しながらも、こころは浮き立つことも高鳴ることもなく、ただそれを読み解くことに追われた気がします。

私たちの古い辞書の用例では、「激動」などという言葉は、いつも世界に対する否定的な情熱の文脈で使われたものでした。１９６０年代の末、私たちがゆすぶられ、また自らをゆすぶった時代のことです。それから２０年の歳月が流れ、時代も世界も大きく変りました。

かって吉本隆明は、ひとつの斗いの敗北の意味をつきつめるのに１０年はかかると言ったと記憶しますが、何と２０年を要して私たちは、たとえば「激動」という言葉ひとつを全くちがう位相で受けとめる地点に立たされているのです。この地点への移行を敗北と見るかどうかが問題なのではなく、ここを離れて私たちの「激動」を語る場所はない、そのことの自覚が大切なのだと思います。

その後の２０年を、生計の道をさぐりながら生きて来つつも、私たちの言葉の喪失と変容に対応するそれぞれのリハビリテーションは、なお試行錯誤の途中かも知れません。新しい言葉を獲得できた訳でもありません。それでも、お互いの経過報告のような場があってもいいのではないでしょうか。言うまでもなく、＜あの時代＞の言葉で＜あの時代＞のことを語り合うのではありません。語るべきは現在であり、問われているのはその語りくちです。

ただ、こういう場を成立させるには、いくつかの微妙な条件が必要です。何よりもお互いが率直になれるということが大事だと思います。外国のことは知りませんが、この風土ではそういうときに、鍋でもつつきながらという方式があります。そこで、こんな集りを考えてみました。題して「村上春樹をめぐる冒険」という寄せ鍋です。村上春樹をダシにしておのれを語る式の合評会ではありません。村上春樹の作品群というダシの中に、私たちのリハビリの成果を放りこんで、どんな味が出るか寄り合ってみようという訳です。

実はこの鍋は、独創ではないのです。先に、笠井潔・加藤典洋・竹田青嗣の三人鍋（※1 ）として、かなりいい味を出しているのです。私たちにとって、いつも厳しい吟味役である吉本隆明の難かしい注文（※2 ）へのひとつの答えを果しているものだとも思います。そして、何故（Ｗｈｙ）村上春樹なのか、への答えは、いかに（Ｈｏｗ）村上春樹を論じたかの展開のなかに含まれています。

＊高野山ライブ「参加呼びかけ」

激動の１９９１年には、各地でいくつか似たような鍋がはやったようです。春には、「湾岸アピール鍋」とか言って、やたら‘外部’から材料をとり寄せたわりにはダシが古くて、大急ぎで柳の下にどじょうをさがしにいったようなものがありました。秋には、「ＷＡＳＥＤＡ鍋」とか銘うって、６０年と７０年を団子にしてそのまま煮こんでバザー風に売り出しながら、人脈結束・相互利用という隠し味が表に出てしまったものもありました。学園ナショナリズムというダシは同窓会鍋にとどめるべきだという好見本でした。いずれも６０年代に仕込んだラディカリズム印の手前味噌に頼りすぎたように思います。

偉そうに言ってはみても、私たちの鍋がどんな出来ばえになるか、私たちの＜あの時代＞を現在というテーブルにさらしてどう料理できるか、現在そのものをどう盛りつけることができるか、不安はいくつもあります。

今回は容器も大きくし、素材も多様に増やし、私たち自身も調理に加わろうというライブ・ヴァージョンです。素人ながらいくつか守るべき手法を考えてみました。①ごった煮にはしない（＝素材を生かす）②手前味噌は使わない（＝内輪味にはしない）③アクはとことん取る（＝べとつかせない）。他にもアドバイスがあれば教えて下さい。

場所は厳寒の高野山、名だたる宿坊の大広間を選びました。酒も吟醸の名品を用意します。私たちの論議が、寒さも眠さも吹きとばすなら、朝までぶっ通すつもりです。もちろん雪見酒を楽しむのも自由です。

参加は５０人を限度、肉声の届く範囲の規模にします。リストアップと呼びかけは主催者に任せて貰いたいのですが、推薦は大歓迎です。

貴方が加わることで味は一層引きたつものと期待しています。以下要領を参照していただいた上、是非ご参加下さい。

※１　『対話篇・村上春樹をめぐる冒険』
河出書房新社　1991.6発行

※２　「１９７０年代の光と影」
吉本隆明講演　1990.3　於紀伊国屋ホール
後に雑誌『マリー・クレール』1990.7月号に掲載

要綱

とき　　１９９２年2月２２日（土）午後４時半開始

ところ　高野山・龍泉院
（和歌山県伊都郡高野町　TEL 0736-56-2439 ）

会費　　１５，０００円（一泊二食・勤行つき）

パネラー　加藤典洋、小浜逸郎、竹田青嗣、橋爪大三郎

主催　　書砦・梁山泊（島元健作）
［大阪市北区茶屋町 13-6 梅田東ビル２Ｆ
TEL 06-373-2614］

申込み〆切　　１９９２年2月１０日

会場への順路

（新幹線）「新大阪」駅……（のりかえ）……（地下鉄・御堂筋線）「新大阪」駅

┼┼┼┼┼（20分）「難波」駅　……（のりかえ）……（南海電車）「難波」駅

┼┼┼┼┼（75分）「極楽橋」駅 ―（ケーブル）10分― 「高野山」駅 ―（バス）15分― 「警察前」停留所

［当日、午後２時までに（南海電車）「難波」駅３Ｆの高野線改札口に集合して下さい。特急こうや号（１４：１５発）に乗ってゆきます。どうしても間に合わない方は上記の順路を参考にしてお出で下さい。３０分ごとに急行が出ています。］

○参加者へのお願い

１、『対話篇・村上春樹をめぐる冒険』は予め読んでおいて下さい。

２、各パネラーへの質問があれば、項目を問いませんので主催者までお寄せ下さい。またこの企画自体へのご意見もお願いします。

３、会費は同封の振替用紙にてお支払い下さい。

４、暖房設備は整ってはいますが、平地とはちがいます。あたたかめの服装でお越し下さい。

『村上春樹をめぐる冒険』
―ライブ・ヴァージョンin高野山―

［参加者のみなさんへ
　この度は申込みありがとうございました。期日も近づきましたので会の要綱を再度お送りします。一部変更もありますのでよく目を通して下さい。］

とき　１９９２年2月22日（土）午後４時開始

　午後１時までに南海電車なんば駅３Ｆ改札口に集合して下さい。１３：１５発の特急に乗ってゆきます。最初のご案内では１４：１５としていましたがこれは冬期運休となるので一時間スケジュールを早めました。遠くの方、おゆるし下さい。

ところ　高野山・龍泉院
　（和歌山県伊都郡高野町　TEL 0736-56-2439 ）

パネラー　（主催者の選んだオススメの２冊）
加藤典洋氏（『ゆるやかな速度』中央公論社、『アメリカの影』河出書房新社）
小浜逸郎氏（『可能性としての家族』大和書房、『男はどこにいるのか』草思社）
竹田青嗣氏（『世界という背理』河出書房新社、『現象学入門』ＮＨＫ）
橋爪大三郎氏（『言語ゲームと社会理論』勁草書房、
『現代思想はいま何を考えればよいのか』勁草書房）

（先にお願いしていた笠井潔氏は病気入院のため欠席となりました。ご了承下さい）

※その他・お願いとご案内

１、『対話篇・村上春樹をめぐる冒険』（河出書房新社）をまだ入手されていない方は梁山泊に置いていますので早急に購入して予め読んでおいて下さい。
２、現在レジメの作成を進めています。遅くとも当日なんば駅にてお渡しできると思います。ご参考までに吉本隆明の講演コピーを同封します。
３、会費のお支払いは当日、会場でも結構です。
４、暖房設備は整ってはいますが、平地とはちがいます。あたたかめの服装でお越し下さい。特に靴下厚手のものを余分に持って来られるといいと思います。
５、５分ほどですが少し雪道を歩く場合もありますのでハイヒール等すべりやすい靴はおやめ下さい。
６、翌日は朝食後自由解散としますので、折角の機会に高野山見物をされる方はゆっくりお楽しみ下さい。

主催　書砦・梁山泊（島元健作）
大阪市北区茶屋町 13-6 梅田東ビル２Ｆ
TEL 06-373-2614

【遠くから来られる方のために】

○新大阪駅から南海なんばまでは30分ぐらいだと思いますが念のため12：15までに
⬇　は新大阪駅に到着するようにして下さい
○新大阪駅では地下鉄のりかえ出口を出て、地下鉄御堂筋線に乗って下さい。
⬇（なんば、天王寺、あびこ方面ゆき）なるべく先頭に乗ると便利です。
○なんば駅で下車したら進行方向にむかって進み少しななめ左上方に上ってゆくと
⬇　南海なんば駅に連絡されています。
○エレベーターor階段で３Ｆまで上って下さい。２Ｆにも改札口がありますので間
⬇　違えないように。
○３Ｆ改札口では主催者が目印をもって立っていますので安心して下さい。座席指
⬇　定券は主催者の方で予め用意しておきますので、乗車券のみ高野山駅（ケーブル
⬇　経由）まで買って下さい
○高野山駅からはチャーターしたバスに乗ります。

［こうやって行程を書いていると、初めての人には何か地の果ての山奥にでもゆくような印象を与えるかも知れませんが、関西では高野山は林間学校や会社の研修でよく使う場所。おそらく東京で言ったら高尾山にゆくようなイメージで考えていただくといいと思います］

【（万一）遅れて来られる方のために】

●13：15の後には特急はありません。30分ごとに急行が出ていますが特急よりは30分ほど遅くなります。
●高野山駅からはバスもタクシーもあります。バスは 280円、タクシーは1150円です。警察前停留所から50ｍほど戻って右折、 100ｍほどゆくと龍泉院です。

様

◇高野山の集い、目前に迫って来ました。ゆきの分の切符を同封します。発車時刻をお確め下さい。他のパネラーの方と相席になります。

◇討議の前提資料として、吉本隆明の講演コピーをお送りします。既にお読みかとも思いますが念のため……。

◇朝日、毎日他、共同通信社系の地方紙の一部で取上げてくれました。ご参考までにコピー添付します。

◇順路その他のご案内も同封しますので一応目を通して下さい。

◇高野山でお会いするのを楽しみにしています。

朝日新聞（二・一五）←

点◎描

村上文学通し時代認識を
語り合い「指針」探る試み
22・23日高野山で

作家村上春樹氏と同じ世代の若手文芸評論家らが集い、彼の作品群を通して、現在をどのようにとらえ、時代とどうかかわろうとしていくのかを考える試み「『村上春樹をめぐる冒険』―ライブ・ヴァージョンin高野山」が二十二、二十三の両日、和歌山県伊都郡の高野山・龍泉院で行われる。

村上氏は一九四九年生まれ。七九年「風の歌を聴け」でデビュー。「羊をめぐる冒険」ほか一連の作品は、七〇年前後の学生運動の時代に青春を過ごした団塊の世代の懸案を託した文学として迎えられ、『ノルウェイの森』は三百万部を突破、社会現象ともいわれた。

今回のライブのパネリストは加藤典洋、小浜逸郎、竹田青嗣、橋爪大三郎氏ら。昨年発行された『対話篇・村上春樹をめぐる冒険』（竹田氏ほか著、河出書房新社）をテキストに、加藤氏らが討論、続いて参加者も加わって意見を交わす。

今の社会を支えるこの世代をめぐって、吉本隆明氏は九〇年春の講演「一九七〇年代の光と影」のなかで「生きる目標をどこに置いているのかさっぱりわからない。どんなふうに否定的に見る見方もある」と述べている（雑誌「マリ・クレール」九〇年十一月号収録）。

さらに、この世代はラジカルに社会の変革を求めた学生運動を経験、そして連合赤軍事件などを通過して「イデオロギー」などを切り捨てるに至り、「物語は創れないと無意識のうちに感じとってきた」と位置づけた。

企画・主催は大阪の古書店主・島元健作さん、目録発行編集人さんら関西在住の四十歳代のメンバーで構成する読書会のグループ。先の講演で「七〇年代の文化を象徴する」作家として吉本氏が挙げた村上氏の作品について語り合うなかで、「団塊世代としてこれからを、我々はどう生きていくのか、指針を探るヒントがみつかるのではないかと思った」と主催者は話している。

問い合わせは大阪市北区茶屋町一三の六、梅田東ビル、書肆「梁山泊」島元さん。電話〇六―三七三―二六一四。

山形新聞（二・六）↓

◉高野山で村上春樹を語る
村上春樹の作品群を通じて1960年代から現在に至る世界を語り合おうという催し「村上春樹をめぐる冒険―ライブ・ヴァージョンin高野山」が22、23日に和歌山県・高野町の龍泉院で開かれる。
パネリストは、先に「村上春樹をめぐる冒険」（河出書房新社）を出版した加藤典洋、竹田青嗣両氏に加え、東京工大助教授の橋爪大三郎氏、評論家の小浜逸郎氏。吟醸酒を味わいながら宿坊で一夜語り明かそうという試み。
参加費は1万5千円（1泊2食）。申し込み、問い合わせは大阪市北区茶屋町13の6梅田東ビル2F、書肆「梁山泊」
☎電話06（373）2614.

＜この集まりの大まかな方向性について＞（提案）

今回の集まりの大枠をどのように設定するか、いろいろ考えた。幾人かに助言を求めた。結局、僕（岩脇）に任せるということになった。

世代論なんかにしたくないし、村上春樹研究会などにもしたくない。当然『対話篇』の単純リピートにもしたくない。

元々、今回出席のパネラーの話を聞きたい、それもありきたりの講演会ではなく、５０～６０人で一泊して、時間をかけて、というゼイタクな発想をしたときから、僕らが直面している、現在のいろいろな問題にとどいていくように設定したいという漠然とした思いがあった。
そこで『対話篇』をベースにして、吉本隆明氏の「７０年代の光と影」へ架橋することにした。彼の設定した問題の場所は『対話篇』が展開されている地点と重なる。

　＊物語の解体、反物語の未在、倫理的な負い目
　＊就職（仕事）、結婚（子育て）等、生活の問題
　＊連合赤軍、爆弾、内ゲバ

失語しながら、６０年代ラディカリズムを自分のうちで、もてあまし、保守し、始末するという矛盾だらけのリハビリの時期（７０～８０代）。

４人のパネラー達も、そのリハビリ期を経て、表現活動を開始（再開）されたと思う。７２年以後８０年にかけて、同世代の書き手が何人も出現したが、僕の評価基準は、その人たちがどう自前でリハビリをして書き出したか、にあった。それ以外は、みかけが良くても信用できなかった。４人のパネラーの仕事の中味は、それぞれ異っているが、現にいま、吉本氏のいう「反物語」を展開されつつある最強のメンバーだと思う。村上春樹の作品に感じた共感も、同じところにあった。

従って、このメンバーが揃ったからには、『対話篇』で語られていることを、もっと増幅させたい。『対話篇』と「７０年代の光と影」を架橋させて、更に、昨年からたて続けに生起した、世界の動きを視界にいれて、「反物語」の中味を語るという最も困難な課題を中心に据えたい。

個別のテーマは幾らでも設定できるが、５時間は長いようでとっても短いので、

○　国家／民族／権力／戦争という社会的な問題群
　（湾岸戦争／ドイツ統一からソ連の崩壊過程／イデオロギーとしての民族主義）
○　家族（エロス）／仕事（経済組織）という生活の問題

を中心にしたい。また、それらを語るときの語り方の原理を考えたい。

と、挙げつらねると、村上春樹の作品で直接的に言及されていないことばかりになってしまう、といって、村上春樹を通過してしまうつもりは全くない。

本日の集まりのテキストは『対話篇』「７０年代の光と影」であり、それらの原テキストとして村上春樹の作品がある。『対話篇』の面白さも、村上春樹の諸作品の場所で語られているところにあり、のっぺら棒になにもない所で、あの議論がなされているわけではない。いつでも、どこからでも、村上春樹へのフィードバックは可能であり、必要であると思う。

＊高野山ライブ「提案メモ」

吉本隆明「７０年代の光と影」　　１９９０・３・２７　紀伊国屋ホール　講演
１９９０・７　『マリクレール』収録

<骨子>

☆今の日本社会を根底から支えているのは団塊の世代である。
７０年以後、この世代は非政治（非イデオロギー、非理念）化した。
７０～８０％が中流意識をもった。

☆戦中派の理念（死を賭して理念を貫徹する思想的行為や表現）は、左翼右翼ともに７０年に滅びた（三島、村上一郎等）。

☆７０年以後の世界の変化軸

＊ニクソンショック（７１年）

＊オイルショック　（７３年）

＊米、ソの支配体制の崩壊

＊７０年代に旧来の政治的社会的物語は不可能になった

＊日本の産業構造の質的転換、第３次産業の主要産業化

＊貧困からの解放

＊都市と農村の対立構造の変化

＊カルチャーとサブカルチャーのオーバーラップ（村上春樹、村上龍）
教養主義と非教養主義、<知>と<非知>、知識人と大衆、純文学と大衆文学の二項の乖離を埋めた。７０年代の課題を文学作品で実現した。

☆団塊の世代の課題としての反物語（物語の転倒）
（反物語というコトバには、各人それぞれのイメージがあるだろうが、とりあえず、社会変革への志向性をもちながら、旧来の左翼、右翼の政治的社会的物語に回収されない物語、あるいはそれらの物語の転倒と理解しておく）

各パネラーに語ってもらいたいことがらのメニュー　（司会者の個人的発想によるサンプル）

※順不同、無視されても可、設問のあとに名前があるのは指名のつもりだが、べつに他の人でもＯＫ。出された答に対し、パネラー相互の言及があれば幸い。

◇僕ら（パネラー）の生活の実感と村上春樹の作品のなかの「生活」（小浜）
◇村上春樹のマクシム（逆説的モラル）の変容について、あるいはモラルはどのように可能か（加藤）
◇全共闘運動から今なおすくいあげられるものがあるとしたらそれは何か（橋爪）
◇小浜家族論（エロス論）は、村上春樹の喪失のモチーフをどう媒介できるか、あるいはそんなものは不必要か（小浜）
◇エロス的欲求ＶＳ社会倫理について、あるいは個人と国家について
それらは必ず相反するのか？　個人と社会を串刺しにする原理はあるのか？（竹田）
◇湾岸戦争についての吉本隆明の「遠い夢」発言について。国家は本当に死滅するのか？それともそれは左翼的ドクサか？（橋爪）
◇僕らは、当面、日本という国家とどう関わる（あるいは関わらない）べきか（加藤）
◇日本と他の国家（特に米、中、ＥＣ諸国）との関係は当面何が基軸になるか（橋爪）
◇イデオロギーとしての民族主義は、近代国家と国家間関係にどのような影響を及ぼすか（橋爪）

車内アンケート　　参加者御名前（　　　　　）

ライブ参加者のモチーフを可能な限り、進行過程に繰り込みたいので、各パネラーにこういうことを話してほしいという希望があれば書いて下さい。何項目でもＯＫ。　質問にあたって指名したい人が居れば、パネラーの御名前を質問の後に書いて下さい。

アンケートは、なるべく早く司会の岩脇、または梁山泊の島元まで渡して下さい。（岩脇が作成した「各パネラーに語ってもらいたいことがらのメニュー」は、ひとつのサンプルです）

パネラー・竹田青嗣、加藤典洋、小浜逸郎、橋爪大三郎　（笠井潔氏は病気のため欠席）

1992年(平成4年) 2月29日(土曜日) 夕刊 読売新聞

Woman

村上春樹をめぐる"冒険"

壁の中からどこへ

誠実さ支えに

Free Time

毎日新聞

表現 1992年(平成4年) 3月17日(火曜日) 8

団塊の世代たちに「物語」は可能か

—高野山の「村上春樹」ライブ討論から—

視点

霧ケ峰付近

一九九二年三月十七日 毎日新聞

＊各新聞も高野山ライブをレポートした（スクラップブックより）。上は「読売新聞」1992年2月29日、下は「毎日新聞」1992年3月17日。

忘れられない一夜

「思想」と呼ばれるものは突きつめるとどこへ行き着くのだろう。それは知識や理論の体系を生み出す。しかし思想はそれ以上に、それを考え抜いたひとりの人間の肉体の一部になるのだと思う。だから思想と思想のぶつかり合いも、あるべき正解にいたりつくための議論というよりは、別々の思想的肉体をもつ登場人物たちによって演じられる「劇」になるのだ。だがこうした劇はふだん決して人々の目に付かないところで行なわれている。書かれたり語られたりする言葉の中ですら、隠されたままであることが多いのだ。

二月二二日高野山龍泉院宿坊の広間に七〇名ほどの参加者がテーブルをコの字型に並べて座っている。正面に四人のパネラー、文芸批評の竹田青嗣、加藤典洋、家族論を中心とする評論の小浜逸郎、社会学の橋爪大三郎（予定されていた笠井潔が病気のため欠席したのは残念だった）が座を占め、中央に巨大なストーブが燃えている、というようにして「ライブ・村上春樹をめぐる冒険」は始まった。そしてこの時間無制限の語りあいは、食事の時間を挟んで午後四時から翌朝の午前四時過ぎまで、ほとんど脱落者もなく十二時間ほどを走りきることになった。

全共闘世代とか団塊の世代とか呼ばれる人々は、筆者自身を含めて、自分たちが他の世代にとても伝わりにくい何かを抱えていると感じ、そのことに誇りと不安と自虐の混ざりあった気持ちを抱いているのがふつうだ。そこでこの「何か」を他の世代に向かって開こうとすると、その試みの中にはいつでもサービス精神と不遜さがぎこちなく混在することになる。ところでいずれもこの世代に属する四人のパネラーと、下は一七才から上は五〇代にまで至る参加者たちを架橋するために村上春樹という対象は絶妙なものだ。さまざまな位取りの違いはあっても、村上が団塊の世代的な領土をはるかに超えて、とりわけ若い世代の切実な関心を引いていることは疑いようがないからだ。この日の語りあいの中ではその切実さの核心がまず「ナルシズム」という語によって取り出された。ナルシズムは村上の文学を出口なく閉じ込めている閉鎖空間なのか、それともナルシズムこそは彼が自らを標本にするようにして切開し、作品によってその突破を試みたこの時代の限界そのものなのか、われわれはそういうところから入っていったのだ。

夜が深まるにつれて話題は湾岸戦争やソ連・東欧問題に広がっていった。だがそれにつれて世代的な区分線は時事的な強度を帯びて、かえって濃厚になってゆく。おそらくだれもが言葉の通じなさに苛立ったに違いない。だが山場は夜半過ぎになってやってきた、広間から二間続きの座敷へ場所を移して、もうもうと煙草が煙る空間にぎゅうづめになった参加者たちとパネラーたちとのあいだで言葉が飛び交っている間に、時事的な表面性や世代的な境界が不意に話題から剥がれ落ち、思想の肉体が衝突しはじめる確かな感覚がやってきた。われわれはそれからの数時間、目の前で演じられる「劇」を息を呑んで見つめていたと証言できると思う。

その一面を素描するとこんなふうだ。たとえば小浜逸郎はその時代の大衆の感性を蝕知し、そこに自らの論の拠り所を置くという方法を持っている。それが思想というものが最終的に「意味を持つ」ための条件だからだ。だが橋爪大三郎にとってこの方法は不徹底なものに映る。社会的なものをそれ自体として考察するためには主体の内面や感性からではなく、主体と主体の「間」に生成するルールから出発すべきだからだ。ところがこの橋爪の方法はある視点から見ると論者自身の主体の場所を欠落させたものと見える。これに対して竹田青嗣の明晰さは徹底した実存論的な構えに貫かれていてどこにも飛躍のない堅固なものだ。だがそのために社会的なものに対してはある理論的な留保を置かざるを得ない。橋爪はここで自分に問われる主体の場所について、それはたんなる個人の初期条件の問題にすぎず、それをどこまで無化できるかということが問題なのだ、という答えを返す。これらの三者の求心化し息詰まるような議論の中で加藤典洋の位置は、そこを通してわれわれが息をつくことができるような、文学に固有な無限の自在さへ通路を開いている。

論者たちの思想的肉体がモラル・マクシム（個人の格率）・ルール・権力といった主題を巡って直接にぶつかりあった数時間のなかには、中途半端な世代的な境界など存在する余地はもはやなかったと思う。われわれは「家族論」「社会学」「文芸批評」「構造主義」「現象学」といったそれぞれの方法が、知識ではなく強靭な肉体の組成と化している登場人物たちの劇に、なかば驚嘆しながら見入ることになった。

この高野山の一夜の劇を演出したのは書砦「梁山泊」の島元健作や司会の岩脇正人をはじめとする主催の人々の、遠慮や思惑を振り払った思い切りのいい徹底性だったと思う。二時間ほど眠るともう夜明けだった。翌朝一面のかたい雪を踏んで金剛峯寺へ歩くと、晴れているというわけではないのに空はとても明るく、高い木々の枝から風に吹かれた雪が粉のように降り続けていた。それはたしかに、この時代に生きていることもまんざらではない、と思わせるような朝だったように思う。

（瀬尾育生・詩人）

＊島元健作の資料に含まれていたもの。イベント直後に制作予定だった報告冊子に掲載のために依頼され、島元に送られたものと思われる。

村上春樹をめぐる冒険　高野山ライブ
出版趣意書

１９９２年2月２２日～２３日、「村上春樹をめぐる冒険　高野山ライブ」が開かれました。パネリストは、加藤典洋氏、小浜逸郎氏、竹田青嗣氏、橋爪大三郎氏。企画したのは、岩脇正人氏、島元健作氏（書砦梁山泊）。出版を前提にした企画でしたが、事情で実現せず、文字起こしがまとめられただけでした。

２０１９年５月、パネリストのひとり加藤典洋氏が亡くなりました。それをきっかけに関係者８名のあいだで、以下のように、このライブの記録を出版しよう、との企画が合意されました。

１）ライブの歴史的価値を考え、原則として、当日の発言を記録のまま活字にする。（当日の音源がみつかれば、音源にもとづく。みつからなければ、当日の音源からの文字起こし原稿にもとづく。）
２）この趣意書の趣旨を理解する、しかるべき出版社から書籍として刊行する。
３）関係者は、必要な情報を共有し、意見を交換し、協力して必要な作業を進める。
４）出版契約の結び方、そのほか必要な具体的事項は、別に協議して決定する。
５）出版を進めるため、世話人をおく。当初は、瀬尾育生、橋爪大三郎の２名とする。関係者は随時、世話人に加わり、また世話人を退くことができる。

以上、確認します。

２０２１年1月２２日　　高野山ライブ　出版企画　関係者一同
岩脇正人（主催者）
加藤厚子（加藤典洋夫人）
小浜逸郎（パネリスト）
島元健作（主催者）
瀬尾育生（企画提案者）
竹田青嗣（パネリスト）
橋爪大三郎（パネリスト）
森ひろし（企画支援者）
（５０音順）

＊ 2021年1月22日付、本書出版趣意書

あとがき

瀬尾育生

この本は、通常のイベントの記録とは違った成り立ちを持っている。だからその成り立ちの経緯を、この本のなかに、書いておかなければならない。

ふつうに参加者たちが語りあうイベントの記録ならば、音源が文字起こしされ、それはいったん発言者の手元に返され、手入れされて公開されるべき文章に変えられ、それが編集されて印刷される、という過程をたどる。

しかしこの本はそうなっていない。

第一に、このイベントが行われた時点と現在との間に、三〇年という時間が流れており、発言者たちが現在それにすこしでも手を入れることになれば、それは三〇年前の記録であるという、もっとも重要な意味をなくしてしまうだろう。また第二に、この三〇年の間に何人かこの世を去っていった人々があり、その人たちはもはやのぞんだとしても、この記録にいっさい手を加えることができないからだ。

そこで、この本を作ろうとして集まった関係者八人（岩脇正人、加藤厚子（加藤典洋夫人）、小浜逸郎、島元健作、竹田青嗣、橋爪大三郎、森ひろし、瀬尾育生）は、別の方法を取ることにした。さいわいなことに、このイベントの記録として、白杉香さん（旧姓）による精緻な文字起こし原稿が残されていた。この原稿は、私たちがのちに音源と照合してわかったことだが、その夜語られた言葉を、奇跡的なほど正確に写しとったものだった。私たちがとった方法は、この文字起こし原稿をあたうかぎり完全な形で復元する、というものだった。

関係者たちが集まる以前、まだ出版のあてもなかった時期に、森ひろしが単独で、すでにこの起こし原稿を電子データ化し、分節と小見出しを加え、冊子の形にするという作業をしていた。書籍化の企画が出発するとともに、この冊子が、島元健作の依頼によって橋爪大三郎に送られた。また、これも奇跡的なことだが、その後、当日のイベントの全体をくまなくカバーした映像記録が、島元によって発見された。これらの経緯については、森の文章に詳しく書かれているとおりだ。

こうして私たちは、起こし原稿とこの映像記録の音声データとを照合して、いっそう正確に、当日語られた言葉を再現することができるようになった。この映像は貴重な資料なので、この本とは別の形で、いつかみなさんに見ていただく機会があるかもしれない。

イベントにはたくさんの人々がかかわっていたが、その多くはたがいに名前も知らず、いまとなっては連絡の手段もない（白杉さんもその一人である）。名前の分からない参加者たちの発言部分に関しても、私たちは同じこと、つまり残された文字記録と音源とから、あたう限りもとの発言のままを再現する、という作業をした。

これらの作業全般にわたって、関係者たちの意見を取りまとめ、版元との仲立ちをする「世話人」の役を橋爪と私がつとめた。

そして私たちはこの最後の書籍化の部分を、而立書房の倉田晃宏さんにゆだねることにした。倉田さんはかつて加藤典洋のもとで学んだ学生であり、特別な思いを込めてこの仕事を引き受けてくれた。倉田さんの思い切りのよい仕事ぶりなしには、これほど短時間のうちに、この難しい企画を書物の形にすることはできなかったにちがいない。

この三〇年の間に、このイベントに参加していた人々の中からも、何人かが、この世を去っていった。さらに現在から三〇年後を考えるなら、この本の中で語っている人々は、もうほとんどこの世に残っていないにちがいない。だが本というものは、少なくとも質量をもった物質なので、私たちの文化の地層のあまり深くない部分に、あるいは地殻の大規模な移動などがあったとしても、海底の地層の陸地からそう遠くないところに、しばらくの間は残ることだろう。時間の経過のなかで、いつかまた発見され、掘り起こされ、解読される可能性のあるものを、いま私たちは作ったことになる。

あの夜私たちは、ナルシズムについて、欲望について、エロスについて、物語について、ジェンダーについて、語り合ったのだった。そしてとりわけ、モラルについて、マクシムについて、ルールについて、国家について、戦争について、語り合ったのだった。私は、このあとがきを記している日付をここに書き留めて、三〇年後の現在とは「いつ」なのかを明記しておこうと思う。今日は二〇二二年四月五日である。作業が終わったので、八人の関係者たちはまたちりぢりに、それぞれの持ち場に帰ってゆく。だが、私たちは生きているかぎり、三〇年前のあの夜に語ったことの思想的な責任を、語られた主題すべてが瓦解に瀕している「現在」に対して、それぞれの場所で、負わなければならない。

もう一度、倉田さん、白杉さんに深い感謝を。また三〇年前にともにこのイベントを作り上げた、参加者、スタッフのみなさん、ありがとう。どこかでこの本を見たら、而立書房に連絡をください。そして私たちの心からの感謝を、いまこの本を手に取ってくれている読者のみなさんにも。

（二〇二二・四・五）

[著者略歴]

加藤 典洋（かとう・のりひろ）

1948年山形県生まれ。文芸評論家。早稲田大学名誉教授。1985年『アメリカの影』刊行。『言語表現法講義』で新潮学芸賞、『敗戦後論』で伊藤整文学賞、『テクストから遠く離れて』『小説の未来』で桑原武夫学芸賞を受賞。他に『戦後入門』など著書多数。2019年没。

小浜 逸郎（こはま・いつお）

1947年横浜市生まれ。批評家。1981年『太宰治の場所』刊行。著書に『日本の七大思想家』『13人の誤解された思想家』『デタラメが世界を動かしている』他多数。国士舘大学21世紀アジア学部客員教授（2002～21年）。横浜市教育委員（2008～12年）。

竹田 青嗣（たけだ・せいじ）

1947年大阪府出身。哲学者、文芸評論家。早稲田大学名誉教授。大学院大学至善館教授。1983年『〈在日〉という根拠』刊行。著書に『自分を知るための哲学入門』『現代思想の冒険』『陽水の快楽』『現象学入門』『欲望論』（第1巻・第2巻）他多数。

橋爪 大三郎（はしづめ・だいさぶろう）

1948年神奈川県出身。社会学者。東京工業大学名誉教授。大学院大学至善館教授。1985年『言語ゲームと社会理論』刊行。『ふしぎなキリスト教』（大澤真幸と共著）で新書大賞を受賞。著書に『はじめての構造主義』『はじめての言語ゲーム』『丸山眞男の憂鬱』他多数。

村上春樹のタイムカプセル　高野山ライブ1992

2022年 5月25日　初版第1刷発行

著　者　加藤典洋、小浜逸郎、竹田青嗣、橋爪大三郎 ほか

発行所　有限会社 而立書房
東京都千代田区神田猿楽町2丁目4番2号
電話 03(3291)5589／FAX 03(3292)8782
URL http://jiritsushobo.co.jp

印刷・製本　株式会社 丸井工文社

落丁・乱丁本はおとりかえいたします。

ISBN 978-4-88059-434-7　C0095

加藤典洋

対 談　戦後・文学・現在

2017.11.30 刊
四六判並製
384 頁
定価 2300円（税別）
ISBN978-4-88059-402-6 C0095

文芸評論家・加藤典洋の 1999 ～ 2017 年までの対談を精選。現代社会の見取り図を大胆に提示する見田宗介、今は亡き吉本隆明との伯仲する対談、池田清彦、高橋源一郎、吉見俊哉ほか、同時代人との「生きた思考」のやりとりを収録。

ウンベルト・エコ／谷口伊兵衛、G・ピアッザ 訳

現代「液状化社会」を俯瞰する

2019.5.25 刊
A 5 判上製
224 頁
本体 2400円（税別）
ISBN978-4-88059-413-2 C0010

情報にあふれ、迷走状態にある現代社会の諸問題について、国際政治・哲学・通俗文化の面から展覧する。イタリア週刊誌上で 2000 年から 2015 年にかけて連載された名物コラムの精選集。狂気の知者U・エコ最後のメッセージ。

ルチャーノ・デ・クレシェンツォ／谷口伊兵衛 訳

放課後の哲学談義　ベッラヴィスタ氏かく愛せり

2018.7.25 刊
四六判上製
216 頁
定価 2000円（税別）
ISBN978-4-88059-407-1 C0097

定年を迎えた哲学教授ベッラヴィスタ氏は、高校生相手に放課後の私塾を開いていた。ところが教授は女生徒のひとりと道ならぬ仲に‼　哲学談義の日々に、教授と生徒の愛憎や肉欲が交錯する。現代社会の諸問題をあぶり出す野心作。

福間健二

休息のとり方

2020.7.10 刊
四六判上製
184 頁
定価 2000円（税別）
ISBN978-4-88059-420-0 C0092

詩人・福間健二が、戦前・戦中・戦後という過去の時間に挑みながら、今日とこの先に待つ世界の変化に「耐えうる」という以上の言葉を残そうと願ってまとめたのが、詩集『休息のとり方』である。 59 篇を収録。

村上一郎

振りさけ見れば　新装版

1975.10.31 刊
四六判上製
464 頁
定価 1800円（税別）
ISBN978-4-88059-011-0 C0095

昏い昭和の歴史がかかえもつ罪責を己が罪責として負い、戦い、果てた村上一郎の魂（こころ）の〈ありか〉を、自ら書きつづった著者の絶筆の書。幼少期より安保闘争までを描く、自伝文学の白眉！

鈴木翁二

かたわれワルツ

2017.4.5 刊
A5 判上製
272 頁
定価 2000円（税別）
ISBN978-4-88059-400-2 C0079

作家性を重んじた漫画雑誌「ガロ」で活躍し、安部慎一、古川益三と並び〝三羽烏〟と称された鈴木翁二。浮遊する魂をわしづかみにして紙面に焼き付けたような、奇妙で魅惑的な漫画表現。加筆再編、圧倒的詩情にあふれる文芸コミック。